Rat mal, wer das Essen kocht
Roman

Gerrit Jan Appel wurde 1973 geboren. Auch wenn er schon lange in Nordrhein-Westfalen lebt, hat er seine im Norden liegenden Wurzeln nie abschütteln können und will dies auch gar nicht. In seinen bisher erschienenen Büchern *Frag doch das Vanilleeis* (2014), *HamburGaynsien* (2012), *Wodka für die Königin* (2011) und *Strandkorb mit Rüschengardinen* (2010) und auch dem hier vorliegenden neuen Roman *Rat mal, wer das Essen kocht* erzählt Gerrit Jan Appel mit Humor, Herzlichkeit, norddeutschem Lokalkolorit und einer Prise *Gay* von Menschen auf ihrer turbulenten Reise durch diese kleinen verrückten Dinge, die sich Leben und Liebe nennen.

Einen Ausflug in das Genre der Schauergeschichten hat Gerrit Jan Appel 2015 mit dem Erzählungenband *Rummelpott* unternommen.

Gerrit Jan Appel ist verheiratet und lebt im Ruhrgebiet.

Gerrit Jan Appel

RAT MAL, WER DAS ESSEN KOCHT

Roman

1. Auflage

Bibliografische Information der Deutschen Nationalbibliothek:
Die Deutsche Nationalbibliothek verzeichnet diese Publikation
in der deutschen Nationalbibliografie, detaillierte bibliografische
Daten sind im Internet über http://dnb.dnb.de abrufbar

© 2016 Gerrit Jan Appel
Titelgrafik unter Verwendung von Vorlagen und Schriftarten
unter Creative Commons Lizenz CC0 (Public Domain)
aus dem Pool von Pixabay sowie der Creative Commons Bibliothek

Die Handlung, die Personen und die Schauplätze dieses Romans sind rein
fiktiv. Jede Ähnlichkeit mit lebenden oder toten Personen sowie real
existierenden Schauplätzen wäre rein zufällig.

Herstellung und Verlag:
BoD – Books on Demand, Norderstedt

ISBN: 978-3-7412-2854-4

1

Opossums.

So hießen die komischen Viecher doch, die immer dann, wenn Gefahr im Verzug war, die Augen zukniffen und sich tot stellten? Ganz nach dem Motto *Was ich nicht sehe, kann auch mich nicht sehen*, oder? Doch, das waren Opossums.

Reinhold Bargstedt seufzte. Genau so verhielt seine Schwester sich gerade. Sie hatte den Kopf auf das Lenkrad sinken lassen, die Augen geschlossen und schien warten zu wollen, bis alles vorbei war.

"Hey!" Reinhold klopfte gegen die Scheibe. "Komm raus, du Opossum!"

Keine Reaktion. Auch die Rufe mit ihrem Namen beeindruckten Margret nicht.

"Schluss mit den Albernheiten."

Reinhold riss die Tür auf und löste den Sicherheitsgurt.

"Lass das!"

Reinhold ließ sich nicht beirren. Er zog die sich sträubende Frau aus dem Auto. "Jetzt gib hier nicht den Maulesel."

"Was denn nun, du Klugscheißer? Opossum oder Maulesel?"

"Schnack nicht – komm."

"Ich will nicht. Beerdigungen an sich sind schon schrecklich genug, aber dann auch noch am offenen Sarg Abschied nehmen... Ich habe noch nie einen leblosen Körper aus der Nähe gesehen."

"Wovon redest du? Du bist seit fünf Jahren mit Hannes verheiratet."

Margret funkelte ihren älteren Bruder wütend an. "Das war gemein."

"Wo ist er eigentlich?"

"Er musste noch kurz ins Büro, ist jetzt aber auch unterwegs hierher. Er hat grade angerufen."

"Als ob die in seiner Marinadenfabrik nicht mal einen Tag die Rollmöpse alleine zählen könnten... Egal, komm mit."

"Muss ich?"

"Das bist du ihr schuldig. Du hast dich schon vor der Aufbahrung beim Bestatter gedrückt. Falls es dich beruhigt: Es ist überhaupt nicht schlimm, ich war schon bei ihr."

Sie hatten die kleine Kapelle erreicht, vor der die Bestatterin auf sie wartete.

"Guten Tag, Frau Lankers." Die Bestatterin begrüßte Margret mit einem warmherzigen Händedruck und wandte sich dann an Reinhold: "Wenn Sie bitte einen Augenblick warten möchten, richte ich rasch neue Kerzen her."

"Danke, Frau Sieveking."

Die Geschwister ließen sich auf einer Bank neben der Eingangstür nieder. Für einen Moment war nur das Zwitschern der Vögel zu hören.

Reinhold legte den Arm um Margrets Schulter. "Wie geht's dir?"

"Ich weiß nicht genau. Es ist so surreal. Da ist etwas passiert, das in meinem Lebensplan überhaupt nicht vorkam. Für mich war sie unsere familieneigene Highlanderin, die uns alle unter Missachtung sämtlicher Naturgesetze mit Leichtigkeit überleben würde. Sie war vor uns da, sie war mit uns da, und... und sie würde auch nach uns da sein. Die bloße Idee, dass wir eines Tages wegen ihr hierher... Nein, das stand absolut nicht auf meiner Liste." Sie legte ihre Hand auf Reinholds Knie. "Für dich muss es noch viel schwerer sein als für uns. Ihr habt immerhin unter einem Dach gewohnt."

"Richtig, ich werde mich nun wohl auch vom letzten Teil unserer Kindheit verabschieden müssen."

Eine schwere Limousine fuhr auf den Parkplatz. Hannes Lankers stieg aber nicht aus, er telefonierte.

Die ganze Zeit hatte Reinhold seine Schwester irritiert gemustert. Jetzt fiel ihm endlich auf, was ihn störte. "Warum trägst du eigentlich diesen aufdringlich roten Schal?"

"Weil rot ihre Lieblingsfarbe war."

"Dir ist klar, dass du damit wie Satans Sekretärin aussiehst?"

Frau Sieveking kehrte zurück. "Frau Lankers, Herr Bargstedt? Es ist alles hergerichtet. Wenn Sie mir bitte folgen möchten."

Sie führte die Geschwister in die Kapelle, ein bescheidenes Fachwerkgebäude, dessen familiäre Atmosphäre dem Anlass seine Wucht nahm. "Eine Gemütssache", wie ihre Mutter, die Seniorchefin, immer zu sagen pflegte.

Margaret und Reinhold traten an den Sarg. Verloren blickten sie in das friedliche Gesicht vor ihnen.

"Sie hat wirklich Glück gehabt", sagte Reinhold. "Ein ganz normaler Tag. Abends ins Bett, eingeschlafen – und einfach nicht mehr aufgewacht."

"Genau wie sie es immer gewollt hat", erwiderte Margret leise. "*Eines Tages*, wie sie immer gesagt hat. Es will mir immer noch nicht in den Kopf, dass *eines Tages* wirklich gekommen ist."

"Eigentlich erwarte ich, dass sie sich jeden Moment wie von ihrem Nachmittagsschläfchen aufrichtet, mir am Ohr zieht und mitteilt, dass mir eine mächtige Karbonade blüht, wenn ich meine Hosen schon wieder in den Wäschekorb geworfen habe, ohne die Papiertaschentücher herauszunehmen."

"Das hat sie immer noch gemacht?"

Reinhold schmunzelte. "Was hast du denn gedacht? Du weißt doch, wie sie war. Noch am letzten Abend hat sie gesagt, mit meinen sechsundvierzig Jahren wäre ich ihr zwar längst über den Kopf gewachsen, aber nicht über die Hand."

"Wie geht es Jonica mit allem?"

"Es hat sie natürlich auch schwer getroffen. Finn ist zum Glück noch zu klein, um überhaupt zu begreifen, dass der Tod zu den Tatsachen des Lebens gehört und wir einfach damit leben müssen, auch wenn es uns schier umbringt." Reinhold stutzte. "Ich glaube, jetzt habe ich gerade ziemlichen Unfug geredet."

Margret hatte nicht zugehört. "Schau mal."
Ein Windzug bewegte ein Stück Papier, das im Sarg lag. Reinhold griff danach und drehte es im. Ein Schwarzweißfoto, das wohl einmal größer gewesen und irgendwann in der Mitte durchgerissen worden war, zeigte die Verstorbene in jüngeren Jahren vor einem Reetdachhaus. Ihr Lächeln trug den ganzen seligen Übermut eines unbeschwerten Sommers in sich.

"Warum wollte sie unbedingt dieses Foto haben?" wunderte sich Margret.

"Keine Ahnung. Ich hab's nicht dahin gelegt. Ich weiß nicht mal, wo das aufgenommen wurde – bei uns ist das nicht."

"Gediegen."

"Es scheint jedenfalls seinen Sinn zu haben, dass es hier liegt." Reinhold hob sanft die Hand der Toten und schob das Foto darunter, so dass es nicht noch einmal verrutschen konnte. Dabei streichelte er als letzten Gruß noch einmal die Haut, die alt und gezeichnet war von harter Arbeit, aber auch von dem sanften Fortstreicheln von Tränen, die ein Kindergesicht hinunterliefen. Es fühlte sich für Reinhold an, als würde er jemanden berühren, der wirklich nur schlief. Margret hingegen fuhr ein kalter Schauer über den Rücken.

"Hättest du das nicht Frau Sieveking machen lassen können?"

"Ist doch nichts dabei. Mir ist es viel wichtiger, dass Frau Sieveking ihr noch ein letztes Mal den Bauch massiert, bevor der Sarg endgültig geschlossen wird."

"Warum das denn?"

"Du hast doch schon mal von Leichengasen gehört? Die dehnen sich bekanntlich aus und suchen sich ihren Weg. Stell dir einfach die Totenpredigt des Pastors vor, unterbrochen von einem dicken Rülpser aus dieser Holzkiste."

Seine Hände zitterten. Mehrmals musste er mit dem Binden seiner schwarzen Krawatte von vorn beginnen. Er war blass im Gesicht, seine Lippen waren zu dünnen Strichen zusammengepresst.
Wieder hielt der Windsorknoten nicht.
"Nun reiß dich doch endlich zusammen", fluchte Kristen Falkenbrook. Nervös war er, fühlte sich nicht wirklich wohl bei dem, was er vorhatte.
"Warum habe ich mir das nur aufgehalst?" Er fragte sich das nicht zum ersten Mal. Die Antwort blieb allerdings weiterhin aus.
Endlich saß der Knoten. Kristen fuhr noch einmal mit einem weichen Tuch über die frisch gewienerten schwarzen Schuhe und bürstete ein paar letzte Staubkörner vom Revers des Sakkos. Nach kurzem Überlegen nahm er seinen Ring mit den bunten Ornamenten ab und legte ihn auf den Dielentisch. Nicht, dass er sich dafür schämte, die Regenbogenfarben zu tragen. Wahrscheinlich würde das Schmuckstück überhaupt niemandem auffallen. Doch Kristen war detailverliebt. Der Ring passte nicht zu seinem Auftritt, folglich blieb er zuhause.
Im Hausflur blieb er auf dem Treppenabsatz stehen,

um das Fenster zu öffnen. Bei der kleinen Keramikgans auf der Fensterbank fehlte der Strohhut. Wie beinahe täglich. Also raus in den Hinterhof, das gute Stück aufgesammelt und dorthin zurück gebracht, wo es hingehörte. Es war nicht weiter tragisch, dass der Frührentner aus der Wohnung nebenan den Haussheriff spielte und aus "Schutz vor Einbrechern" ständig die Fenster schloss. Höchstens albern. Denn wer stieg schon im vierten Stock einer Mietskaserne ein, sofern er nicht Feuerwehrmann war und einen ganz legalen Grund hatte? Jedenfalls war es unverschämt, dass er dabei ständig die Fensterbankdeko demolierte.

Kristen gab nicht gerne den Querulanten, da jedoch die letzten Gespräche von Mann zu Mann scheinbar keinen Erfolg gebracht hatten, war nun wohl eine eMail an die Hausverwaltung fällig.

Er setzte der Gans den Hut wieder auf und verließ das Haus. Lächerlich kam er sich in seinem edlen Aufzug vor, als er zur S-Bahn ging, zumindest ein bisschen. Sein Quartier im Ostzipfel von Eilbek gehörte nicht zu den Banlieues von Hamburg, war aber auch nicht unbedingt die Gegend für Galaauftritte am helllichten Tag. Bis in den Zug hinein gafften ihm vereinzelt Menschen hinterher. Ein schwarzer Anzug für feierliche Anlässe blieb eben ein schwarzer Anzug für feierliche Anlässe, der selbst zwischen den ganzen Businessanzügen mit und ohne Nadelstreifen auffiel.

Erst ab Altona wurden die Blicke weniger aufdringlich, man erreichte allmählich die betuchteren Vororte im Westen der Stadt. In Othmarschen reagierte kaum noch jemand, als Kristen aus dem Zug stieg. Nur an der Haltestelle für den Bus nach Teufelsbrück fiel er noch einmal auf, denn wer hier im Anzug herumlief, nahm zwar gelegentlich die S-Bahn, hatte aber keinen Bus nötig. Doch da musste er drüberstehen. Sein kleines Vorhaben war wichtiger als ein bisschen Unbehagen, weil er sich deplatziert fühlte.

Die Bibelverse trafen bei Reinhold nur das Gehör. Er konnte der gestelzten Sprache nichts abgewinnen, weil sie ihm zu weit von dem entfernt war, was die Menschen hier und heute wirklich bewegte. Doch als der Pastor Persönliches aus dem Leben der Verstorbenen erzählte, musste Reinhold sich dazu zwingen, an den Rülpser aus dem Sarg zu denken. Margret bemerkte seine Unruhe und nahm seine Hand.

Reinhold war froh, als sich nach einer halben Stunde die Pforten der Kapelle öffneten. Ruhig und diskret wies Frau Sieveking den Weg zur Grablege. Der kaum merkliche Umweg, den sie einschlug, lag abseits der Hauptwege und sorgte dafür, dass die kleine Trauergemeinde unter sich bleiben konnte. Dieser Anlass war zu intim, zu wichtig, zu einmalig für unwillkommene Störungen.

Reinhold schloss zwischendurch immer wieder für ein, zwei Sekunden die Augen und nahm die Atmosphäre in sich auf. Ohlsdorf war mehr als ein Friedhof mit Gräbern. Es war ein Park, der seine Besucher mit Blumenbeeten, Bachläufen, Skulpturen und Springbrunnen willkommen hieß, wobei er eine andere Seite Hamburgs zeigte, weit weg von Kaufmannstum, Hafenhektik und Kiezüberdrehtheit. Das erleichterte vielen Menschen den letzten Abschied. Besonders an einem hellen, freundlichen Frühlingsnachmittag wie diesem. Die ersten Blumen standen in Blüte, Vögel sangen, Hasen hoppelten über die Wiesen. In der Ferne klopfte ein Specht. Ohlsdorf war ein Ort, der trotz seiner Aufgabe als letzte Ruhestätte das Leben betonte.

Am Grab sprach die Pastorin einen letzten Segen, der Sarg wurde hinabgelassen, die Trauernden warfen eine Handvoll Erde oder ein kleines Blumengebinde hinterher. Reinhold nahm mit Margret das Defilee der Kondolierenden ab, dann zerstreute sich die Menge.

Bruder und Schwester warteten eine Weile, bis alle außer Sicht waren, ehe sie zu ihren eigenen Autos zurückkehrten.

"Den Teil hätte man schon mal hinter sich." Hannes Lankers hatte die Hände jovial in den Hosentaschen vergraben. "Fast so ergreifend damals wie bei Susanne."

"Hannes, bitte!" Reminiszenzen über seine erste Frau in unpassenden Momenten waren eine von Hannes' schlechten Angewohnheiten. Er meinte es nicht böse, trotzdem kam Margret sich zuweilen wie die neue Mrs. de Winter vor.

"Tut mir leid, lütt klein's Frollein", erwiderte Hannes. "Aber gerade heute kannst du doch nicht erwarten, dass ich meine verstorbene Frau ignoriere."

"Warum nicht?" fragte Reinhold ungerührt. "Es gab doch auch kein Halten für dich, als sie noch gelebt hat."

"Reißt euch zusammen", zischte Margaret. "Ihr habt schon mal eine Taufe mit euren Kabbeleien gesprengt, nun muss der Kreis nicht noch mit einer Beerdigung geschlossen werden. Lasst uns lieber auch verschwinden, die letzten sind gerade losgefahren."

Die Fahrt vom Friedhof zum Hotel *Ankerklüse* in Teufelsbrück kam Reinhold endlos vor. Jonica hatte vorgeschlagen, das allgemein übliche Kaffeetrinken nahe des Friedhofes stattfinden zu lassen, doch Reinhold hatte sich auf keine Diskussion eingelassen. Die Familie beging traditionell alle größeren Anlässe in der *Ankerklüse*.

Der Parkplatz war fast vollständig belegt, als Reinhold mit seinem Porsche vorfuhr. Nur mit Mühe fand er eine freie Box. Margret musste ihren Mini einige Meter weiter nicht ganz konform zur Straßenverkehrsordnung an einer Bushaltestelle abstellen.

In dem reservierten Saal *Luv* hatten sich die ersten Gäste bereits an den Tischen niedergelassen oder standen draußen auf der Terrasse, wo geraucht werden durfte. Reinhold sparte sich große Worte, alles von Belang war auf dem Friedhof gesagt worden. Er bat lediglich darum, dass alle zugreifen und sich dem Wunsch der Verstorbenen folgend auf die freudigen Begegnungen mit ihr besinnen mochten.

Nach anfänglicher Verkrampfung löste sich die Stimmung bald. Das gedämpfte Murmeln wurde lauter und lebhafter, hier und da wurde sogar gelacht. Während er von Tisch zu Tisch ging und Smalltalk machte, nahm Reinhold zusammenhanglose Gesprächsfetzen auf.

"Erinnern Sie sich noch an den Einbrecher? Mit dem Teppichklopfer in der Hand hat sie einmal um den Süllberg gejagt – direkt bis zur Polizeiwache in die Arme von Wachtmeister Brammer!" – "In dem Winter war alles so verschneit, dass der Kohlenhändler nicht durchgekommen ist. Als das Holz nicht brannte, weil es noch zu feucht war, hat sie den teuren Jamaika-Rum genommen und in den Heizofen gekippt, weil kein Spiritus mehr da war. Düwel ook, war der Alte da füünsch. Aber wenn es darum ging, dass die Kinder nicht frieren sollten, hat sie auch vor den Schnapsvorräten nicht halt gemacht." – "Das mögen Sie wohl sagen. Robert, Klaus, Martin und Charlotte hatten es wirklich gut mit ihr getroffen."

Für einen Moment hatte Reinhold ein schlechtes Gewissen, weil ihm bei den meisten Anekdoten ein breites Grinsen über das Gesicht huschte.

"Bei einer Trauerfeier lacht man nicht!" mahnte eine innere Stimme. "Ach, und warum nicht?" fragte eine andere. Man ehrte die Verstorbene doch am besten, wenn man genau das machte, was sie selbst am liebsten getan hatte, oder?

Verflixte Erziehung.

Kristen trommelte nervös mit den Fingern auf seinen Oberschenkeln. Eine schmale Straße war nach einem LKW-Unfall unpassierbar, der Bus konnte weder vor noch zurück. Kristen rannte die Zeit davon. Warum war der Fahrer überhaupt von Othmarschen losgefahren?

Einer der Polizisten erbarmte sich. Mit Verkehrshütchen und Flatterband legte er eine provisorische einspurige Gasse über den Bürgersteig an und regelte die Durchfahrt in beide Richtungen wie der gute alte Verkehrspolizist.

Endlich erreichte der Bus Teufelsbrück. An der Haltestelle wurde gerade ein Mini abgeschleppt. Kristen legte die letzten Meter zum Hotel *Ankerklüse* per pedes zurück. Vor der Eingangstür konsultierte er noch einmal seine Gedächtnisstütze: Sechzehn Uhr dreißig, Punktlandung. Er trat ein und kontrollierte noch einmal den Sitz seiner Krawatte. Perfekt. Er straffte sich. Es konnte losgehen.

Nach kurzer Orientierung betrat er einen der beiden Säle und ließ seinen Blick über die seriös gekleideten Damen und Herren schweifen. Er versuchte, die Stimmung zu erfassen. Alle waren in ihre Gespräche vertieft, niemandem fiel Kristens Ankunft auf. Er mischte sich unter die Leute und machte seine Präsenz spürbar, ohne sich in die Unterhaltungen einzuschalten.

Es dauerte nicht lange, bis Kristen schmunzeln musste. Das Ganze war bemerkenswert öde. Zeit, ein bisschen Stimmung in den Laden zu bringen. Er gab sich selbst das Startzeichen. Ah, da drüben war sie ja. Durch den roten Schal fiel sie sofort auf. *Wie Teufels Tippse*, dachte Kristen. Den Rücken zu ihm gewandt, stand sie am Kuchenbuffet. Energisch durchquerte er den Saal und trat hinter sie. Maliziös fragte er: "Musste das wirklich sein?"

* * *

Margret drehte sich mit souveräner Miene um. Ihr Unbehagen war gewichen. Sie würde es Reinhold gegenüber nie zugeben, doch sie war in der Tat froh darüber, am offenen Sarg Abschied genommen zu haben. Sie war überzeugt, dass sie anderenfalls früher oder später das Gefühl überkommen hätte, etwas Entscheidendes ausgelassen zu haben und keinen Abschluss finden zu können.

Die jahrelangen Benimmlektionen für Töchter der besseren Familien aus dem Gedächtnis abrufend, unterstützte sie ihren Bruder bei den gesellschaftlichen Aufgaben. Sie brachte in erlahmte Konversationen neuen Schwung, achtete darauf, dass auf allen Tischen ausreichend Getränke vorhanden waren, und sorgte auch für die Erfüllung außergewöhnlicher Wünsche wie dem nach einer Schale Götterspeise: "Wissen Sie, Kind, mir ist gestern der Weisheitszahn gezogen worden, und ich könnte im Moment nicht mal in eine Biskuitrolle beißen."

Als Margret das gut geplünderte Kuchenbüffet gemustert und überlegt hatte, ob es wohl nötig war, in der Küche noch ein paar Plunderteilchen nachzubestellen, war von hinten eine Stimme an ihr Ohr gedrungen. Ihre Antwort war eisig. "Was musste sein?"

"Margret, du hättest mit Reinhold in der zweiten Reihe sitzen müssten, nicht in der Familienbank. Es gibt nun einmal Menschen, bei denen bleibt sie leer. Bei allem Respekt vor der Toten, aber euer Verhalten könnte die Leute am Ende... stutzig machen."

Präzise und sorgfältig war die Kunstpause gesetzt worden. Margret durchschaute das billige Manöver sofort. "Ich weiß nicht, inwiefern die Leute stutzig werden sollten, weil wir ein Familienmitglied beigesetzt haben."

"Kind, nun sei nicht so unbedarft. Ein bisschen müssten du und dein Bruder schon wissen, was man unter dem zu verstehen hat, was man in unserer Position tut und lässt. Wir haben einen Namen zu verlieren. Es ehrt euch alle sehr, dass ihr sie als Familienmitglied betrachtet habt, aber die Nachbarn..."

Margret unterbrach energisch. "Die Nachbarn wissen allesamt, wie wir zu ihr gestanden haben, also tätest du gut daran, nicht dort einen Skandal zu wittern, wo gar keiner ist."

"Man sagt aber, dass euer Vater..."

"Nein – nicht *man* sagt. *Du* sagst. Ich halte es, gelinde gesagt, für eine Frechheit, dass du dein taktloses Mundwerk an so einem Tag aufmachst. Mit welchem Recht redest ausgerechnet *du* von dem, was man tut oder nicht tut?"

Ihr Gegenüber setzte zu einer Erwiderung an, doch Margret schnitt ihr mit einer Handbewegung das Wort ab. "Ich gebe dir jetzt genau eine Minute, ohne ein weiteres Wort zu gehen. Du verabschiedest dich von niemandem, sagst niemandem Bescheid, schüttelst keine Hände, sondern nimmst einfach deinen Mantel und verschwindest. Tust du das nicht, erzähle ich Reinhold, was du gerade hier veranstaltest. Du kannst dir sicher vorstellen, dass er dich nicht so diskret vor die Tür setzen würde wie ich. Willst du das riskieren?"

"War es wirklich nötig, die Reifen von meinem Wagen zu zerstechen?" Mit fester Stimme setzte Kristen seinen Angriff fort. "Ist dir deine billige kleine Rache wirklich so wichtig?"
Die Angesprochene drehte sich um. Ein amüsiertes Lächeln umspielte ihre vollendet geschwungenen Lippen. "Sieh mal einer an, welches verrottete Stück Treibgut die letzte Ebbe vergessen hat aus der Stadt zu spülen." Sie gab sich keine Mühe, ihre Worte nur für Kristen hörbar zu machen. Die Umstehenden bekamen alles mit und wandten mit befremdeten Mienen die Köpfe.
"Treiben... das passt wohl besser zu dir", schoss Kristen zurück. "Hat dieser Nachwuchsgigolo es dir wenigstens ordentlich besorgt?"
"Natürlich. Im Gegensatz zu dir schafft er das ohne Vitamine. Das V auf den blauen Pillen steht doch für *Vitamine*, oder?"
"Falsch, du Miststück. Es steht für Vipernschutz, der mich gegen eine falsche Natter wie dich schützen soll."
"Was bin ich denn nun? Eine Viper oder eine Natter? In Biologie scheinst du nicht gerade das hellste Lämpchen am Christbaum zu sein. Wie eigentlich in allen Lebensbereichen."
"Hm..." Kristen neigte den Kopf zur Seite. "Ich würde dich ohnehin eher als eine räudige Hündin bezeichnen

– wer sich mit dir schlafen legt, wacht mit Flöhen wieder auf. Mindestens. Vielleicht sogar mit einer ausgewachsenen Syphilis."

"Also, nein!" Es war nicht auszumachen, wem die empörte Stimme gehörte. "Das gehört sich doch nicht!"

"Dann wäre unser Kind also ein Hundesohn?" kassierte Kristen die Retourkutsche, doch der teilte mit Gusto erneut aus: "Wohl eher ein Hurensohn, wenn ich dich so anschaue."

"Du verdammter Scheißkerl", fluchte sie lautstark, griff nach dem nächstbesten Wasserglas und schleuderte dessen Inhalt mitten in Kristens Gesicht.

Kristen lächelte überlegen. "Mach nur weiter so, damit auch jeder genau mitkriegt, was für eine billige Schlampe du bist."

"Ich zeig' dir mal, wie billig ich wirklich sein kann." Sie griff eines der Cremeschnittchen vom Buffet und klatschte es Kristen mitten ins Gesicht.

Das indignierte Gemurmel schwoll weiter an. Jemand forderte, die beiden Störenfriede hinauszuwerfen.

"Miese kleine Bitch", zischte Kristen, griff nach einem Löffel und schaufelte ihr eine Portion Sahne in die sorgfältig ondulierte Frisur.

"Aber, aber, meine Herrschaften! Ich muss doch sehr bitten!" Ein souverän auftretender Herr mit aristokratischen Gesichtszügen versuchte, Ruhe in das Chaos zu bringen. "Bedenken Sie bitte, dass dies ein ehrenvoller Anlass ist!"

"Halt's Maul, Saftsack", pflaumte Kristen zurück. "Was willst 'n du..."

Der Rest seiner Worte ging in einer dicken Schicht aus Mousse au chocolat unter, die ihm mitten auf den Mund gekleistert wurde. "Mach den Kopf zu, das zieht!"

Kristen ging seiner Kontrahentin an die Gurgel, doch die wehrte den Angriff geschickt ab. Sie brachte sich irgendwie hinter Kristen in Position, sprang an ihm hoch und krallte sich in seinen braunen Haaren fest. "Dich mach ich fertig, du impotenter Jammerlappen!"

Mit grimmiger Miene schnippte der Gastgeber mit den Fingern, worauf zwei Kellner die beiden sich heftig wehrenden und keifenden Kontrahenten mit Schraubstockgriff aus dem Saal führten. Zurück blieben die versteinerten Gäste, die nach einem Moment der empörten Stille plötzlich wie eine Gänseherde wild durcheinander schnatterten.

Die beiden Störenfriede indes wurden nicht etwa schnellstens vor die Tür gesetzt, sondern in die Teeküche im Personaltrakt des Hotels geführt, wo die beiden Kellner ihre versteinerten Mienen gegen ein breites Grinsen eintauschten.

"Das habt ihr echt klasse gemacht", sagte der eine, während der andere einem Schrank mehrere Frotteetücher entnahm: "Hier, damit könnt ihr euch schon mal provisorisch in Ordnung bringen. Ich hol' schnell eure Taschen aus dem Büro vom Chef. Für die Duschen gleich einmal durch die Tür da. Damen links, Herren rechts."

Kristen warf seiner Sparringspartnerin einen verstohlenen Blick zu. "Sorry, Hanna", meinte er verlegen, "so heftig sollte es gar nicht werden. Da sind wohl die

Pferde mit mir durchgegangen."

"Du spinnst!" Lachend rubbelte Hanna sich die Sahne aus den Haaren. "So viel Spaß hat mir das schon lange nicht mehr gemacht. Ich hätte dich viel eher an Bord holen sollen. Gehen wir gleich noch zusammen 'nen Kaffee trinken?"

"Auf jeden Fall."

Nachdem sie sich restauriert hatten, brauchen Kristen und Hanna nicht lange warten, bis der Gastgeber der erfolgreich gestörten Party erschien. Alfons Soodmann strahlte über das ganze Gesicht. "Ah, da sind Sie ja!"

Er schüttelte beiden herzlich die Hände.

"Das haben Sie ganz phantastisch gemacht. Alle zerreißen sich immer noch die Münder über *diese schrecklichen jungen Leute.*" Soodmann lachte. "Wissen Sie, die Jahreshauptversammlung unseres Schachclubs wird von Jahr zu Jahr langweiliger. Aber als ich von der *Partycrasher GmbH* erfahren habe, war ich mir sofort sicher, dass ein Auftritt wie der Ihre das Richtige sein würde. Ich bin außerordentlich froh, mich nicht in Ihnen getäuscht zu haben."

Hanna nahm das Lob mit strahlendem Lächeln entgegen, während Kristen etwas auf dem Herzen lag. "Ehm... Herr Soodmann...", begann er verlegen, "ich wollte noch um Entschuldigung bitten wegen dem alten Saftsa..."

Soodmann ließ ihn gar nicht weiterreden. "Aber warum denn? Das hat dem Ganzen doch nur noch mehr Würze gegeben. Nein, nein, machen Sie sich da mal keine Sorgen, das hat alles seine Richtigkeit."

Er zog eine sehr elegante, sehr teuer aussehende Lederbrieftasche aus seinem Sakko. "Ihr Honorar bekommen Sie ja über die Agentur, aber gestatten Sie mir, Ihnen noch einen kleinen Bonus zu überreichen. Muss ja nicht alles über den Gehaltszettel und die Steuer laufen."

Reinhold hatte seine Krawatte gelockert, vor ihm stand ein alkoholfreies Bier. Margret rührte Honig in ihren Tee. Beide waren müde. Sie saßen an einem der Tische, auf denen nur noch zwei vergessene Teller und ein paar Krümel daran erinnerten, dass etwas Größeres stattgefunden hatte. Im Raum lag die Stimmung des Leerlaufs zwischen Aufbruch des letzten Gastes und Begleichen der Rechnung.
"Wo ist eigentlich Tante Dorothee abgeblieben?" wollte Reinhold wissen. "Auf einmal war sie verschwunden."
"Die habe ich rausgeschmissen." Margret erzählte von ihrem Zusammenstoß mit der ungeliebten Verwandten, wie es sie wohl in jeder Familie gibt: Eine angeheiratete rechthaberische ältere Dame ohne erkennbar liebenswerte Eigenschaften, dafür mit genügend Gift und Galle ausgestattet, um allen in ihrer Umgebung vom Müllmann bis zum Pastor das Leben schwer zu machen. An ihnen wetzten diese Tanten ihre Zähne, um den Dauerclinch mit der Familie noch effektiver gestalten zu können.
Reinhold schüttelte den Kopf. "Sie kann's nicht

lassen."

"Mich ärgert, dass sie sich ständig als Queen vom Treppenviertel aufspielt. Dabei hat Onkel Martin sie nur aus einer jämmerlichen Knackwurstbude am Fischmarkt rausgeheiratet."

"Lass sie doch. Wir haben auch Kapitel in unserer Biographie, auf die wir nicht stolz sind."

"Huch, woher diese Nachsicht? Du kannst sie doch auch nicht leiden."

Reinhold zuckte mit den Achseln. "Schreib's dem Tag heute zu."

"Wann willst du eigentlich die Wohnung ausräumen?"

"Margret! Das Grab ist noch nicht mal richtig zu, da kannst du nicht schon vom Ausräumen sprechen."

"Jetzt ist genauso gut wie jeder andere Zeitpunkt", widersprach Margret. "Es wird so oder so schwer. Je früher wir die Sache angehen, desto schneller haben wir es hinter uns."

Hanna fuhr mit Kristen in die Stadt und stellte ihr Auto in der Nähe von St. Michaelis ab. Über die Brücke am Viadukt der Hochbahnstation Baumwall gelangten sie auf die Hafenpromenade.

"Kristen, eins muss ich dir lassen..." Hanna brachte den Satz nicht zu Ende, denn kaum drei Meter über ihren Köpfen ratterte ein Zug der Hochbahn in die Station. Sekunden später ergoss sich ein Schwall Menschen auf die schmale Fußgängerbrücke.

"Ich muss ehrlich gestehen, dass es schon lange nicht

mehr so aufregend war. Mit Florian bin ich inzwischen so oft als das streitende Paar aufgetreten, dass wir viel zu eingespielt sind. Das ist deutlich zu Lasten unserer Spontaneität gegangen. Hui, hier geht aber ein scharfer Wind heute." Hanna nahm den Schal, den sie wieder um den Hals trug, und band ihn sich zum Kopftuch. "Ich bin froh, dass ich den heute dabei habe."

"Zu dumm nur, dass er rot ist", meinte Kristen trocken. "Wegen dem Ding hätte ich beinahe unseren Auftritt ruiniert!"

"Ach, wie das?"

"Am Eingang zum Saal nebenan stand auch eine Frau mit schwarzem Kleid und rotem Schal. Darum wollte ich zuerst dort rein. Zum Glück habe ich rechtzeitig gemerkt, dass ich nach *Lee* hinüber musste, sonst hätte ich nämlich die Party im *Luv* gesprengt."

"Das wäre eine echte Katastrophe gewesen. Nebenan war keine Party, sondern eine Trauerfeier!"

"Autsch!" Kristen kniff gequält die Augen zusammen. "Also nicht nur peinlich, sondern regelrecht fatal."

"Allerdings – das hätte dich nicht nur das Trinkgeld gekostet, du hättest wahrscheinlich noch einiges mehr als Schmerzensgeld abdrücken müssen."

"O rühret, rühret nicht daran", seufzte Kristen. Er scherte aus der Touristenkolonne aus und lehnte sich auf das vor dem Sturz in die Elbe schützende Geländer. Er ließ seinen Blick durch den Hafen schweifen. Die Ebbe stand kurz vor dem Gezeitenwechsel, die Gangway der Überseebrücke hatte ihre stärkste Neigung erreicht. Mit der aufkommenden Flut würde sie sich wieder nach oben bewegen. Am Ponton lag die *Cap San Diego* vertäut. Die Frühlingssonne ließ den weißen Schwan des Südatlantik an seiner Steuerbordseite lange Schatten auf das Elbwasser werfen.

"Gestern ist die Stromabrechnung gekommen", fuhr Kristen sorgenvoll fort. "Fast neunzig Euro muss ich nachzahlen. Da kommt mir der Hunderter fein zupass, denn die hundertfünfundsechzig Euro vom letzten Monat, die ich mir bei der *GmbH* zum Arbeitslosengeld dazuverdienen darf, sind für die Reparatur meiner Waschmaschine draufgegangen."

Hanna legte mitfühlend den Arm um seine Schulter. "Immer noch nix Neues?"

"Nix. Nur Absagen." Kristen starrte düster nach unten. Eine Barkasse tuckerte vorbei. Die launigen Sprüche des Kapitäns tönten blechern über die Bordlautsprecher, vermischten sich mit dem Geschnatter der Touristen an Bord und wehten zur Promenade hoch.

"Was ist mit deinen Plänen, notfalls auch umzuziehen?"

Kristen lachte bitter auf. "Ich weiß nicht mal, ob ich überhaupt eine Chance bekomme, umzuziehen. Achtundsechzig Bewerbungen habe ich in ganz Deutschland bei Unternehmen verteilt, die ausdrücklich ihre Mobilitätsförderung betont haben. Aber nicht eine einzige Rückmeldung ist gekommen. Keine Eingangsbestätigung, keine Absage, rein gar nichts."

"Das kann doch nicht wahr sein!"

"Habe ich auch gedacht, ist aber so. Von Unternehmenskultur kann da wirklich nicht die Rede sein. Neulich habe ich sogar nur eine Visitenkarte zurückbekommen, auf die jemand *Stelle besetzt* gekritzelt hatte. Die teure Bewerbungsmappe haben sie behalten."

Das dröhnende Typhon eines auf dem Strom vorbeiziehenden Schiffes unterbrach ihre Unterhaltung.

"Genug gegnaddert?" fragte Hanna, als nur noch das gedämpfte Stampfen der Schiffsdiesel zu ihnen herüber klang. "Oder kommt da noch was nach?"

Kristen lächelte schief. "Du hast ja recht – ich bin ungerecht, verbittert und unausstehlich."

"Du bist enttäuscht", verbesserte Hanna. "Ist auch verständlich. Jetzt holen wir uns aber erst mal einen Kaffee."

Sie gingen weiter bis zu den Pavillons nahe des Pegelturms. Es war Ende März, was sich auch in den Temperaturen niederschlug: Angenehm, aber noch nicht wirklich einladend, gelegentlich aufgefrischt durch einen kräftigen Guss von oben. Die Zahl der Städtereisenden hielt sich in Grenzen, lediglich ein paar Schulklassen auf Studienfahrt bevölkerten die Promenade. Aber selbst die würden bald in ihre Hostels zurückkehren. Deshalb verschlossen einige Betreiber ihre kleinen Geschäfte mit Getränken, Fischbrötchen, Pommes frites, Souvenirs, Ansichtskarten und Tickets für Hafenrundfahrten etwas früher als während der Hochsaison. Als Kristen sich für den Kaffee anstellte, war die Fritteuse bereits ausgeschaltet, auch der Quirl der Slush-Maschine drehte sich nicht mehr.

Hanna ging inzwischen weiter. Auf dem Oberdeck von Landungsbrücke drei setzte sie sich auf eine Bank und wartete auf Kristen.

"Wer hätte auch gedacht, dass ausgerechnet meine Branche unter der Wirtschaftskrise leiden würde", sagte er, als er Hanna ihren Kaffee reichte und sich neben sie setzte. "Ist doch gediegen: Vorletztes Jahr um dieselbe Zeit haben die bei uns noch eingestellt wie blöde, weil wir im Verkauf chronisch unterbesetzt waren. Obwohl es nicht immer sinnvoll war, haben die Leute ihre Karren lieber nochmal geflickt. Zweihundert Euro für ein Ersatzteil kratzt man eben schneller zusammen als zwanzigtausend für ein völlig neues Vehikel."

"Dann kam diese idiotische Abwrackprämie."

"Dann kam diese idiotische Abwrackprämie", echote Kristen. "Genau. Wodurch die Branche der Ersatzteilhändler unversehens vom ganz sicher Überlebenden zum Teilnehmer eines Survivaltrainings wurde. Überall Stellenabbau."

Eine Hafenfähre schob sich an den Ponton. Die automatische Gangway senkte sich, Passagiere strebten geschäftig an Land. Eine Gruppe Jugendlicher schlurfte an Bord. Die Mahnung zur Eile durch ihren Lehrer verhallte ungehört. Erst als sich der Kapitän über die Sprechanlage zur Wort meldete, wurden sie flotter: "Leude, nu' macht mol wat fixer, sonst besteht die Gefahr, dass wir hier noch festrosten. Un' mit 'n büschen mehr Begeisterung, büdde!"

"Leider reicht mein Auto allein nicht aus, um deine Arbeitslosigkeit rückgängig zu machen. Sonst würde ich jeden Tag bei euch auf den Hof kurven", sagte Hanna.

"Für das Leukoplast, mit dem du das Stoffverdeck

deiner Ente flickst, reicht auch eine Apotheke."

"Na, siehst du!" Hanna fiel in Kristens lachen ein. "Ist die trübe Stimmung doch wie weggeblasen. Los, trink aus. Dann fahren wir zu mir und vertilgen den Rest Marzipantorte, der vom Wochenende übriggeblieben ist. Dabei machen wir uns Gedanken, wie wir dich schnellstens wieder anständig in Lohn und Brot bringen."

"Deal."

2

Ihre Wohnung sah immer noch genauso aus wie an dem Abend, als sie zum letzten Mal ins Bett gegangen war. Auf dem Couchtisch im Wohnzimmer lag die aufgeschlagene Fernsehzeitung, das Kreuzworträtsel darin nur halb ausgefüllt. Allein das Lösungswort *BUTTERMILCH* war vollständig. Ein Wasserkocher wäre als Gewinn drin gewesen, hätte sie es eingesandt.

In der Küche war auf einer Untertasse ein benutzter Kaffeefilter ausgetrocknet. Zur Verwendung als Geraniendünger war es nicht mehr gekommen.

Im Schlafzimmer lagen ordentlich gefaltet auf einem Stuhl die Kleidungsstücke für den nächsten Tag, der nicht mehr gekommen war.

Reinhold Bargstedt stand mitten im Wohnzimmer und blickte sich um. Erinnerungen stiegen auf. Verschlungene Schwaden wie Nebel aus einem Moor: Weihnachtsfeste, bei denen er als kleiner Junge hier auf dem Fußboden gesessen, mit seiner Holzeisenbahn gespielt und ungeduldig auf die Bescherung gewartet hatte. Fluchten vor seinem alten Herrn, wenn der ihn mal wieder zum verhassten Besuch im Ruderclub verdonnern wollte. Hausgemachte Kuchen von frischen Äpfeln aus dem Alten Land, serviert auf rotem Steingutgeschirr mit wildem Blumenmuster – schon damals scheußlich, aber bis heute für ihn ein Symbol für Heimat, Zuhause, Geborgenheit.

Er dachte an die langen Nächte in der kleinen Küche, wenn er sich während der Semesterferien mal wieder so richtig über alles ausgeheult hatte, was gerade quer lief. Hier hatte er aber auch vor fünfundzwanzig Jahren zum ersten Mal die freudige Nachricht ausgesprochen, Vater zu werden.

Alles wurde vor seinem Auge lebendig und verblasste, als die Atmosphäre von endloser Abwesenheit zurückkehrte.

Ach, Frieda, dachte Reinhold, *du fehlst ganz schön...*

Die Verbindungstür zur Wohnung nebenan öffnete sich. Jonica kam mit einigen zusammengefalteten Umzugskartons herein. Als Reinhold sie ansah, blickte er in gerötete Augen. Er vermied es, sie jetzt in den Arm zu nehmen. Dann hätten beide geheult und überhaupt nichts mehr zustande gebracht. Er suchte nach einem unverfänglichen Thema.

"Hat sich der Schlüssel zum Gartentörchen wieder angefunden?"

"Hat er." Ein kurzes Lächeln huschte über Jonicas Gesicht. "Finn muss sich von seinem Herrn Papa abgeschaut haben, dass Ordnung das halbe Leben ist. Also hat er damit angefangen, alles, was nicht niet- und nagelfest ist, in Schubladen zu verstauen. Der Schlüssel lag dann auch mehr oder weniger folgerichtig zwischen dem guten Sonntagsbesteck im Esszimmer."

Reinhold lachte. Zum ersten Mal seit ein paar Wochen kamen dabei auch wieder die Lachfältchen um seine

Augen zur Geltung. Finn war sein größter Stolz.

"Warten wir auf Margret?" Jonica wollte noch etwas Zeit gewinnen, doch Reinhold schüttelte den Kopf.

"Nein, lass uns loslegen, sonst schaffen wir heute kaum etwas. Wir fangen einfach mit der Küche an, da gibt es doch so gut wie nichts, was wir untereinander aufteilen könnten. Das Wohnzimmer mit den ganzen Erinnerungsstücken machen wir dann, wenn Maggie da ist."

"Dann mal zu."

Die Umzugskartons waren ebenso rasch aufgebaut wie Geschirr, Töpfe, Pfannen und Besteck darin verschwanden. Reinhold trug die schweren Pappkisten zu Jonicas Auto, das einen größeren Kofferraum hatte als sein Porsche. Morgen würde alles an ein Sozialkaufhaus gespendet werden.

Als Reinhold in die Küche zurückkehrte, stellte Jonica gerade verstohlen zwei Emailleschüsseln an die Seite. Beide sahen arg angeschlagen aus und stammten mindestens aus der Zeit kurz nach dem Tag der Befreiung, wenn sie nicht sogar noch echte Kriegserzeugnisse waren.

"Was willst du denn mit diesen alten Dingern?"

Jonica fuhr ertappt zusammen. "Ich weiß, es klingt albern... aber ich würde sie gerne behalten. In der weißen Schüssel hat Frieda sommertags immer frisches Obst auf dem Tisch stehen gehabt, und in der braunen hier hat sie immer Backreste aufbewahrt. Mandarinenstücke vom Obstboden und so weiter. Ist halt ein Stück Kindheit, und ich bilde mir ein, dass einige Dinge nur aus diesen beiden Schüsseln wirklich gut schmecken."

"Lass gut sein. Ich weiß, was du meinst." Reinhold legte den Arm um ihre Schulter. "Was glaubst du, warum der uralte gusseiserne Bräter, mit dem man einen Büffel erschlagen könnte, längst bei mir drüben steht, obwohl ich gar nicht kochen kann?"

"Ach, du Elend..." Julian Gertig fiel beinahe sein Coffee to go aus der Hand. Marleen Jäger hielt sich kichernd die Hand vor den Mund.

"Was ist los?"

"Das könnten wir dich fragen", sagte Marleen.

"Was soll der Pornobalken?" fügte Julian hinzu.

Kristen strich sich über das noch flaumige Büschel Haare unter der Nase. "Ach, das... Ist nicht wirklich mein Ding, aber übernächste Woche soll ich als Chicago-Gangster der 30er eine Party sprengen, so richtig mit Nadelstreifenanzug, Fedora, Gamaschen, kiloweise Pomade im Haar und dem ganzen anderen Zisslaweng. Ich dachte, ein Schnauzer würde das Bild abrunden."

"Ich steh' ja mehr auf Holzfällerhemd und Vollbart."

"Ich geb' dir Bescheid, sobald wir eine Veranstaltung des Forstverbandes aufmischen sollen."

"Mach das!" In Julians Augen funkelte es belustigt. Sie waren groß und von einem tiefen Braun, das sie fast schwarz erscheinen ließ. Julian wusste, welche Wirkung sie auf andere hatten. Er genoss es. Besonders bei Kristen, zu dem er immer wieder Blickkontakt suchte.

"Noch acht Minuten, dann beginnt wieder ein Tag voll

verschwendeter Lebenszeit."

Kristen, Marleen und Julian standen vor der Eingangspforte eines der unwirtlichen Bürogebäude in dem Quartier zwischen Rathaus und Rödingsmarkt. Geschickt verbarg lieblose Nachkriegsarchitektur die Zugehörigkeit zur Altstadt. Nahezu jede Erinnerung an Alt-Hamburg war von grauen Betonfassaden in beliebiger Massenoptik aufgefressen worden. Ein einsamer Altbau um die nächste Ecke behauptete sich tapfer, doch selbst hier war die Fassade teilweise für das Schaufenster eines modernen Ladenlokals verstümmelt worden.

Kristen nickte. "*Same procedure as every day:* Sechs Stunden Schießen."

Anders als seine Äußerung es vermuten ließ, hatte er keinen Job als professioneller Tester von Schusswaffen gefunden. Ihm war lediglich von amtlicher Seite eine Schulungsmaßnahme aufgebrummt worden. Seine Begeisterung hielt sich in Grenzen. Genau wie viele andere auch, die sich allmählich in kleinen Menschentrauben vor dem Eingang zusammenrotteten.

"Prima!" Julian gab Kristen *High Five*.

"Warum verweigern sich hier eigentlich so viele?" wollte Marleen wissen. "Ist doch toll, dass wir nicht zuhause auf die Gnade eines Vorstellungsgesprächs warten müssen. Wir haben was zu tun, und durch die Fortbildung verbessern wir unsere Chancen."

Julian warf ihr einen mitleidigen Blick zu. "Bei dir haben die Dösbaddel auch ausnahmsweise etwas richtig gemacht. Ist doch klar, dass du von diesem

Kursus profitierst, wenn du als Kindergärtnerin noch nie eine Tabellenkalkulation erstellt hast."

"Die meisten sind hier völlig falsch, weil sie die Kursinhalte quasi selber unterrichten können." Kristen gähnte. Er war gestern spät ins Bett gekommen. "Nimm nur Gunnar da drüben. Sein Vater, Amerikaner, ist nach seiner Zeit als G. I. hier geblieben. Womit ist Gunnar also aufgewachsen? Na?"

"Englisch."

"Bingo", sagte Kristen. "Wozu also der Englischkurs? Er wollte lernen, wie man Bildschirmpräsentationen erstellt, aber der Kurs ist ihm ja verweigert worden. Frag noch zehn andere Leute, die hier herumlaufen, und neun davon werden dir sagen, dass es bei ihnen ähnlich gelaufen ist."

"Moin." Ein blonder, leger mit Jeans, Chucks und kurzärmeligem Karohemd bekleideter Mann in den frühen Dreißigern war zu ihnen getreten.

Marleen übernahm die Vorstellung. "Moin, Levi. Darf ich die Herren bekannt machen? Levi, das ist Kristen Falkenbrook, der Alterspräsident unserer kleinen Gruppe. Kristen, das ist Levi Kohn – gestern zu uns gestoßen, von Julian und mir aufopferungsvoll unter die Fittiche genommen, geprüft und für gut befunden worden."

"Es tut auch jetzt noch weh", sagte Levi trocken.

"Was?" fragte Kristen.

"Die beiden haben mir gleich das Branding von eurer Herde auf den Hintern gegrillt."

"Du siehst, warum er unser Gütesiegel erhalten hat",

warf Julian ein.

"O ja", nickte Kristen anerkennend. "Die Dozenten sind jetzt schon von unserem Mundwerk überfordert. Wenn wir mit noch mehr Verstärkung auftauchen, können wir sie endgültig brechen."

"Jungs, ich will nicht drängeln", sagte Marleen, "aber wir müssen los. Es ist gleich acht."

"Schon ein starkes Stück, was der Bartelsen sich geleistet hat, oder?" sagte Julian auf dem Weg durch das düstere Treppenhaus. Der Aufzug war defekt, wieder mal.

Kristen zuckte mit den Achseln. "Ein Dozent, der uns in seiner eigenen Lustlosigkeit nach Hause schickt und der Hausleitung erzählt, wir hätten eine Exkursion in die Bibliothek gemacht, muss einfach damit rechnen, gefeuert zu werden."

"Das haben wir doch schon vor zwei Wochen durchgekaut", erwiderte Julian. "Hinter welchem Mond lebst du eigentlich? Es gibt längst was Neues."

"Ach, echt?"

"Ich denke, du chattest abends immer mit Julian", wunderte sich Marleen. "Hat er dir das nicht erzählt?"

Julian schüttelte den Kopf, während Kristen antwortete: "Gestern war ich nicht mehr in unserem Online-Männerclub. Nach diesem desaströsen Vorstellungsgespräch war ich erstmal fertig mit Jack un' Büx."

"Was war denn?"

"Das war so eine Personalvermittlung, völlig verkorkster Laden", berichtete Kristen. "Die Lady, die mich interviewt hat, war unprofessionell bis obenhin. Von meinen Unterlagen hatte sie sich nur die Hälfte ausgedruckt. Beim Gespräch konnte ich keine Antwort zu Ende führen, weil die Madamm mir ständig ins Wort gefallen ist, um abrupt das Thema zu wechseln. Obendrein hat sie mich zweimal mit falschem Namen angesprochen." Er schnaubte. "Ehrlich, ich habe letzter Zeit durchaus öfter Vorstellungsgespräche gehabt, bei denen ich schon nach einer Minute dachte: *Schade, wird wohl nix mit uns.* Aber solchen Bullshit hab ich bisher noch nicht erlebt."

"Armer Kerl", sagte Marleen.

"Jajaja", wedelte Kristen das Mitgefühl beiseite. "Was ist nun mit dem Bartelsen?"

"Genau, zurück zu den wirklich wichtigen Dingen", sagte Julian. "Der Typ ist gestern Morgen frech wie Oskar hier aufmarschiert, hat dem Mädel aus dem Sekretariat gesagt, dass er wieder hier arbeiten würde, weil man sich auf eine Abmahnung verständigt hätte, und hat sich dann von ihr den Schlüssel zum Medienraum geben lassen. Worauf er ungehindert mit sechs Laptops im Gepäck abmarschiert ist."

"Kann ja gar nicht angehen!"

"Wenn ich's dir doch sage – gestern lief hier gar nix mehr, weil der Laden von Polizei nur so gewimmelt hat und wir alle als Zeugen aussagen mussten."

"Na, toll – ausgerechnet dann, wenn ich nicht da bin, passiert was Spannendes."

Reinhold und Jonica vertrödelten den Vormittag. Sie

fanden immer neue Ausreden, sich anderweitig zu beschäftigen, bis sie sich doch endlich dem Unvermeidlichen widmeten.

Gegen Mittag stieß Margret dazu. "Mahlzeit."

"Hallo, Margret." Jonica umarmte ihre Tante.

"Moin, Maggie."

"Sag' nicht immer Maggie zu mir. Ich hasse es, wenn du mich Maggie nennst."

"Deswegen sage ich es ja." Reinhold musterte seine Schwester. So kannte er sie noch aus gemeinsamen Jugendtagen: Verwaschenes Jeanshemd zu Latzhose und ausgelatschten Turnschuhen.

Margret Lankers geb. Bargstedt war mehr oder weniger der zweite Junge in der Familie gewesen. Das Gros der Mädchenkleidung, von ihrer Mutter liebevoll ausgesucht, war meist nach dem ersten Tragen irreparabel beschädigt gewesen. Alles Mahnen, Bitten, Drohen, Bestrafen war fruchtlos geblieben. Ingrid Bargstedt hatte sich irgendwann damit abgefunden, dass selbst die teuren Kleidchen vom Maßschneider für Familienfeiern die reinsten Wegwerfartikel waren. Spätestens nach der feierlichen Mahlzeit war Margret stets ins Freie gestürmt, um über Zäune zu klettern und auf Bäumen zu turnen. Keines der Kleider hatte diese Abenteuer heil überstanden.

Ähnlich robust war der Umgang mit ihrem älteren Bruder gewesen. Mehr als einmal hatte es auf beiden Seiten blaue Nasen gegeben. Doch genau so hatte es sein müssen, dachten beide manchmal. Gesunde Geschwisterrivalität in der Kindheit, Zusammenhalt wie

Pech und Schwefel als Erwachsene.

"Das habt ihr zwei Strategen bannig geschickt angestellt", stellte sie nach einem Blick in die leeren Küchenschränke fest. Neben einer Werkzeugkiste hatte Margret einen Korb mit Pappboxen mitgebracht, die den Aufdruck eines asiatischen Takeaway trugen.

"Es ist ja nicht so, als gäbe es im ganzen Haus keine Teller." Reinhold ging ins Wohnzimmer, wo die ersten gefüllten Kartons standen. Die beiden Frauen improvisierten derweil ein Büffet auf der Arbeitsplatte.

"Tofu Chop Suey, Gemüsecurry, Tausend Kostbarkeiten vegetarisch und die Frühlingsrollen nur mit Grünzeug drin... wo ist das Fleisch?" nörgelte Reinhold, als er mit dem Geschirr zurückkam und den Inhalt der Pappschachteln musterte. "Ich hatte mich so auf einen halben Quadratmeter Entenhaut knusprig gefreut."

"Entschuldige." Margret schaufelte Bohnensprossen auf ihren Teller. "Hab' nicht dran gedacht."

"Du machst mir Spaß! Nur weil du im Tennisclub eher mit Taille als mit Spielkünsten punktest, darf ich gleich Klimmzüge am Kühlschrank machen, um wenigstens an den Aufschnitt im obersten Fach zu kommen. Falls du es noch nicht mitbekommen hast: Ich bin ein Mann und brauche Fleisch bei anspruchsvoller Arbeit!"

"Ach, dann ernährst du dich im Büro also ausschließlich von Obst und Gemüse?" erkundigte sich seine Schwester mit unschuldigem Augenaufschlag.

"Blöde Ziege."

"Riesendampfkamel."

Jonica rollte mit den Augen. "So entstehen die Momente, in denen ich froh bin, dass mir Geschwister erspart geblieben sind."

"Sag das nicht", meinte Margret kauend. "Große Brüder können ganz praktisch sein."

"Vor allem, wenn du dich nicht mit deinen missratenen Englischklausuren zu unseren alten Herrschaften getraut hast", stichelte Reinhold. "Da war es plötzlich großartig, einen volljährigen Bruder zu haben, der unterschreiben konnte. Aber zwei Tage vorher hast du mir noch ein blaues Auge gehauen, weil ich es gewagt hatte, mir ungefragt deine Kate Bush-LP zu leihen."

"Das sollte nur eine harmlose Ohrfeige werden! Kann ich was dafür, wenn du mir dein Gesicht so komisch zuwendest?"

"Seit wann gibt man Ohrfeigen mit der geballten Faust?"

"Tut mir einen Gefallen", mischte sich Jonica ein. "So, wie ich euch beide kenne, spielt ihr gleich *Rekonstruktion des Verbrechens*, aber bitte erst, wenn wir mit dem Essen fertig sind, ja?"

"Ich bin ohnehin satt." Margret schob ihre Hemdsärmel nach oben. "Habt ihr was für mich zu tun?"

"Auch wenn du die Frau fürs Grobe bist, Schwesterchen, würde ich doch sagen, dass wir zuerst das Feine erledigen. Deswegen haben wir im Wohnzimmer noch nichts gemacht."

Margrets Tatendrang fiel in sich zusammen. "Es wird uns wohl nichts anderes übrig bleiben."

Tischdecken, Stoffservietten, Sahnelöffel, Kerzenständer, Bücher. Nach und nach füllten sich immer mehr

Kartons, Schrankfach um Schrankfach wurde geöffnet. Nur um eins machten sie einen großen Bogen – das mit den persönlichsten Gegenständen. Nippeskram, an dem Myriaden von Erinnerungen klebten, aber auch Alben und Kästchen mit mehr oder minder sorgfältig sortierten alten Fotos, Ansichtskarten, Reisesouvenirs, Kinderzeichnungen und Briefen.

Es war Jonica, die sich endlich ein Herz fasste. Als die Jüngste war sie auch jene mit dem kleineren Erinnerungsschatz. Hoffte sie jedenfalls, als sie das Schubfach in der Schrankwand öffnete. Wahllos zog sie ein Foto aus einer alten Zigarrenkiste ohne Deckel. "Natürlich. Gleich beim ersten Griff muss ich ausgerechnet ein Foto von meiner Einschulung erwischen."

Reinhold und Margret traten hinter sie und blickten ihr über die Schulter.

"Du warst so süß", sagte Reinhold liebevoll.

"Süß?" fragte Jonica empört. "Mit der Haarschleife und der Brille sah ich aus wie das uneheliche Kind vom Nesthäkchen und Buddy Holly!"

Sie ließen sich ablenken, kaum dass sie richtig begonnen hatten. Rasch saßen sie auf dem Fußboden und sichteten die kleinen Seligkeiten einer vergangenen Zeit.

"So viele Fotos von unserem Clan", sagte Margret. "Aber kaum etwas von ihrem."

"Frieda war die letzte ihrer Familie", erinnerte Reinhold. "Wenn ihr Bruder nicht auf See geblieben wäre, hätte es vielleicht noch einen Nachkommen geben können, aber so... Mr. Right hat auch nie ihren Weg gekreuzt. Zum Schluss hat sie nur noch uns gehabt. Hätte sie nicht vor Jahren schon ein Testament gemacht, wäre sogar ihr gesamter Nachlass in die öffentliche Hand gefallen. Dann würden hier jetzt Fremde vom Amt rumwühlen."

"Schau mal, Onkel Gustavs Goggomobil." Margret zeigte auf ein Schwarzweiß-Foto mit gezacktem weißen Rand.

"Wer war Onkel Gustav?" wollte Jonica wissen.

"Ein entfernter Cousin von unserem Vater", antwortete Reinhold. "Er hat früher hier in dieser Wohnung gewohnt. Der ewige Junggeselle aus dem Bilderbuch. War lange vor deiner Zeit."

"Scheint mir auch so – ich dachte, hier hätte schon immer..."

Margret schüttelte den Kopf. "Nein, ganz früher hatten wir ja noch wie einige andere Familien ein Waschhaus im Garten stehen. Das Dachgeschoss war zu einer Wohngelegenheit ausgebaut – nur eine kleine Stube und eine winzige Schlafkammer. Nicht mal Platz für einen richtigen Kleiderschrank hatte sie da. Dort hat sie gewohnt, nachdem sie hier in Dienst gekommen war. Das war früher so üblich."

"Und wann ist sie in diese Wohnung hier gezogen?"

Margret schmunzelte. "Als Onkel Gustav im zarten Alter von sechzig Jahren doch noch das große Glück gefunden hat. Zu dumm nur, dass die Auserwählte keine Blankeneserin war. Unsere Großmutter hat ihr rundweg das Haus verboten. Darauf ist Onkel Gustav zu seiner schmucken Braut nach Eckernförde gezogen."

"So schlimm?"

"O ja. Deine Uroma Katharina war vom ganz, ganz alten Schlag. Wenn sie gewahr geworden wäre, dass dein Mann aus Ochsenwerder stammt, hätte sie ihn mit Schimpf und Schande vom Hof gejagt. Und dich dazu."

Als sie nach der Mittagspause wieder den Seminarraum betraten, setzte Marleen sich in die erste Reihe. Die Männer gingen durch bis ganz nach hinten. Dort warteten schon drei andere Teilnehmer, die nicht in Kursen gelandet waren, die sie wirklich hätten gebrauchen können. Gemeinsam bildeten sie eine Clique, die sich Wettkämpfe um die High Scores bei *Bubble Euphoria* lieferte. Es war ein anspruchsloses Spiel, bei dem lediglich bunte Blasen zu zerschießen waren, aber es war das einzige, das auf den altersschwachen Computern lief. Irgendein Witzbold hatte es nach und nach auf allen Rechnern installiert. Es war ein offenes Geheimnis, gegen das die Hausleitung nichts unternommen hatte.

Julian hatte Levi gestern in den erlauchten Zirkel eingeführt und einen ebenbürtigen Gegner gefunden. Ein weiterer Pluspunkt für den Neuen.

Von den Dozenten sah keiner die Spielerei gerne, aber sie konnten nichts dagegen tun. Es herrschte nur amtlich verordnete Anwesenheitspflicht, von aktiver Beteiligung war nie die Rede gewesen. Solange es in den hinteren Reihen keinen Radau gab, herrschte Burgfrieden.

Ein Frieden, der konzentriertes Arbeiten ermöglichte, stellte sich indes nicht ein. Jeder der Anwesenden musste für potentielle Vorstellungsgespräche erreichbar sein, Handys blieben darum eingeschaltet. Nahezu minütlich läutete es irgendwo. Natürlich auch aus rein privaten Gründen. Die Gelegenheit wurde gleich zu einer inoffiziellen Raucherpause genutzt.

"Gehst du mit?" Julian tastete nach der Zigarettenschachtel in seiner Brusttasche.

"Kommst du noch mal wieder?"

"Glaube ich nicht. Ist doch schon Viertel nach drei. Du weißt doch: Eine Zigarette dauert bei mir eine halbe Stunde. Soll ich dann nochmal extra für lausige fünfzehn Minuten reinkommen?"

"Dann mal viel Spaß – ich bleib lieber hier."

"Okay. Tauchst du denn wenigstens heute Abend zum Rainbow-Karaoke im *Rosa Anker* auf?"

"Och, nee – nicht schon wieder ein Abend mit Kerlen, die schlechte Variationen von *Dancing Queen* grölen. Lass uns lieber in irgendeinen Rummelschuppen ohne Musik gehen."

"Okay. Um neun auf dem Hansaplatz?"

"Geht klar."

"Dann bis nachher."

Kristen blieb zurück. Er war einfach nicht dreist genug. Schon in der Schule war er immer derjenige gewesen, der zuerst erwischt worden war, wenn die Klasse sich in einer außerplanmäßigen Freistunde auf den verbotenen Weg zur Eisdiele gemacht hatte. Jetzt würde er auch sofort auffallen, weil er gar nicht rauchte. Manchmal überlegte er allerdings ernsthaft, damit anzufangen. Es sollte doch so entspannend sein.

Die Sinnlosigkeit seines derzeitigen Daseins frustrierte ihn zusehends. Als der Zirkus für diesen Tag endlich vorüber war, hatte draußen eine leere Bierdose das Pech, ihm im Weg zu liegen. Ein heftiger Tritt beförderte sie über ein Geländer hinweg ins Nikolaifleet.

"Na-na-na-na... So eine Dose ist doch auch nur ein Mensch."

Kristen drehte sich um und blickte in das amüsierte Gesicht einer sympathisch auftretenden Frau in den späten Fünfzigern.

"Muddi! Was machst du hier?"

"Ich dachte, ich hole dich einfach mal ab und verbringe ein bisschen Zeit mit dir."

"Das ist das beste Angebot, das ich in dieser ganzen blöden Woche bekommen habe."

"So schlimm wieder?"

"Schlimmer!"

"O je, das hört sich an, als wäre da ein wenig Nervennahrung vonnöten." Vera Falkenbrook hakte sich bei ihrem Sohn unter. "Weißt du was – ich lade dich zum Kaffeeklatsch ein. Bei einem Stück Torte und deinem geliebten Eierlikör-Espresso? Einverstanden?"

Nur zu gerne ließ Kristen sich von seiner Mutter auf die Uhlenhorst entführen. Dort hatten sie beide ein Lieblingscafé, versteckt im Halbsouterrain eines Jugendstilhauses. Zuvor musste man durch einen kleinen Raritätenladen hindurch, bei dessen Sortiment nur der

Fachmann auf Anhieb zu unterscheiden vermochte, was echt antik war und welche Stücke nur darauf getrimmt waren. Im hinteren Teil, in den alten Kontoren, lag das Café. Das Mobiliar stammte dem längst dem Erdboden gleichgemachten Hamburger Gasthäusern, Kolonialwarenläden und Schiffsausstattern längs der Hafenkante. An der linken Wand stand eine riesige Theke, komplett mit Grogkessel und mechanischer Registrierkasse. Daneben ging es durch eine Schwingtür zu *Abort und Münzfernsprecher*. Die Wand gegenüber war von alten Verkaufsregalen gesäumt. Liebevoll arrangierte Details wie Porzellankannen und alte Werbeschilder schufen eine kommodige Atmosphäre.

Kristen und Vera ließen sich an einem Tisch mit Blick auf den Hinterhof nieder. Üppiges Grün dominierte den Blick.

"Erzähl", forderte Vera Falkenbrook ihren Sohn auf, nachdem sie ihre Bestellung aufgegeben hatten. "Ich kann mir vorstellen, dass es für dich im Moment nicht toll ist, aber irgendwie bist du muckschiger als sonst. Hast du..."

"Danke, Muddi, aber ich brauche kein Geld." Kristen wusste genau, woher der Wind wehte. "Ich muss zwar gelegentlich an mein Erspartes ran, aber ich kann damit leben. Dummerweise habe ich nur noch fünf Monate lang Anspruch auf das Arbeitslosengeld. Danach sitze ich wirklich in der Bredouille." Er seufzte. "Tolle Situation – ich bin zu alt, um noch für 'nen Zehner bei Oma den Rasen zu mähen, zu jung, um die Rente einzureichen, und zu müde, um mich in irgendeinem Unternehmen nach oben zu schlafen."

"Müde? Ich denke, du tust den ganzen Tag in diesem merkwürdigen Institut nichts anderes als zu spielen?"

"Genau das wurmt mich ja so. Ich hätte nie gedacht, wie anstrengend es sein kann, nichts zu tun." Mit dem Zeigefinger zeichnete er das Fleur-de-Lis-Muster in der Tischdecke nach. "Ich brauche dringend etwas Sinnvolles zu tun, sonst werde ich noch bregenklöterig. Die zwei, drei Auftritte im Monat für die *Partycrasher GmbH* sind auch nicht gerade geeignet, mich dauerhaft auszufüllen."

"Apropos", sagte Vera und kramte in ihrer Tasche und reichte ihm zwei Bücher. "Das soll ich dir von Hanna geben."

In seinem Frust war Kristen zur Leseratte geworden. Sonst hatte er nur gelegentlich in ein Buch geschaut, nun las er alles, was ihm vor die Pupillen kam. Die meisten Bücher bekam er von Hanna, die hauptberuflich in einer Buchhandlung arbeitete. Von dort brachte sie immer wieder unverkäufliche Mängelexemplare mit heim. Sie wohnte im selben Haus wie Kristens Eltern, darum fungierte Vera gelegentlich als Überbringerin des Nachschubs.

Kristen las die Inhaltsangaben. Vielversprechend. Als er den Blick wieder hob, begegnete er den prüfenden Augen seiner Mutter. "Was ist?"

"Sag mal, hast du mir wirklich die Wahrheit erzählt?"

"Was meinst du?"

"Nun ja, dieser Nebenjob, den du da hast... Beschränkt sich das wirklich nur darauf, dass ihr langweilige Parties aufmischt?"

"Was sollen wir denn sonst noch machen? Kokain schmuggeln? Ich kann dir gerne meinen Reisepass zeigen – der ist seit fünf Jahren abgelaufen, folglich sind da keine aktuellen Einreisestempel vom Flughafen in Medellín drin."

"Hm, in so kriminellen Bahnen habe ich gar nicht gedacht, aber dieser Bart, den du dir..."

"Was ist damit?"

"Oha, den schrillen Tonfall kenne ich. Jetzt geht es nur noch mit äußerster Diplomatie voran. Wie soll ich sagen, Kris, aber solche Bärte sind eigentlich nur noch modern, wenn man an der Produktion bestimmter Unterhaltungsprodukte..."

"Och, Muddi, nun reicht das aber!" Wütend verschränkte Kristen die Arme vor der Brust. "Ich geb' ja zu, dass der Bart nicht wirklich kleidsam ist, aber müssen denn alle gleich diesen ollen Pornowitz ausgraben?"

"Nun werd' mal nicht gleich so füünsch. Du musst zugeben, dass sich das förmlich aufdrängt."

Kristens Mobiltelefon ersparte ihr die patzige Antwort. Er griff danach, um die eingegangene Nachricht zu lesen. "Super – am Sonnabend darf ich ganz legal schwarzfahren. Auf einer Hafenrundfahrt wird mich die Besatzung erst erwischen, dann mit viel Lärm unter Deck nehmen, und wenn mich die Fahrgäste dann wieder zu Gesicht bekommen, werde ich ein schönes blaues Auge haben. Aufgeschminkt, wohlgemerkt. Gibt's fünfzig Euro für und es kommt an diesem Tag keine Langeweile auf."

"Ich glaube, das war's dann." Jonica ließ den letzten Stapel Tischdecken in einem Karton verschwinden.
"Hat ja doch einiges länger gedauert, als ich dachte", stellte Reinhold fest. "Für heute sollten wir's gut sein lassen."
Margret war anderer Meinung. "Gleich. Ich will erst noch in alle Schränke schauen, wie gut die sich auseinander nehmen lassen. Wenn wir uns morgen ständig Werkzeug zusammensuchen müssen, hält das nur auf."
Sie öffnete eine Tür im oberen Teil der großen Schrankwand und zog überrascht die Augenbrauen hoch. "Oh, die solide deutsche Wertarbeit ist gar nicht so solide wie ich immer dachte. Spanplatten furniert statt Massivholz. Das dürfte recht schnell gehen. Hilf mir mal, Joni – ich will was ausprobieren."
Margret gab ihr ein paar Anweisungen. Beide stützten sich mit einem Fuß am unteren Teil des Möbels ab und hängten sich mit ihrem ganzen Gewicht an die Tür. Zuerst knackte es nur ganz leise. Dann krachte es, ein paar Holzsplitter flogen durch den Raum. Zufrieden hielt Margret die herausgebrochene Tür in Händen.
"Das klappt ja super", befand Jonica. "Lass uns die übrigen auch gleich abmontieren, dann brauchen wir sie morgen nur in den Container werfen."
"Einverstanden."
Sie hängten sich an die zweite Tür.
"Stop! Lasst das! Hört sofort auf damit!"

Erschrocken ließen Jonica und Margret ab. In Reinholds Augen schimmerte es feucht. "Das sind doch ihre Sachen, nicht unsere. Die könnt ihr doch nicht einfach so grob... Ich meine, wenn sie wiederkommt... Das... das geht doch einfach nicht..."

Jonica nahm ihn in die Arme. "Mensch, Papa, was ist denn auf einmal los?"

Auch Margret kam herüber und streichelte ihrem Bruder über den Rücken.

"Die leeren Schränke..." brachte Reinhold mit dickem Kloß im Hals hervor. "Die konnte man wieder zumachen und sich einfach noch ein... ein bisschen einreden, dass sich nichts verändert hat. Dass sie nur im Urlaub ist. Aber das gerade – das... das war ein richtiger Schlag mit dem Holzhammer."

Er schniefte.

Margret war unwohl bei dem Gedanken, Reinhold jetzt mit weisen Worten trösten zu müssen, davon zu reden, dass die Welt sich trotz allem weiterdrehte, zu sagen, "sie hätte nicht gewollt, dass wir aus dem Blarren nicht rauskommen". All das übliche Blabla, das zwar stets gut gemeint war, aber nie wirklich half. Ihr ging es ja selber mies, und sie hatte sich einen gehörigen mentalen Tritt in den Hintern geben müssen, um die Tür aus dem Schrank zu reißen.

Die Aufgabe wurde ihr abgenommen. In der Küche klapperte eine Tür. Kurze, eilige Schritte kamen näher. Einen Moment später kam Finn ins Wohnzimmer gestürmt. "Ober!" rief er, weil er *Opa* mit seinen drei Jahren noch nicht richtig aussprechen konnte. Er stürzte auf Reinhold zu und umklammerte dessen Bein.

Reinhold wischte sich mit dem Hemdsärmel die Tränen vom Gesicht. "Na, du Krümel, wieder mal ausgebüxt?"

Er nahm seinen Enkel auf den Arm.

"Dabei wird er von Tag zu Tag raffinierter!" Meeno Langbehn war seinem Sohn dicht auf den Fersen gefolgt. "Gerade hat er einen Legostein in der Toilette versenkt. Die zehn Sekunden, die ich gebraucht habe, um das Ding wieder herauszufischen, hat er zur Flucht benutzt. Hallo, Schatz." Er gab Jonica einen Kuss.

"Du machst ja Sachen." Reinhold zwinkerte Finn verschwörerisch zu. Der Junge strahlte ihn an.

"Das hab' ich genau gesehen!" schimpfte Jonica. "Du musst ihn nicht noch aufstacheln."

"Tja, meine liebe Tochter", erwiderte Reinhold. "Das ist das naturgegebene Recht von Großvätern – ich darf jetzt endlich all das erlauben, was ich als Vater verbieten musste. Das habe ich dir schon am Tag von Finns Geburt angedroht, und ich werde es schamlos ausnutzen. He, du – was ist denn jetzt los?"

Finn hatte zu strampeln begonnen. Reinhold ließ in vom Arm herunter. Schnurstracks marschierte der Kleine zum Couchtisch, nahm zwei Essstäbchen, die der Entsorgung entgangen waren, und legte sie in eine Schublade der Schrankwand.

"Aferäum!" befahl er mit vorwurfsvollem Blick auf Reinhold, den er als Schuldigen für die Unordnung ausgemacht hatte. Alle lachten lauthals. Endlich war in der kleinen Wohnung wieder etwas zu hören, das eigentlich nur drei Wochen und doch eine Ewigkeit gefehlt hatte.

Das Problem der permanenten Langeweile wurde durch die Genehmigung zum Schwarzfahren zumindest vorübergehend gemildert. Der Effekt verflog, kaum dass Kristen zuhause angekommen war. Längst stieg ihm Zornesröte ins Gesicht, wenn er die Umschläge des privaten Stellenvermittlers in seinem Briefkasten fand. Er hatte sich dort zusätzlich in den Bewerberpool eingeschrieben, weil er sich nicht nur auf den amtlichen Weg verlassen wollte.

Gebracht hatte das bisher nichts, da man ihm nur Jobausschreibungen anbot, die überhaupt nicht mit seinem Profil übereinstimmten. Er riss das *corpus delicti* auf, noch während er im Hausflur stand.

Hallo, Herr Falkenbrook, ich freue mich, Ihnen folgende Stellenausschreibung zukommen lassen zu können, die wir passgenau zu ihrem Profil ausgewählt...

Schon dieser erste Satz ließ ihn spöttisch schnauben, suggerierte das Gewäsch doch, das sich da wirklich jemand Gedanken um ihn gemacht hatte. Das Gegenteil bestätigte sich meist schon beim ersten flüchtigen Überfliegen der Stellenanforderungen. Der Pferdefuß an der Sache war rasch ausgemacht.

Vorausgesetzt wird ein Studium der Betriebswirtschaftslehre...

Warum hatte er eigentlich seine Daten zur Verfügung gestellt, aus denen unmissverständlich hervorging, dass er die klassische kaufmännische Ausbildung ohne akademische Weihen genossen hatte? Es interessierte doch ohnehin niemanden.

"*Passgenau zu Ihrem Profil* – wenn willst du hier verarschen?"

Seufzend griff er zum Telefon. Bewerben musste er sich ohnehin für den Nachweis beim Amt, dass er sich "proaktiv" um einen neuen Job bemühte. Die Tatsache, dass das Unternehmen seine Räumlichkeiten in einem Gewerbekarree nur ein paar hundert Meter von seiner Wohnung entfernt hatte, ließ die Aussicht auf einen weiteren vergeudeten Vormittag nicht allzu groß ausfallen.

Wider Erwarten bekam er um diese Uhrzeit tatsächlich noch jemanden ans Telefon.

"Hätten sie gleich morgen für uns Zeit?"

"Selbstverständlich."

"Unser HR-Manager hat morgen Termine in unserem neuen Büro auf Finkenwerder. Ist das ein Problem für Sie?"

"Nein, natürlich nicht", versicherte Kristen, obwohl er innerlich mit den Zähnen knirschte. Jetzt musste er auch noch raus nach Finkenwerder! Hatte sich was mit "den paar Schritten" – der ganze Vormittag war dahin. Sein Auto war wieder einmal in der Werkstatt, mit Bahn und Hafenfähre dauerte es ewig.

Kristen bestätigte den Termin und bat um eine zusätzliche Einladung per eMail, damit er seine Abwesenheit im Bildungsinstitut entschuldigen konnte.

Lustlos fuhr er am nächsten Tag mit der Hochbahn zum Baumwall. Ein Motiv, das sich durch die letzten

Tage zog. Nach einem einzigen Bier hatte sein Bett ihn gestern Abend unüberhörbar gerufen. Julian war enttäuscht gewesen, er hatte sich wohl einen längeren Abend erhofft. Er hatte schon mehrmals durch die Blume zu verstehen gegeben, dass er Kristen sehr mochte.

Die Sympathie war durchaus gegenseitig. Doch Kristen hatte sich einfach nicht auf langes Geplauder einlassen können und war nach Hause gefahren.

Vom Baumwall aus ging er zum Sandtorhöft rüber. Der einzige Anleger in der Speicherstadt für die Hafenfähren nach Finkenwerder war verhältnismäßig wenig frequentiert, weil er sich kaum bei den Touristen herumgesprochen hatte. Die drängelten sich lieber an den Landungsbrücken und murrten, wenn sie zurückbleiben und auf die nächste Abfahrt in fünfzehn Minuten warten mussten, weil die Fähre voll besetzt ablegte. Dieses Schauspiel amüsierte Kristen immer wieder. Da hatten die Menschen Freizeit und hetzten sich trotzdem ab, als ginge es um ihr Leben.

Am Sandtorhöft war Kristen in diesem Moment der einzige, der zusah, wie die Fähre eine schneidige Wende vollzog und sich an den Anleger schob. Mit wimmerndem Warnton senkte sich die Gangway, Kristen ging an Bord. Auf dem Oberdeck kam er zufällig neben zwei perfekt gestylten Damen mittleren Alters zu sitzen. Er zog ein Buch aus seiner Collegetasche und las *16 Uhr 50 ab Paddington*. Dabei bekam er zwangsläufig Unterhaltung der Damen mit, die erfolgreich Fahrtwind und Schiffsmaschine übertönten.

"Erinnern Sie sich noch an dieses Gespräch zwischen

Frau Pagendamm und Rodrigo auf dem Silvesterball im Golfclub?"

"Sie meinen, als er versprach, ihr sämtliche Kursgebühren zurückzuzahlen, falls sie sich bei den Stunden mit ihm zu ungeschickt anstellen sollte?"

"Ganz genau."

"Und...?"

"Gestern habe ich zufällig mitbekommen, wie er den Clubmanager fragte ob er nicht noch einen Plasmafernseher drauflegen soll, damit sie es endlich sein lässt!"

Kurz nach der Abfahrt vom Anleger Altona Fischmarkt tauschten die Damen Anekdoten über den Ärger mit ihren Domestiken aus.

"Ach, Frau Jacobsson..."

"Sagen Sie bitte Adele zu mir – wir kennen uns doch nun schon so viele Jahre..."

"Sehr gerne. Ich heiße Elisabeth."

Die beiden Damen tauschten einen vorsichtigen Händedruck aus. Auf keinen Fall durfte der Nagellack Schaden nehmen.

"Wissen Sie, Adele, ich kann durchaus verstehen, dass unsere Frau Kuhlewind nach all den Jahren harter Arbeit eine Auszeit benötigt, aber eine Kur von gleich sechs Wochen... Mir bricht ja der ganze Haushalt zusammen!"

Adele nickte betrübt. "Im Vertrauen, Elisabeth, dieselbe Erfahrung habe ich im letzten Jahr mit unserer Köchin gemacht. Sie ist in der Küche auf einem Tropfen Olivenöl ausgerutscht. Doppelter Beinbruch. Vier Wochen Krankenhaus und sechs Wochen Reha!"

Elisabeth schnalzte bedauernd mit der Zunge.

"Es war eine furchtbare Zeit", fuhr Adele fort. "Unser Lehrmädchen hat sich zwar redlich Mühe gegeben, das muss ich ihr lassen. Aber man hat doch gemerkt, dass sie noch lange nicht so weit wie unsere Frau Semmelbeck ist. Dem Kind fehlt einfach die Erfahrung einer langjährigen Hauswirtschafterin."

Elisabeth seufzte verständnisvoll. "Es müsste so eine Art reisende Notfall-Hauswirtschafter geben, die man spontan engagieren kann, wenn Not am Mann ist."

Just in diesem Moment hatte Kristen das Ende des vierten Kapitels erreicht. Das Klagelied von Elisabeth und Adele ließ eine Sturmglocke in ihm losschrillen. Die Frauen zuckten erschrocken zusammen, als er abrupt aufsprang und einen triumphierenden Urlaut ausstieß.

"Das ist es!"

3

Es war ihm zutiefst peinlich, dass er es schon wieder tun musste. Deshalb zögerte er, an der Tür zu läuten. Allzu viel Zeit durfte er sich aber auch nicht lassen, wenn seine ganz persönliche Katastrophe keine dauerhaften Schäden hinterlassen sollte. Er fasste sich ein Herz und drückte auf den Klingelknopf.

Als Jonica die Tür öffnete, war sie gar nicht überrascht, ihrem Vater gegenüberzustehen, der den Blick verlegen nach unten auf seine nur mit Badesandalen bekleideten Füße gerichtet hatte. Überhaupt machte Reinhold, der sonst sehr auf sein Erscheinungsbild in der Öffentlichkeit achtete, mit Jogginghose zum grauen Sweater einen für seine Verhältnisse schlampigen Eindruck.

"Was ist diesmal schiefgegangen?"

"Ich fürchte, ein Bild sagt mehr als tausend Worte. Kannst du bitte mal mitkommen?"

"Oha, ich ahne und befürchte..." Jonica nahm ihren Schlüssel vom Haken neben der Haustür und rief über die Schulter hinweg: "Schatz? Ich bin kurz nebenan bei Papa – mal wieder ein häusliches Unheil richten."

"Ist gut – lass dir Zeit."

"Das klingt nicht grade, als würde er dich vermissen, wenn du weg bist."

"Die Zeit für Meeno und mich kommt, wenn der Lütte im Bett ist." Jonica zog die Tür ins Schloss "Ist doch nur natürlich, dass der stolze Vater es genießt, ab und zu mit seinem Sohn allein zu können. Besonders jetzt, wo er mal wieder sechs Wochen am Stück zuhause war. Wenn am nächsten Montag sein Schiff ausgedockt wird, dauert es fast fünf Monate, bis er das nächste Mal auf Landurlaub nach Hause kommt."

Über den schmalen Pfad im Vorgarten gingen sie zu Reinhold hinüber.

"Wo ist das Malheur passiert?"

"In der Küche."

"Dann wollen wir mal."

Jonica blieb abrupt stehen, noch bevor sie die Türschwelle zur Küche ganz übertreten hatte.

"O... mein... Gott. Das gehört beinahe schon mit gelbem Band abgesperrt..."

"Gelbes Band?" Reinhold war irritiert.

"*Crime Scene – Do Not Cross*", erwiderte Jonica lakonisch. "Du solltest gelegentlich auch mal einen Krimi schauen, nicht immer nur die Opern im Kulturkanal."

"Wäre es nicht besser, das Chaos hier zu beseitigen, ehe wir über Fernsehgeschmack diskutieren?"

"Zuallererst möchte ich wissen, wie du *das* wieder geschafft hast!"

Um den Kochtopf war eine ordentliche Ladung gewürfelte Möhren und Kartoffeln verstreut, eine noch größere Menge war in sämtliche Ecken der Küche geschleudert worden. Feuchte Flecken an der Decke verrieten, dass die kleinen Geschosse eine ziemliche

Sprengkraft gehabt haben mussten.

"So genau weiß ich das auch nicht", bekannte Reinhold kleinlaut. "Ich habe Punkt für Punkt alles befolgt, wie es in Friedas Rezeptkladde gestanden hat: Die Zutaten geschält, geschnitten und gewaschen. Die Schalotten und das Suppengrün in etwas Butter angeschwitzt, nach und nach Kartoffeln und Karotten zugegeben, zuletzt die Mettwürstchen, und dann alles mit Brühe aufgegossen."

"Und dann?"

"Wie – und dann?"

"Papa, bei dem, was du mir bis jetzt erzählt hast, war nichts dabei, das ein solches Massaker verursachen könnte." Mit spitzen Fingern zog Jonica Stücke einer zerfetzten Mettwurst von den Stacheln der Madagaskarpalme auf der Fensterbank. "Was passierte also, nachdem der Topf auf dem Feuer gestanden hat?"

"Ich habe den Deckel verschlossen und die Flamme solange auf der höchsten Stufe gelassen, bis dieser bunte Kontrollstab im Griff sich ganz nach oben geschoben hatte. Danach habe ich den Herd ausgeschaltet..."

"... und gewartet, bis der Stab wieder ganz nach unten im Griff verschwunden war?"

Reinhold warf Jonica einen vorsichtigen Seitenblick zu. "Äh... das muss man doch, oder?"

"Also nicht." Jonica stemmte entrüstet die Hände in die Hüften. "Papa, das kann doch wirklich nicht wahr sein. Von Berufs wegen kennst du dich mit Schiffsmaschinen bestens aus, weißt genau, wie Druckbehälter arbeiten. Da wagst du es ernsthaft, einen Schnellkochtopf zu öffnen, bevor sich der Druck abgebaut hat, und wunderst dich obendrein, wenn dir alles um die Ohren fliegt?"

"Ein Kochtopf ist was anderes als eine Maschine, die über fünfzehntausend Kilowatt zustande bringt."

"Physik fünf, Herr Abiturient. Ändert schließlich nichts am Grundprinzip. Ist dir eigentlich klar, dass dir ernsthaft etwas hätte passieren können?"

Wortlos schob Reinhold die Ärmel seines Sweaters nach oben. Auf seinen Armen zeigten sich ein paar hässliche Brandblasen.

Jonica sog mit scharfem Geräusch Luft ein.

"Zum Glück war ich schnell genug, mich instinktiv zu ducken. Dadurch habe ich nichts ins Gesicht bekommen."

"Da hast du wieder mal mehr Glück als Verstand gehabt. Aber wie auch immer... Damit deine Küche nicht auf Dauer mit diesen drolligen carotingefärbten Punkten verziert ist, sollten wir uns schleunigst ans Aufklaren machen."

"Hallo, junger Mann – suchen Sie Anschluss?"

Kristen hörte auf, eine böse SMS zu tippen. Er blickte nach oben. Sofort besserte sich seine Laune. "Moin, alter Schwede. Alles in Ordnung?"

Levi Kohn lachte ihn aus seinen hellblauen Augen an. "Durchwachsen. Ich hatte heute ein zweites Date, bei dem ich deutlich machen wollte, dass es kein drittes geben würde."

"Und?"

"Ich konnte einfach nicht."

"War er doch so unwiderstehlich?"

"Nein, ich bin versetzt worden."

"Willkommen im Club."

"Auch zweites Date?"

"Erstes. Wir waren am japanischen Teehaus bei Planten un Blomen verabredet. Ich hab gewartet und gewartet und gewartet... Als sogar die Enten nach Hause gegangen sind, war mir klar, dass es keinen Sinn mehr hatte."

"Oy vey! Kein guter Abend für Dates, scheint mir."

"Sieht so aus. Aber warum schnacken wir und du stehst dabei herum wie ein steifgefrorener Wattwurm? Setz dich doch."

"Gerne." Levi nahm Kristen gegenüber Platz und orderte ein Bier. Kristen machte der Kellnerin mit einem Fingerzeig auf sein eigenes fast leeres Glas klar, dass er auch noch eins nahm.

In dem kleinen Lokal war an diesem Freitagabend nicht sonderlich viel los. Außerhalb des Quartiers war es sowieso eher ein Geheimtipp, der nur wenig von Leuten aus anderen Ecken der Stadt besucht wurde. Der Laden war gut, aber nicht ausgefallen genug, um "in" zu sein.

Kristen und Levi saßen an einem Tisch hinten im Biergarten, der durch einen Flechtzaun vom Nachbargrundstück getrennt wurde. Der Duft von Gegrilltem wehte durch die Ritzen zu ihnen herüber. Die Gespräche der anderen Gäste waren nur gedämpft zu vernehmen. Gelegentlich hörte man Kindertoben aus der Nachbarschaft.

Die Getränke wurden gebracht.

"Prost."

"Cheers.

"Aaaah", machte Levi nach dem ersten Schluck zufrieden. "Das hätte man dann mal wieder hinter sich."

"Was meinst du?"

"Eine Woche Wahnsinn und *Bubble Euphoria*. Da sehne ich mich fast nach meiner alten Firma zurück. "

"Wirklich traurig scheinst du über den Rauswurf dort nicht zu sein."

Levi spielte mit seinem Bierdeckel. "Im Nachhinein trifft das den Nagel auf den Kopf. Als ich vor dreieinhalb Jahren dort angefangen habe, war alles allerbest. Ein altes Familienunternehmen mit einem Patriarchen, der noch jeden Mitarbeiter beim Namen kannte. Weißt du, so einer, der sich Familienvätern sogar erkundigt hat, ob die Frau die Grippe auskuriert und der Sohn das Abi bestanden hat. War eine schöne Zeit."

"Was hast du da gemacht?"

"Das, was alle gemacht haben: Klienten betreut. Wir waren einer von diesen Dienstleistern, die für kleine Unternehmen die Buchhaltung gemacht haben – Steuererklärung, Datenaufbereitung für Betriebsprüfungen, Zahlungen an die Berufsverbände anweisen und so weiter. Das komplette Paket bei einer richtig tollen Arbeitsatmosphäre."

"Aber das Blatt hat sich gewendet?"

"Genau. Als der Seniorchef sich in den wohlverdienten Ruhestand zurückgezogen hat, kam der Schwiegersohn ans Ruder. Der hatte nichts Besseres zu tun, als gleich einen ehemaligen Kommilitonen ins Boot zu holen, der vorher bei einer amerikanischen Unternehmensberatung gearbeitet hat. Man weiß, was das bedeutet."

Kristen verstand. "Zu dösig, um ein eigenes Geschäft ans Laufen zu bekommen, aber anderen verklaren wollen, wie's richtig geht."

"Genau. Man war kein Mitarbeiter mehr, sondern nur noch eine Kostenstelle."

"Folglich warst du eine der Kostenstellen, die als entbehrlich eingestuft wurden?"

"Am Ende war waren wir alle entbehrlich, denn der Laden ist den Bach runtergegangen. Der Klimawandel ist auch bei den Kunden angekommen, was sich übel gerächt hat."

"Das klingt sehr nach ausgleichender Gerechtigkeit. *Never change a winning team*, kann ich da nur sagen." Kristen trank von seinem Bier. "Was hast du da eigentlich?" Sein Blick fiel auf den tiefen V-Neck von Levis hautengem T-Shirt. Der junge Mann konnte es sich leisten, so etwas zu tragen.

"Hab' ich mich vorhin in der Dönerbude bekleckert?" Hektisch fuhr Levi mit den Fingern über seine Haut und suchte nach Saucenspuren. "Mich kann man wirklich nur zweimal mitnehmen – zum Blamieren und zum Entschuldigen."

"Quatsch, ich meinte den Anhänger an deinem Halsband. Ist das ein Plektron? Spielst du Gitarre?"

"Ach, das." Levi zog seine Kette hoch und beugte sich vor, damit Kristen den Anhänger besser sehen konnte. Auf der Vorderseite war das winzige Portrait einer früher sehr bekannten Sängerin zu sehen. "Das gehörte mal zu einem Schlüsselanhänger. War eine Werbeaktion einer französischen Schallplattenfirma in den Sechzigern. Bei jeder Single war an der Hülle eine kleine Vignette angebracht, die konnte man ausschneiden. Wenn man zwanzig Stück zusammenhatte, hat man die an die Plattenfirma gesandt und im Gegenzug so einen Schlüsselanhänger bekommen."

"Aber das war doch vor deiner Zeit?"

"Natürlich. Das Ding ist ein Geschenk von einem ganz besonderen Menschen gewesen und seitdem mein Glücksbringer."

"Steht dir jedenfalls sehr gut."

"Oh, vielen Dank." Levi lächelte. Er hatte Grübchen in den Wangen.

Etwas, das Kristen sehr sexy fand. Ein Garant für weiche Knie. Er räusperte sich. "Äh, gerne doch. Was ich grade noch fragen wollte: Wie viel Zeit musst du jetzt noch bei uns absitzen?"

"Zwei Wochen."

"Und danach?"

"Bekomme ich zwar immer noch Geld vom Amt, aber was die Quarknasen dann mit mir vorhaben, weiß ich nicht. Wahrscheinlich eine weitere sinnlose Maßnahme."

"Aber dann warst du doch nur drei Monate da, oder?"

"Hm-hm." Levi nickte.

"Frag doch deinen Sachbearbeiter... pardon, *Fallmanager*, ob du nicht eine Verlängerung bekommen kannst. Laufen doch genug rum, die von vornherein sechs Monate bekommen. Ich, zum Beispiel."

"Bin ich denn verrückt? Ich tu' mir doch nicht noch drei weitere Monate Blasenabschießen an. Langsam möchte ich meine Zeit wieder sinnvoll verbringen.."

Kristen zuckte gleichgültig mit den Achseln. "Natürlich macht das alles so viel Sinn wie der sprichwörtliche Teelöffel, um die Sahara umzugraben. Aber dort kennst du inzwischen die Dozenten und ihre Macken. Außerdem kannst du nicht bestreiten, dass Frau Mikolić ihr Bestes gibt."

Frau Mikolić war eine der Job Coaches, die den Kursteilnehmern Stellenvorschläge aus den diversen Jobbörsen zukommen ließ. Außerdem mussten sie ihr gegenüber einmal wöchentlich nachweisen, dass sie tatsächlich Bewerbungen versandten, was wiederum ans Amt gemeldet wurde. Letzten Endes tat Tin Mikolić genau das, wofür eigentlich die Sachbearbeiter an amtlicher Stelle zuständig waren.

"Die Überlegung hat was für sich", gab Levi zu. "Immerhin hat sie durchgeboxt, dass Tobi Böckmann die Fahrtkosten für das Vorstellungsgespräch in Hannover vorab bekommt, damit er am Montag überhaupt fahren kann."

"Ich glaube, davon war sie selbst am allermeisten überrascht. Nach dem Reinfall mit dem Kursus zur Ausbildereignungsprüfung für den kleinen Knuffigen, der wie Johnny Depp in blond aussieht... wie heißt der noch..."

"Peter."

"Richtig, Peter."

Levi wollte von seinem Bier trinken. Unschlüssig setzte er das Glas wieder ab. "Die Begründung war echt heftig — Ausbildereignungsschein ist eine Aufstiegsqualifikation, mit der man bei Vorstellungsgesprächen besser dasteht, als man seine alte Stelle verlassen hat, darum wird es nicht gefördert."

"Der Himmel bewahre uns vor bestens qualifizierten Bewerbern!"

"Darauf trinke ich." Levi hob sein Glas.

Sie stießen an und zwinkerten sich dabei zu. Ihr Blickkontakt hätte vielleicht noch länger angehalten wenn sie nicht eine Stimme in das Gespräch gemischt hätte: "Könnt ihr zwei nicht mal am Freitagabend an was anderes denken? Jungs, das Wochenende hat begonnen!"

"Nu' schlägt's aber dreizehn", entfuhr es Kristen. "Wer will da noch an Zufälle glauben?"

"Ich weiß, ein Wort ohne Sinn, da nichts ohne Ursache existieren kann."

Levi pfiff durch die Zähne. "Oh-là-là, welch gebildete Töne. Tagsüber tut er immer so, als wäre er wie geschaffen für das Privatfernsehen, aber abends kommt er uns mit Voltaire!"

Julian zog einen Stuhl vom Nebentisch herüber und setzte sich rittlings darauf, die Rücklehne vor der Brust. "Tja, es gibt Momente, in denen es besser ist, sich doof zu stellen. Aber ganz im Ernst: Habt ihr keine anderen

Themen?"

"Doch, nur fanden wir die Feststellung, von unseren jeweiligen Dates versetzt worden zu sein, noch deprimierender."

"Zwei so hübsche Jungs wie ihr werden versetzt? Was habt ihr falsch gemacht?"

"Vielleicht hätten wir nicht erwähnen sollen, dass wir dich kennen", parierte Levi und sah sich suchend um.

"Die Kellnerin ist grade wieder reingegangen", sagte Julian.

"Die suche ich gar nicht. Aber es würde mich nicht wundern, wenn Marleen auch noch auftaucht."

"Och, nee", winkte Kristen ab. "Sie ist ja wirklich ein liebes Ding, aber wenn sich die Dinge schon so fügen wie jetzt, habe ich irgendwie richtig Lust auf einen reinen Jungs-Abend."

"Ich bin dabei."

"Ich auch."

Die Kellnerin kam nun doch an den Tisch. Julian orderte einen Whisky. "Jetzt darf ich ja endlich."

"Vorher nicht?" wollte Kristen wissen.

"Tscha, wenn mein Bruder nicht dazwischengefunkt hätte, wäre ich schon vor drei Stunden so richtig auf'n Swutsch gegangen."

"Was hat der Satan angestellt?"

"Danke, dass du fragst." Wie eine ältliche Tante tätschelte Julian Kristens Handgelenk, was ihm einen schiefen Blick von Levi einbrachte. "Er hat sich so mit seiner Frau verkracht, dass ich ihn vorhin noch zum Flughafen bringen musste. Jetzt fliegt er alleine für zwei

Wochen nach Playa del Ingles. Wobei ich im ersten Moment gedacht habe, es wäre nur ein Inlandsflug."

"Warum denn das?"

"Der Mann hat seinen Koffer aufgegeben und ist nur mit Reisepass und Bordkarte zum Gate gegangen – kein Handgepäck!"

"Was ist daran so schlimm?"

Julian warf Levi einen mitleidigen Blick zu. "Ich bitte dich – wie kann man einen Flug antreten, der länger als eine Stunde dauert, ohne ein kleines Täschchen mit Buch, iPod und vielleicht sogar ein oder zwei Toilettenartikeln dabei zu haben?"

"Toilettenartikel?" fragte Kristen gedehnt. "Ganz ehrlich – ich muss mich nicht in einer viel zu engen Flugzeugtoilette rasieren, da ist mein eigenes Bad doch geräumiger."

"Yep." Levi nickte.

"Rasieren?" Julian hob spöttisch die Augenbrauen. "An einen Bartstutzer habe ich nun wirklich nicht gedacht. Eher diese kleinen Dinger aus Latex, die man sich so drüber rollt... und dann ein schicker Steward..."

"Idiot." Kristen verdrehte die Augen. "Ich kann deinen Bruder jedenfalls verstehen. Ich steige auch am liebsten mit so wenig Ballast wie möglich ins Flugzeug."

"Richtig", pflichtete Levi bei. "Wenn's auf meinem Konto wegen bekannter Umstände nicht gerade so mau aussähe, könnte ich jetzt auch einfach so nach Fuhlsbüttel fahren und mir ein Last Minute-Ticket irgendwohin kaufen. *Semper paratus*, sag' ich nur!" Er lächelte Kristen verstehend zu.

"Interessant, dass ausgerechnet *du* mit Pfadfindersprüchen kommst", stichelte Julian. "Dabei könnte ich mir gerade bei dir vorstellen, dass man dich nicht lange bei dem Haufen behalten hat."

"Sagt jemand, den man gar nicht erst aufnehmen würde. Da war doch was mit Gefahr für die Sexualmoral, nicht wahr, Jungchen?"

"*Semper paratus*", überlegte Kristen. "Hat das nicht was mit den US Marines zu tun?"

"Das ist *Semper fi*", sagten Levi und Julian gleichzeitig. Blicke wie Pfeile flogen quer über den Tisch, was Kristen nicht bemerkte oder bemerken wollte. Schnüffelnd reckte er seine Nase etwas höher. "Riecht ihr das auch?"

Ein Geruch kam in Wölkchen durch die Lücken im Zaun gekrochen. Süßlich, leicht nach Kräutern duftend, vermischt mit dem Aroma von feuchtem Moos und etwas, das vage an verdorbenen Käse erinnerte.

"Das ist ganz bestimmt kein Grillfleisch." Levi grinste. "Es sei denn, die haben ihr Kotelett mit Schwarzem Afghanen mariniert."

"Schön beobachtet." Kristen nickte. "Die sind inzwischen zum Nachtisch übergegangen."

"Irgendwie machen die es ja genau richtig: Entspannen und genießen", meinte Julian.

"Du sagst es." Kristen stellte nach einem Schluck Bier das Glas ab und wischte sich den Schaum vom Mund. "Was kann man denn noch mit dem angebrochenen Abend anstellen? Um nach Hause zu gehen, ist es mir noch zu früh. Ist ja gerade mal zehn nach neun."

"Ein kleiner Zug durch die Gemeinde?" schlug Julian

vor.

"Hört sich gut an."

"Fein. Jetzt müssen wir nur noch die Gemeinde festlegen. Bleiben wir auf der Schanze, fahren wir nach St. Pauli rüber – oder vielleicht doch lieber nach St. Georg? Ich war schon ewig lange nicht mehr im *Honigtöpfchen*."

"*Honigtöpfchen*?" fragte Levi gedehnt. "Da, wo die ganzen Landeier von außerhalb einfallen? Auf der Suche nach dem feuchten Großstadtabenteuer? Nee, danke. Ich wäre für das *Judy*; Alfred soll doch so toll renoviert haben."

"Na und?" Julian war auf Krawall gebürstet. "Eine Schicht frische Farbe täuscht auch nicht darüber hinweg, dass der Laden seine guten Jahre hinter sich hat. Out, out, outer geht's nicht."

"Jetzt sprichst du ja doch wieder vom *Honigtöpfchen*", griente Levi.

"Hör mal zu, du kleiner..."

"Jungs", fuhr Kristen dazwischen. "Kein Streit, sonst muss ich euch auseinander setzen. Ich fälle jetzt mal ein salomonisches Urteil: Die Nacht hat doch noch gar nicht richtig begonnen, es ist noch bannig viel Zeit. Wir gehen in beide Läden und lassen uns dann einfach durch die Nacht treiben. Einverstanden?"

Es dauerte fast drei Stunden, bis die Spuren der kulinarischen Explosion vollends beseitigt waren. Zwischendurch schaute Meeno vorbei, weil ihn die lange Abwesenheit seiner Frau doch irgendwann wunderte. Er brach in beruhigtes Lachen aus, als er von Reinholds Ungeschick erfuhr, und verschwand wieder.

"Möchtest du einen Kaffee?" fragte Reinhold, als sie mit allem fertig waren.

"Gerne. Wenigstens sind diese Padmaschinen so konstruiert, dass selbst jemand wie du eine Tasse Kaffee hinbekommt, ohne die halbe Stadt in die Luft zu jagen." Jonica reichte ihm zwei Kaffeebecher aus dem Geschirrschrank. "Papa, wir müssen uns mal ernsthaft unterhalten. So kann das einfach nicht weitergehen. Seit Frieda nicht mehr da ist, geht es mit diesem Haushalt täglich ein Stück weiter bergab."

"Ist das ein Wunder?" verteidigte sich Reinhold. "Ich habe doch gar keine Übung in solchen Dingen, weil Frieda alles gemacht hat."

"Ganz suutje, Papa. Ich gebe dir ja gar keine Schuld, sondern mache nur eine Bestandsaufnahme, die ergibt, dass du dich langsam um jemand Neuen kümmern musst, der hier klar Schiff macht."

"Aber Frieda ist doch erst sieben Wochen..."

"Papa! Für uns war Frieda ein Familienmitglied, ja. Aber für die Außenwelt war sie eine einfache Haushälterin, eine Bedienstete, die Putze, die *Kööksch*, das Faktotum, das für drei Generationen unsers Clans gearbeitet hat. Genau das ist der springende Punkt: Sie war keine Verwandte. Es besteht keine gesellschaftliche Verpflichtung für dich, ein Trauerjahr einzuhalten, was bei deinen Künsten ausreichend Zeit wäre, um das Haus bis auf die Grundmauern in Schutt und Asche zu legen."

"So untalentiert bin ich nun auch wieder nicht!"

"Ach?" fragte Jonica süffisant. "Die biologisch abbaubare Bombe, die du vorhin gezündet hast, ist deinem Gedächtnis schon wieder entfallen? Darf ich dann vermuten, dass deine Amnesie sich auch auf den blauen Pullover erstreckt, der nun fast reinweiß erstrahlt, weil du statt Gallseife Entfärber in das Einspülfach gegeben hast? Und war da nicht auch was mit zwei sehr scharfen Reinigungsmitteln, die du gleichzeitig verwendet hast? Im Dorf dachte man wegen der Qualmwolke, die *Queen Mary 2* hätte in deiner Badewanne festgemacht."

"Schon gut. Ich sehe es ja ein. Aber wenn du schon so schlau bist, o du mein Töchterlein, kannst du mir auch sagen, wo ich jemanden herbekommen soll?" Reinhold nahm die vollen Kaffeetassen und setzte sich damit zu Jonica an den Küchentisch. "Frieda war, wie du so treffend festgestellt hast, jahrzehntelang bei uns. Dadurch gehörte sie auch einer nahezu ausgestorbenen Spezies an. Wer lässt sich denn heute noch zur staatlich approbierten Hauswirtschafterin ausbilden, die eine Stelle bei sogenannten Herrschaften antritt, bei denen sie obendrein im Haus wohnt?"

Jonica sah das Problem nicht. "Wie wäre es für den Anfang mit dem guten alten Zeitungsinserat?"

Reinhold murrte Unverständliches.

"Du schaffst das schon." Jonica stand auf. Im Hinausgehen hauchte sie ihrem Vater mit gütiger Miene einen angedeuteten Kuss auf die Stirn. Aus purer Berechnung, denn er hasste es, und das wusste sie. Für ihn ging mit diesen Gesten der Duft vom alten Muff des hanseatischen Bürgeradels einher.

Die Bargstedts gehörten zu jenen Kreisen, die bisweilen recht fest in der Zange von dem gefangen waren, was "man" im Allgemeinen tat, wenn "man" sich über mehrere Generationen einen "Namen" gemacht hatte. Sie waren stolz auf ihre Position, allerdings nicht rein pekuniär wie die hinzugezogenen Wirtschaftskapitäne. Sie waren es wegen ihrer Verwurzelung im Ort, wie auch die alten Arbeiterfamilien drüben in Barmbek, wo Reinhold sich bei seinen seltenen Besuchen wohler fühlte als in Blankenese.

Vor einiger Zeit hatte er mit dem Gedanken gespielt, das Haus komplett an Jonica zu überschreiben und sich selbst eine Wohnung in der Innenstadt zu suchen. Doch er fürchtete, es sich nicht leisten zu können, wenn er sich zu weit vom Establishment entfernte. Er hatte eine gut dotierte Funktion bei einer angesehenen Hamburger Werft. Unlängst hatte man ihm dort das verlockende – wenn auch von ihm noch nicht angenommene – Angebot gemacht, zum zweiten Geschäftsführer aufzusteigen. Das alles bedeutete wertvolle, unverzichtbare Kontakte. Es war eine ständige Gratwanderung zwischen Freiheiten und Zwängen, der er schon lange müde geworden war.

Bei Jonica hatte er sich durchgesetzt. Sie hatte "nur" Bürokauffrau werden wollen statt, wie von ihren Großeltern vorgesehen, Medizin zu studieren. Er hatte dafür gesorgt, dass ihr Wunsch in Erfüllung gehen konnte. Doch bei seinen persönlichen Wünschen war er an der eigenen Chuzpe gescheitert. Besser gesagt, dem Mangel daran. Manchmal hatte er das alles so entsetzlich satt.

Reinhold stand vom Küchentisch auf. Auf dem Weg ins Wohnzimmer nahm er sich ein Glas Wein mit. Er streifte die Sandalen ab und legte sich auf das Sofa. Er trank von dem Wein, legte den Kopf in den Nacken und starrte an die Decke. Einfach eine Annonce aufgeben und eine neue Haushälterin einstellen, hatte Jonica geraten. Als wenn es nur damit getan wäre.

Der Morgen dämmerte schon, als Kristen endlich seine Haustür aufschloss. Gähnend schleppte er sich durch das Treppenhaus. In der Diele seiner Wohnung zog er Papiere und Geldbörse aus seiner Sommerjacke und legte beides auf das Garderobentischchen. Er vermisste den Streifen Papier aus dem Passbildautomaten. Schade. Die üblichen vier Fotos mit albernen Gesichtern, die auf so einer kleinen Spritztour durch die Nacht eben so entstehen, hatten ihm wirklich gut gefallen. Ein schönes Souvenir für zwei fröhliche, nicht mehr ganz nüchterne Männer. Der andere hatte sich schon kurz nach Mitternacht verabschiedet. Er hatte gewusst, wann eine Schlacht verloren war, auch wenn er den Krieg noch nicht verloren gab.

Mit dem anderen war Kristen noch eine Weile weiter umhergezogen, bis sie den Trubel der Meile gegen eine ruhigere, privatere Location getauscht hatten.

Vielleicht habe ich sie auf seinem Nachttisch liegengelassen, überlegte Kristen. *Ich kann ihn ja heute Nachmittag mal anrufen.*

4

Im Seminarraum 4.12 standen die Zeichen auf Sturm. Marleen hatte nach einem Vorstellungsgespräch eine Einladung zu einem Probearbeiten als Verkäuferin in einem Spielwarenladen bekommen. Zuvor sollte sie jedoch ein Praktikum machen, um sich überhaupt erst einmal über den Umgang mit Spielzeug zu informieren. Die Kindergärtnerin tobte: "Zwölf Jahre hatte ich täglich mit Spielzeug zu tun! Ich weiß genau, was Bauklötze von Puppen unterscheidet. Ich weiß auch, ob ein Gummiball pädagogisch wertvoller ist als ein Laserschwert. Diese miesen Paragraphenreiterkreaturen...!"

Kristen und Julian feixten.

"Was kann es ohnehin schon großartig über Spielzeug zu lernen geben?" goss Julian Öl ins Feuer.

Marleen funkelte ihn böse an. "Man merkt, dass du keinen größeren Umgang mit Kindern hast."

"Völlig daneben, Teuerste. Für die beiden Lütten meiner Schwester bin ich der coole Lieblingsonkel mit dem großen Motorrad. Aber mal ehrlich: Was soll man schon über Puppen lernen können? Man knuddelt sie, man drückt sie, und manche macht man sogar an. Genau wie Frauen."

"Oh, ist das süß", mischte Levi sich ein. "Wenn ich das nächste Mal Magenprobleme habe, werde ich dich darum bitten, das zu wiederholen. Das dürfte effektiver sein, als mir den Finger in den Rachen zu schieben."

"Solange es nur der Finger ist." Julian grinste boshaft. Er beugte sich zu Kristen rüber, um auf dessen Monitor schauen zu können. "Ich fasse es nicht – der alte Bagaluut arbeitet. Lass das sein, du blamierst sonst noch unsere ganze Innung!"

"So sehr ich eure Gesellschaft auch schätze – die ewige Mitgliedschaft strebe ich bestimmt an. Ich will raus hier, und das fix!"

Mehr ließ sich Kristen an diesem Tag nicht entlocken. Sobald er seine Zeit abgesessen hatte, eilte er davon. Er verschwand regelrecht von der Bildfläche, bis Hanna nach einer Woche besorgt vor seiner Wohnungstür stand. "Alles in Ordnung bei dir?"

"Noch nicht ganz, noch nicht ganz", erklärte Kristen zerstreut. "Ein paar Details fehlen mir noch, aber wenn ich die beisammen habe, kann mir das Amt ein für allemal gestohlen bleiben."

"Hast du endlich einen neuen Job?"

"Noch nicht ganz, noch nicht ganz." Kristen wiederholte sich. "Aber komm erstmal rein. Ich brauche ohnehin deinen Rat."

Er ging voran in die Küche. Der Tisch dort war mit Broschüren, Flugblättern und Prospekten übersät, auf mehrere herumliegende Collegeblöcke hatte Kristen endlose Zahlenkolonnen geschrieben.

"Kreatives Chaos", konstatierte Hanna.

"Ganz genau."

"Was hat es damit auf sich? Peppst du deine Bewerbungen auf?"

"Wenn alles nach Plan verläuft, werde ich keine einzige Bewerbung mehr schreiben."

"Du sprichst in Rätseln."

"Hier, schau mal." Kristen hielt Hanna etwas entgegen, das auf den ersten Blick wie eine Bastelarbeit aus der Grundschule aussah. "Ist im Moment nur ein grober Entwurf, aber er gibt durchaus die Richtung vor, in die ich möchte. Sollte ich das etwas farbenfroher gestalten, oder das hier in dezentem Cremeweiß und Blau genau richtig?"

Hanna griff zögernd nach dem zum Flyer gefalteten Papier und studierte es ausgiebig. Zuerst war ihr Kopfschütteln kaum bemerkbar, allenfalls wie ein leichtes Zittern bei Kälte. Je mehr sie sich mit der Lektüre beschäftigte, desto intensiver wurde es. Dann warf sie den Flyer auf den Tisch. Er entglitt ihren Fingern ein bisschen zu früh, verfehlte die Tischkante und segelte gemächlich zu Boden. Sie warf Kristen einen Blick zu, als hätte der gerade verkündet, er ein Weingut auf dem Mars zu übernehmen. "Das kannst du doch nicht machen!"

"Warum nicht?"

"Weil du ein Mann bist!"

"Ach, konnte da mal wieder einer nicht dichthalten?"

"Das ist ein Frauenjob."

"Sexistin. Wir leben in einem neuen Jahrtausend. Jeder Job steht jedem Geschlecht offen."

Hanna überhörte das. "Welcher Teufel hat dich geritten, ausgerechnet Hauswirtschafter werden zu wollen?"

"Du."

"Ich? Im Leben nicht!"

Kristen zog *16 Uhr 50 ab Paddington* aus seinem Bücherregal. "Das hab' ich doch von dir."

"Ja, und?"

"*Du* bist doch die Buchexpertin."

"Meinst du ich kenne jedes Buch auswendig, das durch meine Hände gegangen ist?"

"Eine Freundin von Miss Marple beobachtet einen Mord, doch nirgends taucht die Leiche auf", leierte Kristen herunter. "Weil Miss Marple selber zu alt für die Suche ist, engagiert sie Lucy Eyelesbarrow. Miss Eyelesbarrow ist eigentlich eine Studierte, hat aber die Zeichen der Zeit erkannt und verdient gutes Geld als freelancende Hauswirtschafterin. Immer nur vorübergehend für ein paar Wochen, damit die Abwechslung größer ist."

"Nein, wie zauberhaft", lobte Hanna ironisch. "Ich sehe da nur einen klitzekleinen Haken: Deine Luzie Eierkocher ist eine Person, die sich Mrs. Christie sehr süß ausgedacht hat. Nur – glaubst du wirklich, hier in der realen Welt braucht jemand eine Wanderputze, die nur kommt, um vor der Silberhochzeit des Hausherrn einmal das gute Familiensilber zu putzen, um danach wieder zu verschwinden?"

"Das glaube ich für dich mit! Sowas wird in der Tat gesucht. Aber sowas kann man nicht mit trockener Kehle beschnacken. Willst du 'nen Tee?"

"Eigentlich bräuchte ich jetzt einen Caipirinha, weil man deine Ideen nur unter Alkoholeinfluss verträgt, aber um mich volllaufen zu lassen, ist es noch zu früh."

"Erinnerst du dich noch an unserer erstes Party Crashing? Bei dem alten Soodmann?" fragte Kristen, als sie mit dampfenden Tassen in der Hand auf dem Sofa saßen. "Im Grunde hat es da schon angefangen, auch wenn es mir erst jetzt klargeworden ist. Als ich mich durch den Saal geschlichen habe, um den besten Moment für den Auftritt auszubaldowern, ging es bei den meisten Schnacks nicht um Aktienkurse oder die neue Kollektion von Dior. Die haben nur über ihre Domestiken gejammert! Gekündigt, von selbst gegangen, Kur, schwanger, auf Entzug, in der Klapsmühle – alles Mögliche. So war es jedes Mal, wenn wir bei der High Snobiety zum Crashen waren. Besonders in letzter Zeit, als ich es bewusst beobachtet habe."

"Ach, deshalb hat das letzte Woche auf dieser Anwaltstagung so lange gedauert, bis du endlich mit der Show zu Potte gekommen bist!"

"Ja, das ist genau der Punkt, auf den ich hinauswollte." Kristen rollte mit den Augen. "Ich hab' noch weiter geforscht. Bei ein paar Freunden rumgefragt – Arzthelferinnen, Rezeptionisten, Personal Trainern. Du machst dir gar keinen Begriff davon, wie groß die Angst beim Geldadel ist, sie könnten sich ihre manikürten Fingernägel abbrechen, wenn sie das Frühstücksrührei mal selber machen müssen. Sogar die Kerle mit ihren zarten Aktienbrokerhänden! Die Vorstellung, die Katzentoilette drei Wochen lang selber ausmisten zu müssen, löst bei denen förmlich Herpes aus. Genau da werde ich ansetzen."

"Darf ich zaghaft die Frage einwerfen, mit welchen Qualifikationen du punkten willst?" Hanna ging zum Barschrank hinüber und goss sich einen großzügig bemessenen Whiskylikör ein. Irgendwie brauchte sie doch einen alkoholischen Nervenschmeichler. "Deine Fachkenntnis bei Zündkerzen hilft dir allenfalls bei den Hausherren weiter."

"Ich war immerhin zwei Jahre auf einer weiterführenden Schule für Ernährung, Hauswirtschaft, Textiltechnik und Bekleidung, bevor ich in die Ausbildung gegangen bin."

"Dein Uralt-Zeugnis vom Puddingcollege reißt doch heute keinen mehr vom Hocker. Wenn die in deinem Lebenslauf lesen, dass du in den letzten Jahren Keilriemen verkauft hast, lachen die sich schlapp."

"Mein Zivildienst in der Küche des Seniorenstifts..."

"... ist auch über fünfzehn Jahre her. Kristen, nun sei doch vernünftig. Wenn du dich schon selbständig machen willst, dann doch besser mit etwas, das viel realistischer daherkommt. Kauf dir 'nen weißen Mercedes und mach den Taxischein."

"Klar, in einem Bereich, in dem es *ü-ber-haupt* keine Konkurrenz gibt. Da kann ich auch gleich Barkassenführer im Hafen werden."

"Jetzt wirst du albern." Hanna warf einen giftigen Blick auf das Bücherregal. "Hätte ich dir bloß nie diese verdammten Schmöker mitgebracht! Mit denen hat der ganze Schlamassel angefangen."

Hanna war nicht die einzige, die Kristens Pläne unter Beschuss nahm. Bei fast all seinen Freunden stieß das

Projekt auf Unverständnis. Von "Investitionsgrab" war da die Rede oder von beruflichem "Selbstmord, mit dem du nie wieder einen vernünftigen Job findest".

Kristen störte sich wenig daran. Unermüdlich wies er darauf hin, wie viele Selbständige erfolgreich kleine Geschäfte wie Nagelstudios, Discountbäckereien oder Solarien betrieben, nachdem sie ihren zuvor erlernten Beruf mit einem gerade mal sechswöchigen Abendkursus durch einen neuen ersetzt hatten.

Dabei war er sich sehr wohl im Klaren, wie wenig dieses Argument zog. Hannas Hinweise auf die fehlenden Referenzen entbehrten ebenfalls nicht einer gewissen Substanz. Sollte sein erster potentieller Klient im Akquisegespräch nach dem *Warum* für diesen abrupten Wechsel des Betätigungsfeldes fragen, würde er gnadenlos durchrasseln. Ein mageres "Das habe ich schon immer gerne gemacht" fand heutzutage bei keinem Arbeitgeber mehr Anklang.

Dabei stimmte es. Schon als Teenager hatte er seiner Großmutter beim Polieren des guten Silberbestecks geholfen. Zum Ausmisten von Opa Falkenbrooks Kaninchenställen hatte er sich freiwillig gemeldet, sein Vater hatte Kristen nie mit fünf Mark locken müssen, weil er den Rasen freiwillig gemäht hatte, und das Sonntagsessen im Elternhaus hatte meistens der Teenager Kristen gekocht. Inklusive Abwasch.

Trotzdem hatte er wie alle anderen Jungs auch Fußball gespielt, sich mit den Jungs aus der Parallelklasse geprügelt oder sich regelmäßig bei Querfeldeinrennen mit dem Bonanzarad aufs Maul gelegt. Einfach, weil es ihm Spaß gemacht hatte, und nicht, um Klischees über "Jungs mit besonderen Interessen" zu widerlegen, wie ihm manchmal heute noch mit ironischen Seitenblicken auf den gerahmten Druck von Herb Ritts' *Fred With Tyres* an seiner Wohnzimmerwand oder den Männerkalender in der Küche unterstellt wurde.

Nichts hatte Kristens direkte Umgebung mehr erstaunt, als er nach der Hauswirtschaftsschule ausgerechnet in einem Stahlwerk eine Ausbildung zum Industriekaufmann begonnen hatte. Man war allgemein von etwas wie Landschaftsgärtner, Kostümschneider, Tierpfleger oder Koch ausgegangen. Was im Nachhinein wohl auch besser gewesen wäre, denn bei den Vorbereitungen für die Bewerbungsmappen war Kristen sein Prüfungszeugnis in die Hand gefallen. Nur eine Zwei minus hatte er nach Hause gebracht. Nicht wirklich etwas, um es sich gerahmt an die Wand zu hängen.

Längst war er überzeugt, damals die falsche Berufswahl getroffen zu haben. Diese Erkenntnis half ihm zwar, zu sich selbst zu finden, brachte ihm für die Umsetzung seiner Pläne aber nur wenig. Er brauchte etwas Handfestes, womit er künftigen Auftraggebern klarmachen konnte, dass sie keinen besseren Interimshauswirtschafter als ihn finden würden.

Was er dann tat, war ganz sicher unmoralisch und wahrscheinlich auch ungesetzlich. Doch im Mahlwerk der Amtsmühlen zu stecken, war eine Situation, die er um keinen Preis noch länger ertragen wollte. Eine Woche, nachdem der kleine, unreine Gedanke in ihm gekeimt war, brachte der Briefträger einen großen

Umschlag ins Haus und Kristen noch am selben Vormittag ein Paket zum Postamt. Seiner besten Freundin wäre dieses Tun wahrscheinlich verborgen geblieben, wäre Hanna nicht am selben Abend erschienen, um sich etwas von ihm zu borgen.

"Was willst du damit?" fragte Kristen alarmiert. "Du weißt, dass sie ungespielt ist, und das soll auch so bleiben."

"Keine Sorge", versicherte Hanna. "Ich will lediglich für meinen Fotokurs ein paar Studien in rot ablichten, und da bietet sich eine Schallplatte aus rotem Vinyl einfach an – die Brechung des Lichtes in den Rillen, der Schattenwurf und so weiter. Ich verspreche dir auch, sie hinterher zum Reinigen in diesen Sammlerladen drüben in Eppendorf zu bringen, damit du sie ohne ein einziges Staubkörnchen zurück bekommst."

Kristen realisierte, dass weiteres Drucksen sinnlos war. "Ich hab' die Platte nicht mehr. Die ist gerade auf dem Postweg zu meinem Schwager."

"Aber die hat dir doch immer so viel bedeutet!"

Kristen zuckte mit den Schultern. "Für manche Dinge muss man einen Preis zahlen, auch wenn es sich dabei um die Sonderpressung eines ABBA-Albums in rotem Vinyl mit Autogramm von Agnetha handelt."

"Und?"

"Und – was?"

"Wofür bist du bereit diesen Preis zu zahlen?"

Kristen öffnete vorsichtig den Briefumschlag und zeigte Hanna zwei Bögen schweren Briefpapiers mit Wasserzeichen und Wappenprägung.

"Was ist das?"

"Russell ist doch Geschäftsführer in diesem edlen Hotel an der Promenade in Blackpool. Im Austausch für die Platte hat er mir ein Zeugnis für ein hauswirtschaftliches Auslandspraktikum dort ausgestellt. In meinem Lebenslauf werden künftig die letzten sechs Monate meiner Arbeitslosigkeit fehlen und durch dieses Praktikum ersetzt."

"Das alte Sprichwort *Ehrlich währt am längsten* sagt dir was, ja?"

"Durchaus, es bringt nur nix, danach zu leben."

"Du bist echt bereit, für dieses Himmelfahrtskommando über Leichen zu gehen, hm? Kristen, du solltest dich schämen."

"Heutzutage man es sich nicht mehr leisten, Skrupel zu haben. Obwohl ich zugeben muss, dass es mich fünf Anläufe gekostet hat, bis ich mich wirklich getraut habe, meinen Schwager um diesen Gefallen zu bitten."

"Ich geb's auf. Du bist der fleischgewordene Beweis dafür, dass völliges Gehirnversagen nicht zwangsläufig auch zum körperlichen Tod führt", zischte Hanna. "Herzlichen Glückwunsch zur Aufnahme im Club der Durchgeknallten. Mitgliedsausweis und Begrüßungsschampus werden nachgereicht."

5

Kristen ließ einen prüfenden Blick über das Buffet schweifen. Ein paar Garnelen, die dekorativ über die Ränder von Gläsern mit Spargel-Jakobsmuschel-Mousse drapiert worden waren, hatten ihre vorgeschriebene Position verlassen. Kristen zog sich einen Plastikhandschuh über und stellte die vom Chefkoch des Cateringservice angestrebte Ordnung wieder her.

Seit einer Viertelstunde war er alleine für den kulinarischen Ablauf der bald beginnenden Veranstaltung zuständig. Die letzte Aufgabe, bevor sein aktueller Job zu Ende ging.

Er würde drei Kreuze machen, wenn es vorbei war. Schon der Auftakt am frühen Morgen hatte ihn an den Rand einer gepflegten kleinen Hysterie getrieben. Die Champagnerkelche hatte der Caterer vergessen, dafür die doppelte Menge Rotweingläser gebracht. Als Dessert war etwas im Haus gelandet, das wie *The Blob* ausgesehen hatte.

"Was zum Teufel ist das?" hatte Kristen beim Anblick der glibberigen igluförmigen Masse entsetzt gefragt.

"Ein Halbmond aus Ananasgelee." *Sieht man doch, du Idiot*, war unausgesprochen geblieben.

"Warum ist das rot statt gelb?"

"Kommt von den Farbpigmenten aus Chilischoten.

Das ist Molekular-Cuisine!"

"Sehen Sie hier irgendwo einen Bunsenbrenner? Das ist eine Küche, kein Chemiesaal. Nehmen Sie das gefälligst wieder mit und bringen mir das Pomeloparfait aus meiner Bestellung."

Hektische Prüfung der Unterlagen. "Ich fürchte, das hat der Maître gar nicht erst zubereiten lassen."

Also war Kristen in seinen Wagen gesprungen, hatte im Großmarkt filetierte Pomelo in Dosen samt aller anderen Zutaten besorgt und selber ein Parfait für fünfundzwanzig Leute angerührt. Die überzähligen Weingläser mussten für die appetitliche Anrichtung herhalten.

Kristen geriet immer noch in Rage, wenn er nur daran dachte. Diesmal war es gutgegangen, trotz der zweieinhalb Stunden, die ihn die Rettungsaktion gekostet hatte. Beim nächsten Mal konnte alles anders sein. Dann würde seine immer noch recht junge Karriere erheblichen Schaden nehmen, ehe sie richtig begonnen hatte.

Draußen blitzte es. Die leichte Schäfchenbewölkung des Morgens war einem prasselnden Vorhang in Grau gewichen. Aus der Ferne rollte Donner heran.

Kristen trat ans Fenster und blickte auf das sechs Stockwerke unter ihm liegende Pflaster. Das Labyrinth der Häuserschluchten in der HafenCity wirkte wie ein Turbobeschleuniger. Aus dem Nichts auftauchende Fallwinde trieben den Regen und einzelne Zeitungsblätter wild durch die Straßen wie eine Bande übermütiger Hafenlümmel aus alten Zeiten ihre Tüdelbänder.

Kristen kehrte zu seinen Garnelen zurück. Obwohl diese bereits in der vorletzten Nacht irgendwo zwischen Helgoland und Scarborough ihr Dasein ausgehaucht hatten, waren sie nahezu das einzige, was in diesem Raum lebendig wirkte. Vorrangig lag das an der Einrichtung: Wände in grau, Sitzmöbel in anthrazit, dazu überall Leuchten, Bilderrahmen und Zierleisten aus Chrom oder gebürstetem Edelstahl. In drei mausgrauen Pflanzkübeln auf einem schwarzen Sideboard thronte jeweils eine graugrüne Agave, mit deren Stachelblättern Kristen schon mehrere Male unangenehmen Kontakt gehabt hatte.

Selbst das Meeresfrüchtebuffet zeichnete sich zumindest optisch durch eine bemerkenswerte Langeweile aus. Milchiges Weiß und Octopustinte dominierten. Das kräftige Orangerot der Garnelen sorgte für den dringend notwendigen Farbtupfer. Wenn später noch das Sorbet dazukam, würde es nicht mehr ganz so trist aussehen.

Kristen warf einen Blick auf die Uhr. Dreizehn Uhr vierzig, um drei würde der Auftrieb beginnen. Es wurde allmählich Zeit, sich umzuziehen. Mit einem Mal war das Lampenfieber wieder da.

"Sssssssssss-aaauuuuuaaaa!"
"Mann oder Memme?"
"Nun hack nicht noch auf mir rum!"
"Du bist es doch selber schuld." Ungerührt stellte Jonica die Jodflasche beiseite und begann, Reinholds

Zeigefinger zu verbinden.

"Woher sollte ich wissen, dass das Ding so verdammt scharf ist?"

"Normale Menschen wissen, dass man so ein Gerät nur mit äußerster Vorsicht benutzen soll. Aber die holen sich im Gegensatz zu dir auch ein Lineal, wenn sie eine Gerade ziehen wollen."

"Ich wollte die Kruste von den Sandwiches möglichst sorgfältig abschneiden. Da ist ein mit Tinte und Bleistiftresten verschmiertes Lineal wohl kaum das Richtige."

"Dann nimmt man schlimmstenfalls ein Frühstücksbrettchen, aber keinen Gurkenhobel. Erst recht nicht den Klingen nach oben!"

"Das ist mir inzwischen klargeworden. Aber es musste doch schnell gehen, sonst wären wir gar nicht fertig geworden. Kannst du mir einen Gefallen tun und noch die Quetschmadamm machen? Mit dem verbundenen Finger kann ich das wirklich nicht."

"Es wird mir wohl nichts anders übrig bleiben." Jonica legte sich Küchenutensilien zurecht. "Ich hätte gut und gerne Lust, alles abzusagen, um mit Finn, Margret und dir nur ins Spaßbad zu gehen. Zum Essen würde ich euch dann in die neue Pizzeria am Klosterstern einladen. Leider ist es dafür schon zu spät. Immer dieser Auftrieb, als würden wir dem Thronfolger von England huldigen."

Reinhold zuckte mit den Achseln. Er kannte es nicht anders.

"Weißt du was, Papa? Ab sofort machen wir alles

anders. Finn ist ohnehin zu alt, um den ganzen Nachmittag im Hochstuhl bei uns am Tisch zu sitzen. Spätestens nach dem Kuchen fängt er an zu randalieren."

"Was hast du vor?"

"Wir gehen heute mit dem Lütten zwischen Kaffeestunde und Abendessen draußen spielen. Das Wetter ist doch wieder ganz schön geworden."

"Ich fürchte, da hast du die Rechnung ohne deine lieben Verwandten gemacht. Wenn sie erstmal sitzen, werden gerade deine Tanten erst dann wieder vom gedeckten Tisch aufstehen, wenn es nach Hause geht."

"Papa, wer drinnen bleiben will, kann gerne drinnen bleiben und den ganzen Spaß verpassen. Ich mach das bestimmt nicht zu meinem Problem."

"Das kannst du getrost Tante Dorothee überlassen, die macht das schon zum Problem für uns alle. Mir graut jetzt schon vor ihrem Auftritt. Allein schon wegen dem improvisierten Essen."

"Glaubst du, dass das wirklich so schlimm ist?" fragte Jonica. "Bis auf die Quetschmadamm kommt doch alles aus dem Feinkostladen."

"Da kannst du drauf ab, dass deine Großtante eine Speisenfolge erwartet, als würden wir das Matthiae-Mahl ausrichten. Hausgemacht, versteht sich. Du weißt doch, wie es früher schon bei dir war. Aber da müssen wir jetzt durch."

"Wie ist das eigentlich genau gekommen, dass Frau Andersen von einem Moment zum anderen gekündigt hat?"

"Können wir das morgen beschnacken? Es gibt noch

einiges zu tun, bevor der ganze Clan uns über den Hals kommt. Umziehen muss ich mich auch noch."

Reinhold verließ hastig die Küche. Jonica sah ihm nach. Sie hatte sofort gemerkt, wie ihr Vater dem Thema ausgewichen war. Eine Ahnung, dass der Hausherr am Verschwinden von Frau Andersen einen nicht unerheblichen Anteil hatte, fand ebenfalls reichlich Futter.

"Hallo?"
"Moin."
"Hab' ich dir nicht schon hundertmal gesagt, du sollst mich nicht immer kurz vor solchen Auftrieben anrufen? Die treiben mich auch so schon jedes Mal an den Rand des Wahnsinns."
"Langsam kann man dir eine gewisse Paranoia nicht mehr absprechen. Machst du das zum ersten Mal?"
"Nein."
"Ist schon jemand da?"
"Nein."
"Siehst du. Also kann uns niemand zuhören."
"Schon, aber..."
"Nun entspann dich – ich wollte keine heißen Liebesschwüre in den Hörer flüstern."
"Das beruhigt mich nur minimal. Ich bin an solchen Großkampftagen nun mal ein Nervenbündel. Heute ist schon so viel schiefgegangen, da will ich mir gar nicht ausmalen, was sonst noch in die Grütze gehen kann."
"Dann mal es dir auch nicht aus. Beantworte lieber

meine Frage: Hast du dich endlich entschieden – haben wir nachher noch etwas Zeit für uns, wenn der ganze Spuk vorbei ist?"

"Geht es dir noch ganz gut? Ich weiß nicht, wo oben oder unten ist, und du schnackst von zwei Stunden verstohlenem Privatvergnügen. Schick das nächste Mal gefälligst eine SMS."

Der erste Gast erschien überpünktlich. Es war zwanzig vor drei, Kristen hatte sich gerade die schwarze Kellnerschürze umgebunden, als ein unpersönlicher Summton an der Tür Einlassbegehr signalisierte.

"Ah, guten Tag, Frau Plambeck. Wie schön, Sie wiederzusehen. Ich hoffe, Sie haben den Weg hierher gut gefunden?"

"Bin ich bei dir in Ungnade gefallen?" fragte die resolute Mittvierzigerin, ohne den Gruß zu erwidern. Sie trat ein und schälte sich aus ihrem Sommermantel. "Seit ich diesen rumhurenden Drecksack – pardon: meinen Ehemann – rausgeschmissen habe, trennt sich bei meinen Freunden ohnehin die Spreu vom Weizen, und wenn du jetzt auch noch rumzickst..."

"Aber davon kann doch gar keine Rede sein, Lilo." Kristen senkte vertraulich die Stimme. "Ich bin heute nun mal nicht als Privatperson hier."

"Da sind wir schon zwei. Du glaubst gar nicht, wie mir diese Empfänge zuwider sind. Nur diesmal konnte ich mich leider nicht davor drücken. Wenn ich meine Fotografien weiterhin in den Hochglanzmagazinen des

Hauses unterbringen will, sollte ich mich mit meinem neuen Chef gutstellen. Wie ist er denn so?"

"Er?"

"Na, der neue Mann auf dem Chefsessel: Tony Bellingsen junior."

"Lilo, ich glaube, da bist du einem Irrtum aufgesessen. Du hast bestimmt von Tony Buddenbrook gehört?"

"Was willst du mir damit nun wieder sagen? Sind meine Knipsereien für den Kronprinzen nicht mehr gut genug? Bitte, dann suche ich mir halt was Neues. Es haben schon einige andere Zeitschriftenverlage versucht, mich abzuwerben. Ich könnte dem ja mal nachgeben."

"Lilo, du verpasst das Wesentliche. Wer war Tony Buddenbrook?"

"Die Tochter von Jean und Elisabeth Budd... Och nee, sag, dass das nicht wahr ist."

"Doch. Antonia Bellingsen hat die Nachfolge ihres Vaters Anton Bellingsen angetreten."

"Das ist ja 'ne schöne Tasse Tee. Kristen, ich fürchte, heute steht Zickenkrieg ins Haus. Mit Frauen in Führungspositionen bin ich noch nie zurechtgekommen. Dafür bin ich selbst viel zu sehr Diva."

"Na, ist doch fein – kostenloses Entertainment."

"Pass bloß auf, du freches Früchtchen. Sonst überlege ich mir in Zukunft dreimal, ob ich deine Dienste weiterempfehle."

Die Tür zu einem der Zimmer öffnete sich. Kristen schaltete hastig auf einen förmlichen Tonfall um. "Wie schön, Sie wiederzusehen, Frau Plambeck."

"Ganz meinerseits, Kristen."

"Wie schön, dass Sie kommen konnten, Frau Plambeck." Tony trat ihr mit ausgestreckter Hand entgegen. "Bitte entschuldigen Sie mich noch für einen Moment, ich habe noch ein, zwei Kleinigkeiten in meinem Arbeitszimmer zu erledigen. Kristen?"

Unter dem misstrauischen Blick von Tony Bellingsen führte Kristen den Gast in den Salon. Automatisch zog Lilo den Seidenschal um ihren Hals etwas enger zusammen. "Hier ist es so gemütlich wie in einer Folterkammer."

"Darf ich Ihnen einen Sekt bringen, Frau Plambeck? Oder einen Cocktail?"

"Lieber einen steifen Grog." Sie kniff Kristen in den Hintern.

"Lilo!"

"Wusste ich's doch, dass du das förmliche Getue nicht lange durchhältst."

Der bekannte Summton rief Kristen zur Tür zurück.

"Guten Tag, Herr Lühe."

"Guten Tag, Kris... Oh." Der Neuankömmling mit der rotblonden Halbglatze blickte ihn überrascht an. "Habe ich mich in der Adresse geirrt?"

Kristen lächelte ihn freundlich an. "Nein, nein, Sie sind vollkommen richtig hier. Ich habe nur den Standort gewechselt."

"So schnell sieht man sich also wieder. Ist Ihr Gastspiel bei Löschmanns bereits vorüber?"

"Seit über einer Woche schon."

"Erstaunlich, wie die Zeit rast, nicht? Ist Frau Mantz

die Reha gut bekommen?"

"Bei der Übergabe machte sie zumindest einen sehr erholten Eindruck und brannte förmlich darauf, wieder das Regiment zu übernehmen."

Kristen war zufrieden. Immer mehr sprach sich sein Name herum, wurde sein Gesicht bekannter, seit er vor rund einem Jahr sein kleines Unternehmen aus der Taufe gehoben hatte. Dabei wäre es am Ende beinahe doch nicht dazu gekommen, denn ihm war der Zuschuss für Existenzgründer verweigert worden. Da war von versäumten Antragsfristen die Rede gewesen und verfallenen Ansprüchen. Kristen war der Kragen geplatzt. In geharnischten Briefen direkt an die Direktionen der zuständigen Stellen hatte er mit Quittungen für Einschreiben und entsprechenden Rückscheinen belegen können, dass alles ordnungsgemäß abgelaufen war. Als er obendrein mit Klagen gedroht hatte, war auf wundersame Weise plötzlich alles in schönster Ordnung gewesen. Drei Tage später war das Geld auf seinem Konto gutgeschrieben worden. Mit einem nun vollends leergeräumten Sparbuch, dafür aber mit einem nagelneuen Auto (welche Ironie, dass ausgerechnet ihm die Abwrackprämie jetzt weiterhalf!) war Kristen endlich in sein neues berufliches Abenteuer gestartet.

Lilo Plambeck war seine erste Klientin gewesen. Über einen gemeinsamen Freund hatte sie von Kristen gehört und ihn vom Fleck weg engagiert, weil sie in aller Ruhe ihr Leben neu auf die Beine stellen wollte, nachdem sie diesem "Arschloch, das seinen Dödel nicht unter Kontrolle hat" die Scheidungspapiere auf den Tisch geknallt hatte. Für profane Alltagsdinge war in dieser Zeit kein Platz gewesen. Vom ersten Tag an war die Fotografin von Kristen sowohl im Haushalt als auch im Hinblick auf seine Fähigkeiten als seelischer Mülleimer begeistert gewesen. Danach hatte sie fleißig Mundpropaganda betrieben, wodurch der Stein ins Rollen gekommen war.

Wer Kristen engagieren wollte, hatte vor allem eins zu beachten: Kein Engagement dauerte länger als acht Wochen. In dieser Zeit übernahm er jede Arbeit im Haushalt. Kochen, Hamsterkäfige säubern, Unkraut jäten, bügeln, Obst einkochen oder reines *House Sitting* für Globetrotter. Eben wirklich *jede* Arbeit – er war sich für nichts und niemanden zu schade. Für Dinge, die er nicht selbst erledigen konnte, hatte er sich ein Netzwerk von Dienstleistern aufgebaut, das beständig wuchs. Auf Wunsch logierte er bei seinen Klienten, was meistens der Fall war. Genau wie sein literarisches Vorbild verlangte er einen stolzen Preis für seine Dienste, dafür waren seine Klienten absolut sorgenfrei, bis sich der "Haushalts-Schluckauf", wie launig in seinem Flyer zu lesen war, wieder gelegt hatte.

Mit den meisten Klienten war er gut ausgekommen. Den Schrullen und Spleens dieser Zeitgenossen begegnete er mit Gleichmut, auch wenn er zu Anfang gelegentlich heldenhafte Kämpfe gegen seine Lachmuskeln ausgefochten hatte. Doch Menschen mit mehr Geld unter dem Hintern als sie in der Lage waren, je auszugeben, tickten nun mal anders als Menschen, die jeden Euro so effizient ausquetschen mussten, bis der

Bundesadler darauf furzte.

Wirklich unangenehm war es bisher nur einmal geworden. Der hoch dekorierte ehemalige Angehörige der Bundesmarine hatte die fatale Frage "Haben Sie auch gedient?" erst gestellt, nachdem der Dienstleistungsvertrag durch Unterschrift der Beteiligten rechtsgültig geworden und die von ihren Pflichten vorübergehend entbundene Gattin erleichtert in einen staatlich approbierten Luftkurort abgereist war. Kristen hatte wahrheitsgemäß bekundet, nicht "gedient" zu haben. Das war nicht wirklich gut angekommen. Die Kommunikation zwischen Kristen und Stabskapitänleutnant a. D. Johann Diederk Pnitten hatte sich während der drei Wochen auf Anweisungen beschränkt, die Kristen wie Marschbefehle vorgekommen waren. Ansonsten hatte Pnitten ihn gekonnt ignoriert.

Ähnlich behaglich fühlte sich Kristen bei der aparten Tony Bellingsen. Diese stand Pnitten in punkto mangelndem Liebreiz nämlich in kaum etwas nach. Besonders irritierend fand Kristen ihre unangenehme Eigenschaft, Aufträge mit einem ungeduldigen Fingerschnippen anzukündigen, um sie dann knapp wie ein wütender Terrier herauszukläffen. Zum Glück war das Engagement unter diesem wenig anheimelnden Dach mit nur einer Woche ein sehr kurzes, obendrein endete es heute.

Inzwischen hatte Tony Bellingsen den Empfang persönlich übernommen. Abwechselnd führte sie neue Gäste in den sich rasch füllenden Salon und bellte Kristen Anweisungen zu.

Schnipp-schnipp-schnipp. "Kristen, Aschenbecher."
Schnipp-schnipp-schnipp. "Kristen, Eiswürfel."
Schnipp-schnipp-schnipp. "Kristen, die *hors d'œuvres*."
Schnipp-schnipp-schnipp.
Nichts.
Kristen drehte sich irritiert um. Mit zuckersüßem Lächeln hob Lilo das Glas zum Toast. Er grinste. Das Zuprosten hatte geschickt kaschiert, wie Lilo sich zuvor vielsagend an die Stirn getippt hatte.

Nach der Aufregung des Morgens wurde der Nachmittag beinahe langweilig. Es spulte sich das bei solchen Anlässen übliche Protokoll aus höflichen, aber nur wenig aussagenden Elogen auf künstlerische Vielfalt, Kreativität und gute Zusammenarbeit ab. Man sagte artige Trinksprüche auf, lächelte, auch wenn das Lächeln manchmal aus nichts als Zähnen bestand, und die Zeit floss ereignislos dahin.

Lautlos schwebte Kristen umher, räumte benutzte Teller ab, füllte Eiswürfel nach oder beseitigte Krümel vom Fußboden. So unsichtbar verschmolz er dabei mit seiner Umgebung, dass eine Dame beinahe vor Schreck in Ohnmacht fiel, als sie ihn unerwartet neben sich bemerkte. Sie bedauerte fast, dass es nicht so kam. Gerne hätte sie sich von dem smarten jungen Mann galant auffangen lassen.

Irgendwann gab Reinhold es auf, sich die Schuhe zu binden. Mit diesem dick bandagierten Finger war es unmöglich, eine vernünftige Schleife zu fabrizieren. Er nahm sich ein Paar Stiefeletten, das er sonst nur zum Business Anzug trug. Na bitte, die Reißverschlüsse ließen sich problemlos zuziehen.

Auf dem Weg in die Küche schaute er kurz in eine Besenkammer und nahm eine Tüte heraus, mit der er direkt zu Jonica ging. Seine Tochter stand Birnen schälend an der Kochinsel. Auf dem Herd köchelte ein Topf mit Milchreis vor sich hin, im Standmixer hatte sie Erdbeeren zu einem dicken Saft püriert. Die Quetschmadamm näherte sich der Vollendung.

"Hier." Reinhold zeigte ihr die Tüte. "Das ist noch vom letzten Altjahrsabend übrig. Kannst du bitte mal schauen, was davon nicht wirklich für Finn geeignet ist?"

"Lass mal sehen." Jonica musterte die bunte Auswahl an Scherzartikeln und Partydeko. "Das Tischfeuerwerk kommt auf jeden Fall weg... Die aufblasbaren Konfettipistolen sind OK, die Papphüte auch, die Luftschlangen sowieso... Was ist das hier? Papa! Wozu braucht ein erwachsener Mann diesen giftgrünen Glibberschleim?!"

Reinhold grinste. "Maggie hat sich früher immer so davor geekelt. Eigentlich wollte ich es ihr beim Bleigießen in den Ausschnitt kippen, aber ausgerechnet an dem Abend musste sie unbedingt einen Rollkragenpulli tragen."

"Du bist ein Kindskopf."

Er nahm den kleinen Becher in die Hand und musterte ihn eingehend. "Vielleicht ergibt sich ja heute eine Gelegenheit."

Jonica nahm ihm den Becher weg. "So einen Unfug bringst du Finn nicht bei. Denkst du gelegentlich mal an deine Vorbildfunktion als Großvater?"

"Pausenlos. Je älter der lütte Buttscher wird, desto mehr Spaß wirst du mit ihm bekommen. Ich kann's kaum erwarten, ihn unter meine Fittiche zu nehmen." Reinhold rieb sich die Hände.

"Ich sollte Meeno bei Gelegenheit fragen, ob unsere Versicherungen auch durch Großväter verursachte Schäden abdecken."

Reinhold streckte seiner Tochter die Zunge raus.

"Hallo, ihr zwei." Margret steckte ihren Kopf durch den offenstehenden oberen Teil der Klöntür zum Garten.

"Ah, da ist ja mein argloses Opfer..." Reinhold griff nach dem Becher, doch Jonica war schneller.

"Untersteh dich." Sie drehte sich zu ihrer Tante um. "Wo ist der Lütte?"

"Bei mir natürlich." Margret hatte Babysitterpflichten übernommen, während Jonica ihrem Vater aushalf. Tatsächlich hörte man den Kleinen auf der anderen Seite der geschlossenen unteren Hälfte der Klöntür vergnügt brabbeln. "Wir haben eine Überraschung für euch."

"Na, da bin ich aber gespannt", sagte Jonica mit lauwarmer Begeisterung. Ihre Tante war ebenso unberechenbar wie ihr Vater.

Sie sollte sich nicht getäuscht haben. Margret bückte sich und hob den Kleinen über die Klöntür in die Küche. Das normalerweise flachsblonde Haar von Finn leuchtete in Farben, die alles andere als natürlich waren.

Reinhold brach in schallendes Lachen aus. Jonicas Begeisterung war gleich Null.

"Was hast du da nur wieder angestellt?"

Sie stellte den Glibberschleim auf der Kochinsel ab und nahm ihren Sohn auf den Arm, der das Durcheinander einfach großartig fand.

"Keine Panik. Das ist so ein Sprühzeug, das man ganz leicht auskämmen kann. Danach noch kurz Haare waschen – voilà, man sieht nichts mehr." Sie trat selbst in die Küche. Aus ihrer Tasche zog sie ein paar Spraydosen. "Und weil's ein Kindergeburtstag ist, staffieren wir uns alle so aus. Komm mal her, Brüderchen."

"Hinfort, Megäre!"

Ehe Jonica die Geschwister aufhalten konnte, steckten beide in einer handfesten Kabbelei mit den Sprühflaschen als Waffen, bis sie von der Türklingel unterbrochen wurden. Die Geschwister hielten augenblicklich in inne und starrten einander entsetzt an. Sie sahen von oben bis unten aus wie die Teilnehmer eines *Colour Run*.

"Tante Dorothee!"

Zwei beschämte Augenpaare richteten sich auf Jonica.

"Töchterlein?"

Jonica starrte ihren Vater düster an. Finn hingegen fand seinen Opa hingegen zum Quietschen komisch, was er auch ausgiebig tat.

"Kannst du die Honneurs übernehmen, solange wir uns oben restaurieren?"

"Eigentlich sollte ich es nicht tun, aber..."

"Du bist ein Engel", rief Margret und folgte Reinhold,

der schon in die obere Etage sprintete.

Seufzend öffnete Jonica die Tür. "Hallo, Tante Dorothee. Schön, dass du da bist."

"Guten Tag, Jonica. Du hast zugenommen, nicht wahr?"

Jonica verzog keine Miene. "Danke, du siehst auch großartig aus."

"Iiiiigiiiitttt!" Der schrille Entsetzensschrei kam aus der oberen Etage. Die Stimme gehörte Margret. "Du bist ein ekelhaftes Drecksferkel!"

Jonica warf einen raschen Blick in die Küche. Der Becher mit dem Glibberschleim war weg.

"Stell sofort die Blumenvase wieder hin, du Wahnsinnige!"

Es klirrte.

"Hilfe! Mord!"

"Väter und Tanten", murmelte Jonica in sich hinein. "Diese keifende Ansammlung menschenähnlicher Lebewesen, die steif und fest behauptet, zu deinem Genpool zu gehören."

"Sagen Sie, Frau Bellingsen..." Weiter kam A. J. Brooks nicht, der eigentlich Arthur Julius Bruchner hieß und Westernstories für die Groschenromanabteilung des Bellingsen Verlags schrieb.

Schnipp-schnipp-schnipp. "Tony."

"Äh, ja... Tony. Eine Frage: Ihr Vater hat früher immer so einen herrlichen elsässischen Muskateller reichen lassen, irgendetwas mit Grace de..."

"Ich weiß, welchen Sie meinen, aber..." Schnipp-schnipp-schnipp. "Kristen... dekantieren Sie... einen... Sonrisa... de Málaga... Hat... zwei... nein, drei Punkte mehr im Ranking der Vinothek hier unten im Haus. Die Weinkritiker überschlagen sich auch mit Lob."

Unwillkürlich musste Kristen an das Bonmot vom Wein als Fetisch der Bedeutungslosen denken. Inzwischen galt das scheinbar auch für Smartphones. Während ihrer Order war Tony nämlich hektisch mit dem Finger über die Touchscreen ihres eigenen Minicomputers mit Ferngesprächsfunktion geflogen.

"Da merke ich doch, dass ich aus einer anderen Generation stamme", sagte Lilo süffisant. "Wir haben uns die Weine immer noch danach ausgesucht, ob *wir* sie mochten, nicht irgendein Kritiker."

"Sie sprechen mir aus der Seele", sekundierte Bruchner. "Ich verlasse mich auch lieber auf meine eigenen Geschmacksnerven, als mich von vorgefertigten Meinungen fremder Menschen beeindrucken zu lassen."

"Was ist schon ein Weinkritiker?" Eine rein rhetorische Frage, denn Lilo gab die Antwort gleich selbst: "Ein Weineunuch ist er, denn wenn er was von Wein verstünde, hätte er seine eigene Winzerei."

Bruchners Kollegin Annedore Marienegger – die bürgerlich Merit Aldag hieß und auf Langeoog lebte, was aber nicht zu ihren in Tirol spielenden Heimatschnulzen passte – gab nun ihrerseits hart erworbene Lebensweisheit zum Besten: "Wein kann man schmecken, Punkte nicht."

Kristen biss sich auf die Zunge. Bloß nicht laut loslachen!

Contenance bewahren!

Po-ker-face!

Dieses Gespräch war an Banalität nicht zu überbieten, wobei Kristen mit einiger Berechtigung vermutete, dass die drei sich in stummer Übereinkunft dazu verschworen hatten. Mit Erfolg, denn Tony Bellingsen kochte innerlich. Der verbale Zweikampf zwischen ihr und den altgedienten Hausautoren war offiziell eröffnet. Die neue Verlagsdirektorin mochte ihr Wirtschaftsstudium mit glänzenden Noten abgeschlossen haben, über die Gepflogenheiten und Wortgewandtheit ihrer Manuskriptlieferanten hatte sie hingegen noch eine Menge zu lernen.

"Vermissen Sie etwas, A. J.?" fragte Tony den Autor, der schon mehrmals den Wunsch geäußert hatte, als Arthur angesprochen zu werden. "Ihre Brieftasche vielleicht?"

Bruchner errötete. Er hatte in der Tat mehrmals verstohlen an die Gesäßtasche seiner Hose gegriffen. "Tut mir leid, Frau Bell..."

Schnipp-schnipp-schnipp.

"...Tony. Aber mich plagt seit heute Morgen ein unangenehmer Ausschlag."

"Wie bedauerlich."

"Halb so wild. Ich vermute..."

"Soll Kristen Ihnen eine Salbe aus der Apotheke holen?" Schnipp-schnipp-schnipp.

"Vielen Dank, aber das ist wirklich nicht nötig." Bruchners Hand fuhr wieder zum Gesäß.

"Wie Sie meinen", sagte Tony knapp. "Wissen Sie schon, welche Ursache das hat?"

Lilo leerte ihr Champagnerglas auf ex. "Wenn man bedenkt, *wo* er sich kratzt, dürfen wir Mumps wohl getrost ausschließen."

"Gib mal her."

Björn Gussbrenner griff nach den Spraydosen, die Jonica gerade wegräumen wollte. Er winkte Reinhold und Margret heran, deren frisch gewaschene Haare er wieder einfärbte, ehe er sich selbst den Kopf einsprühte. Finn klatschte begeistert in die Hände. Zum Schluss bekam Jonica eine großzügige Ladung ab.

"Aber Herr Gussbrenner!" Tante Dorothee schüttelte missbilligend den Kopf. "Sie wollen diese Albernheiten doch nicht etwa auch noch fördern?"

"Warum denn nicht, Frau Bargstedt? Das ist eine Party für den Lütten, also soll er auch seinen Spaß haben."

Reinhold war froh über den Besuch von Björn, der viel mehr als sein Chef war. Als Pate von Finn kam er auch regelmäßig als Freund des Hauses raus nach Blankenese. Er selbst wohnte in Winterhude, näher am Trubel der Innenstadt.

Durch Björns Anwesenheit standen Reinhold und Margret nicht mehr allein als ungezogene Gören da, die Tante Dorothee pausenlos maßregeln konnte. Beim Geschäftsführer eines der angesehensten Hamburger Familienunternehmen traute sie sich das nur begrenzt.

Sie verlegte sich auf ein gequält dahin geseufztes Einatmen, das allgemein überhört wurde.

Reinhold blies Luft in eine der kinderfreundlichen Konfettipistolen und schoss damit. Es knallte. Eine Handvoll Konfetti flog in die Höhe, bevor sie sich rieselnd im Raum verteilte. Margret tat es ihm nach, während Björn Finn half, damit dieser mit seinen kleinen Händen auch einen Schuss abgeben konnte.

"Kinder, meine Ohren! Wollt ihr jetzt den ganzen Nachmittag..."

Händeklatschend fuhr Jonica ihr in die Parade. "Ihr Lieben – zu Tisch bitte!"

Die Gesellschaft versammelte sich um den großen Esstisch. Wie von Reinhold vorausgesagt, hatte Tante Dorothee etwas zu mäkeln.

"Quetschmadamm?" fragte sie konsterniert, wobei sie das Wort gedehnt in seine einzelnen Silben aufteilte.

"Warum nicht?" Jonica blieb ungerührt. "Wenn Finn es doch so gerne isst?"

"Kind, es kann sich nicht immer nur alles um den Jungen drehen."

"Ich habe es dir gleich gesagt, Joni", mischte sich Margret ein. "Wir haben für den falschen Geburtstag geplant – Finn ist gar nicht dran."

"Wie habe ich das zu verstehen, Margret?" Ironie war bei Tante Dorothee vergebliche Liebesmüh. Sie nahm grundsätzlich alles wörtlich.

"Nun lasst uns endlich anfangen." Reinhold hatte keine Lust auf weitere Reibereien. "Sonst wird uns noch der Kaffee kalt."

Nach der Kaffeestunde verlegte Jonica das Geschehen wie angekündigt nach draußen. Zumindest für die jungen Leute. Die ältere Generation blieb am Tisch sitzen und machte auf gediegen.

"Eins, zwei... Passt." Reinhold malte mit dem Finger zwei Haken in die Luft.

"Was willst du uns damit sagen?" Björn spielte Finn einen Softball zu.

"Tante Dorothee nörgelt wegen dem Essen: Check. Das Krampfadergeschwader kommt nicht mit nach draußen: Check."

"Du hast ja voll den Durchblick, du Checker." Björn zwinkerte ihm vertraulich zu.

Nach dem Abendessen verkündete Jonica die Schlafenszeit für Finn. Wie auf Kommando brachen die Verwandten auf.

"Schön das feine Händchen geben", schoss Tante Dorothee eine letzte Spitze beim Abschied ab. "Links musst du ihm abgewöhnen, Kind."

"Wenn er Linkshänder ist, ist er Linkshänder, basta. Charmanten Abend noch." Jonica schob ihre Tante in den Vorgarten hinaus und schloss mit Nachdruck die Tür.

"Verwandte sind wie Wolken. Wenn sie sich verziehen, kann es noch ein schöner Tag werden." Margret hatte angefangen, das Geschirr auf dem Tisch zusammenzustellen.

"Lass das doch", meinte Jonica. "Ich bring' den Lütten fix ins Bett, dann machen wir das zusammen. Gönn dir eine Pause."

"So wie die beiden da drüben?" Margret deutete zu Reinhold und Björn hinüber, die, jeder ein Bier in der Hand, auf der Terrasse standen. Scheinbar hatten sie Tiefgründiges miteinander abzumachen. Sie sprachen so leise, dass die beiden Frauen sie nicht hören konnten.

"Nach Muße sieht das nicht aus."

"Die scheinen sich wegen irgendetwas nicht einig zu sein", stellte Margret fest. "Oder warum gucken die so verbiestert?"

"Wahrscheinlich wälzen Sie mal wieder mental ihre Auftragsbücher. Im Moment muss die Werft wohl ziemlich strampeln, so oft wie sich die beiden treffen. Der asiatische Markt scheint mittlerweile selbst die Aufträge ins Visier zu nehmen, die ihnen sonst zu mickrig waren."

"Ja?" Margret wunderte sich. "Björn und ich haben neulich erst im Tennisclub ein paar Sätze gespielt und dann zusammen einen Salat gegessen. Dabei wirkte er ziemlich entspannt. Sie wären voll ausgelastet, behauptete er."

Es klopfte an einem der nach vorne gelegenen Fenster, die Jonica zum Lüften geöffnet hatte. Tante Dorothee winkte sie zu sich.

"Ich muss noch zu einer alten Freundin nach Elmshorn, aber ich bekomme das Navigationsgerät nicht programmiert. Ob dein Vater wohl..."

"Moment."

Jonica holte Reinhold, der sich mit verdrehten Augen seinem Schicksal ergab. Bei seiner Rückkehr hatte sich das Wohnzimmer auf wundersame Weise geleert, auf der Terrasse war auch niemand. Dafür war noch nicht ein einziger Teller abgeräumt.

Er zuckte mit den Achseln. Wahrscheinlich waren alle zu Jonica gegangen, um den Lütten gemeinsam zu Bett zu bringen. Er wollte ihnen gerade folgen, als es in seiner Hose vibrierte. Björn hatte ihm eine SMS gesandt: *haben uns mit alkohol und babyphon hinter dem gartenhäuschen versteckt, falls eure tante nochmal auftaucht. komm auf die dunkle seite der party... ;-)*

Kurz nach dem Abendgeläut von Sankt Katharinen löste sich die Gesellschaft bei Tony Bellingsen nach und nach auf. Kristen machte klar Schiff. Viel war nicht zu tun, er musste nur das Geschirr in ein paar Plastikkübeln zusammenpacken, danach hier und da etwas putzen und aufwischen. Den Rest würden morgen der Caterer und Tony Bellingsens Putzfrau erledigen.

Als er seinen Dienst endlich quittieren konnte, seufzte er erleichtert. Für heute reichte es ihm wirklich, er wollte nur noch weg. Er ging in das winzige Gästezimmer und wählte Marleen Jägers Nummer. "Ich weiß, ich bin viel zu spät dran, aber ich wollte nur ankündigen, dass ich doch noch zu deiner Party komme."

"Wow, dann ist die alte Clique wenigstens komplett! Ich freu' mich."

"Ich mich auch. Nach diesem Tag heute brauche ich

es einfach, ein bisschen ausgelassen zu sein und am Ende nicht mehr ganz nüchtern in mein Bett zu kriechen."

"Was war los? Erzähl!"

"Nachher, in einer stillen Minute, wenn wir mal alleine quatschen können."

"Ich fürchte, das wird uns nicht vergönnt sein. Sobald du auftauchst, wird Julian wieder versuchen, bei dir und Levi dazwischen zu grätschen. Ich warte eigentlich nur noch auf den Tag, an dem sie sich deinetwegen duellieren."

"Mach dir da mal keine Sorgen – ich bin Mann genug für euch alle drei."

"Das beruhigt mich sehr. Bis nachher."

Kristen ging für einige letzte Handgriffe in den Salon hinüber, wo Tony Bellingsen auf dem Sofa saß, die Pumps abgestreift, Füße auf dem Couchtisch ruhend. Mit einer völlig anderen Attitüde als sonst bat sie: "Kristen, würden Sie wohl bitte so nett sein und mir einen Gin Tonic bringen?"

Müde sah sie aus, abgekämpft, ernüchtert. Sie hatte die Quittung für ihre Arroganz bekommen. Die Autoren hatten ihre Wortgewandtheit ausgespielt und Tony regelrecht vorgeführt. Ohne Gnade. Sie tat Kristen fast ein wenig leid.

Schnipp-schnipp-schnipp. "Bringen Sie auch noch was vom Büffet mit."

Welcome back, Süße, dachte Kristen. Er erfüllte Tonys Wünsche, erledigte die verbliebenen Aufgaben und machte sich mit einem erleichterten Seufzer auf den

Weg zu Marleens Party.

"Wer wagt es, mich in aller Herrgottsfrühe anzurufen?"
"Von wegen früh. Es ist fast vierzehn Uhr."
"Was? So spät schon?"
"Ist ja auch kein Wunder. Du hattest dir fix einen angetüddert. Du warst keine fünf Minuten gegangen, als du mir eine SMS geschickt hast, dass du den Taxistand nicht allein findest. Wenn dein Phone keine Autokorrektur hätte, wäre aus dem Kauderwelsch kein Mensch schlau geworden."
"Was kam dann?"
"Habe ich dich wunschgemäß aufgesammelt und mit einem Taxi nach Hause gebracht. Teurer Spaß, ich selber hatte schließlich auch einiges an Alkohol intus und musste noch in meine eigene Bettstatt."
"Hm... dann verrat mir bitte eins: Wenn ich so sehr einen auf der Kiste hatte wie du sagst – wie kommt es dann, dass ich nackt im Bett liege, meine Sachen auf dem Fußboden verteilt sind und auf dem Nachttisch zwei Aspirin liegen? Normalerweise lege ich mich einfach auf das Sofa und schlafe meinen Rausch in voller Ausrüstung aus."
"Was glaubst du, warum das Taxi so teuer war? Der Fahrer musste fast eine Dreiviertelstunde warten, bis er mich wieder weg kutschieren durfte. Du wolltest ja unbedingt noch was erleben."
"Was willst du mir damit genau sagen?"
"Das erkläre ich dir lieber live und in Farbe. Spätes-

tens Mittwoch, wenn wir uns ohnehin wieder ganz unter uns treffen."

"Lass gut sein, ich kann's mir schon denken. Warum bist du danach nicht einfach geblieben? Du hättest eine Menge Geld sparen können, und ein gemeinsames Frühstück heute wäre doch auch schön gewesen."

"Nun fang nicht wieder damit an."

6

Ein knallroter Ball rollte durch den Garten, ein kleiner Junge in kurzen Hosen tobte hinterher. Etwas abseits stand ein alter Kesselofen, den es schon zu Kaisers Zeiten gegeben hatte und der bei Bedarf an Sommertagen immer noch aus dem reetgedeckten Häuschen im hinteren Teil des Gartens ins Freie gewuchtet wurde. Über dem Kessel hing eine dichte Dampfwolke. Immer wieder rissen Fetzen davon ab, die vom Wind in alle Richtungen getragen wurden.

Das Wasser im Kessel stand kurz vor dem Sieden, darin schwammen weiße Leinentücher, die eine Frau in Kittelschürze mit einem Wäschestampfer immer wieder nach unten drückte. Das Quietschen der Federn, wenn der Siebbecher des Stampfers in die darüber gestülpte Metallglocke gedrückt und wieder heraus gelassen wurde, waren in präzise gleichbleibendem Rhythmus zu hören. Das Schlürfen des Wassers untermalte die Bewegungen.

Für den Alltagskram waren die vor ein paar Jahren aufgekommenen vollautomatischen Waschmaschinen im Haus akzeptiert worden. Doch was das gute Tafelleinen anbetraf, ging nichts über die bewährte Handarbeit. Es würde noch Jahre dauern, bis sich die weißen Blechkästen ihren Platz im Hause vollständig erobert hatten.

"Schietbüddelchen", rief die Frau. "Komm mal her!" Der Junge, der den Ball inzwischen immer wieder gegen die Hauswand warf und auffing, drehte sich einfach um und lief davon. Der Ball tickte ein paarmal auf den Boden auf, bis er unter einen dichten Rhododendron rollte, wo er jedem Blick verborgen blieb. Die spätere Suche nach dem Lieblingsspielzeug würde lang und tränenreich sein.

Schietbüddelchen rannte zum Waschkessel hinüber, wo ihm ein paar Geldstücke in die Hand gedrückt wurden. "Lauf mal schnell zu Onkel Sprott und hol ein Paket Bleichsoda, aber das gute von Neptun. Von dem Restgeld kannst du dir Bontsches mitbringen."

Weil der Kesseldampf seine Brille beschlug, konnte Schietbüddelchen nicht sehen, wie viel Geld und welche Münzen seine kleine Faust fest umschlossen hielt. Eine Mark war es mindestens. Vielleicht aber auch zwei – oder sogar drei? Das machte die Überlegung, wievielte Bonbons er sich in Mandus Sprotts Krämerladen würde kaufen können, wahnsinnig aufregend. Ungestüm rannte er los.

Mit den Dunstschleiern aus dem Waschkessel zog auch der Traum von unbeschwerten Kindheitsmomenten davon. Der Duft heißer Waschlauge blieb. Es dauerte noch ein paar schlaftrunkene Momente, bis Reinhold wirklich wach war und diesen merkwürdigen Umstand gänzlich erfasste. Er sprang aus dem Bett. Hastig schlüpfte er in Lounge Pants und T-Shirt, ehe er in ins Erdgeschoss hinunter tappte. In der Küche schabte Karin Bresemann energisch mit einem hölzernen Pfannenspatel in einem großen schwarzen Bräter, aus dem der in heißen Dampf eingebettete Geruch nach siedendem Wasser und Waschpulver nach oben stieg.

"Guten Morgen, Herr Bargstedt."

Ohne Ohr für den Gruß stürmte Reinhold an den Herd. "Sagen Sie mal, sind Sie wahnsinnig?"

Er schaltete die Gasflamme aus, riss zwei Topflappen vom Haken an der Wand, griff nach dem schweren Topf und schüttete die Waschlauge in den Ausguss. Ein paar Tropfen der heißen Flüssigkeit fielen auf seine nackten Füße. In seiner Rage bemerkte er den Schmerz nicht.

"Ist Ihnen eigentlich klar, dass Sie gerade über fünfzig Jahre Arbeit ruiniert haben?"

"Bei allem Respekt, Herr Bargstedt, an diesem Topf war wirklich nicht mehr viel zu ruinieren", verteidigte Frau Bresemann ihr Tun. "Dieser eklige Schmierfilm darin ließ einem ja die Haare zu Berge stehen."

"Das war kein Schmierfilm – das war Paaa-tiii-naaa." Reinhold hob mit spitzen Fingern einen Stahlwolleschwamm vom Boden auf, den er angewidert in den Mülleimer beförderte. "Diese alten Töpfe wurden nie mit Reinigungsmitteln behandelt, und eine solche Schändung sollte man auch in Zukunft sein lassen. Man reibt sie mit Zeitungspapier aus, spült sie ganz kurz unter heißem Wasser ab, wischt erst mit einem feuchten, anschließend mit einem trockenen Tuch nach. Zum Schluss werden sie mit Speck und Salz eingerieben. So verhindert man zum einen Rost und zum anderen, dass beim nächsten Braten das Fleisch anbrennt. Das weiß sogar ich als Haushaltsdummy."

Seine Haushälterin, eine resolute Frau in den Dreißigern, blickte ihn mitleidig an. "Aber von Haushaltshygiene scheinen Sie nicht allzu viel zu wissen, oder?"

Langsam bewegte sie sich zur Kochinsel hinüber, doch Reinhold bemerkte, was sie vorhatte. Mit schnellem Griff nahm er die Flasche zur Hand, die Frau Bresemann hinter sich hatte verstecken wollen. "Sie hätten das Ding allen Ernstes noch desinfiziert?"

"Aber gewiss. Anders hätte man doch niemandem mehr mit gutem Gewissen ein Essen aus diesem Topf servieren können."

"Dann vergessen Sie bitte nicht, auch einmal pro Woche sämtliche Wasserleitungen mit dem Zeug durchzuspülen, jeden zweiten Tag einen neuen Perlator an den Wasserkränen anzubringen und jedes Stück Lebensmittel so auszukochen, bis nicht nur alle Keime, sondern auch alle Nährstoffe daraus verschwunden sind. Der Himmel bewahre, dass uns auch nur ein einziges Atom zu nahe kommt, gegen das der Körper die eigenen Abwehrkräfte mobilisieren müsste!"

Reinhold schnaubte. Der Topf hatte Frieda gehört, darin hatte sie die herrlichsten Braten gezaubert. Er hatte gehofft, eine Haushälterin zu finden, die ihn würdig weiter zu nutzen verstand. Nun dieses Fiasko.

"Verdammt noch eins", fluchte er. "Da beauftrage ich die Agentur extra, mir diesmal nicht so ein junges Ding frisch von der Abschlussprüfung zu schicken, sondern jemanden mit Erfahrung. Nun habe ich *doch* jemanden im Haus, der offenbar einen Sponsorenvertrag mit der Chemieindustrie hat." Mit heißem Wasser spülte er die Überreste der Waschlauge aus dem Topf, bevor er im Kühlschrank nach einer Speckschwarte suchte.

"Kommt es der *Generation Keimfrei* vielleicht auch mal in den Sinn, dass sie sich mit diesem Reinigungsfimmel die künftigen Allergiker förmlich heranzüchtet, weil sie gar keine Gelegenheit haben, ein Immunsystem aufzubauen? Eine Handvoll Dreck im Mund bei einer zünftigen Sandkastenrangelei hat noch nie jemandem geschadet."

"Sind Sie fertig?" fragte Frau Bresemann eisig.

"Ja." Reinhold atmete tief durch. "Ja, ich bin fertig. Ich bitte um Entschuldigung dafür, dass ich so laut geworden bin. Aber wir sollten einsehen, dass es mit uns nicht funktioniert. Wir sind einfach nicht auf Augenhöhe, was diesen Haushalt betrifft."

Die Einschätzung teilte Frau Bresemann, auch wenn sie die Formulierung etwas geschönt fand. In den zwei Wochen seit ihrem Dienstantritt war sie nahezu täglich mit Reinhold aneinandergeraten.

Über einer Tasse Kaffee wurde das weitere Vorgehen besprochen. Sie einigten sich darauf, dass Frau Bresemann ab sofort nicht mehr wiederzukommen brauchte, wobei Reinhold Sorge tragen würde, dass sie trotzdem für den Rest der dreimonatigen Probezeit ihr Geld bekam. Dadurch bekam die Agentur für Hauspersonal genügend Zeit, nach einem neuen Einsatzort zu suchen. Bevor sie ging, drehte sich Frau Bresemann noch

einmal in der Haustür um. "Ich hoffe, Sie nehmen mir meine Offenheit nicht übel, Herr Bargstedt, aber bitte erlauben Sie mir, dass ich eine Sache noch loswerde..."
"Ja?"
"Ich befürchte, Sie werden das, was Sie suchen, nicht finden."
"Sie hat recht." Björn Gussbrenner lehnte sich in seinem Chefsessel zurück und verschränkte die Hände hinter dem Kopf.
Drei Stunden nach Frau Bresemanns Abgang war Reinhold an seiner eigenen Arbeitsstätte und hörte, wie das vernichtende Urteil seiner ehemaligen Perle von einem vermeintlich neutralen Dritten bestätigt wurde.
"*Et tu, Brute?*" gab er indigniert zurück.
"Es ist doch, wie es ist." Wenn Björn aus Fenster sah, blickte er auf eine Barkasse, die gerade mit der Slipanlage aus dem brackigen Hafenwasser gezogen wurde. An einem anderen Schiff wurde bereits gearbeitet. "Du suchst nicht nur eine Haushälterin, du suchst einen Klon von deiner Frieda."
"Suche ich nicht."
"Suchst du wohl. Nur funktioniert das genauso gut wie eine Windjammerparade im Vakuum. Weißt du, warum alle guten Haushaltsgeister, die seit Friedas Tod bei dir aufgetaucht sind, nie länger als einen Monat durchgehalten haben?"
"Nein, aber ich kann kaum erwarten, deine Expertise zum Thema zu hören."
"Niemand hat eine Chance bei dir! Ganz ehrlich: Mit dir als Brötchengeber würde ich auch irgendwann durch

die Straßen laufen und verzweifelt nach meiner Motivation suchen." Björn machte es sich noch etwas bequemer und legte die Füße auf den Schreibtisch. "Das Drama fing gleich mit der ersten Kandidatin an. Die hast du nach einer Woche vor die Tür gesetzt, weil sie dir zuviel geredet hat."

"Ach, ja", sinnierte Reinhold. "Die Plapperschlange..."

"Bei der nächsten hast du dich an ihrer Vorliebe für *Belle de Bordeaux* gestört."

"Was hätte ich anderes machen sollen? Wenn Frau Meissner abends gegangen ist, hat das ganze Haus wie eine riesige Parfümerie gerochen."

"Die dritte war dir zu langsam."

"In der gleichen Zeit, die Frau Schneider gebraucht hat, um den Teppich im Schlafzimmer zu saugen, hätte ich einen neuen verlegen können. Halt, nein... Das war Frau Moltke. Frau Schneider war die mit dem Astrologiespleen."

"Da haben wir es – du tust es schon wieder." Björn schüttelte seinen hellbraunen Schopf, der an den Schläfen allmählich ergraute. Mit neunundvierzig Jahren konnte er schon auf fast ein Vierteljahrhundert als Chef der *Schiffbaugesellschaft Gussbrenner & Consorten* zurückblicken. Ernst Gussbrenner hatte das Unternehmen nach einem tödlichen Herzinfarkt führungslos hinterlassen, und sein Sohn hatte gerade erst das Examen bestanden, als er ans Ruder getreten war.

Björns erste Amtshandlung war eine Namensänderung gewesen. Die *Consorten* waren lange Geschichte, seit sein Großvater den ehemaligen Gesellschaftern schon beim Wiederaufbau nach 1945 ihre Anteile abgekauft hatte. Lydia Gussbrenner hatte dagegen aufbegehrt und um den Bestand des "Namens" in der Stadt gefürchtet, wenn dieser vom Firmenschild verschwand. Björn hatte gekontert, dass nicht der Name das Geld brachte, mit dem seine Mutter weiterhin in der großen Villa an der Elbchaussee leben konnte, sondern die Auftragsbücher.

Mit dem neuen Namen *g. n. e.* – *gussbrenner naval engineering* bei gleichzeitiger Modernisierung der Anlagen war die Werft konkurrenzfähig geblieben. Natürlich gingen die wirklich wichtigen Aufträge in Sachen Bau, Reparatur und Wartung von Großcontainerschiffen oder Kreuzfahrtlinern an der Werft vorbei. Zum einen gaben vier Hellingen und zwei mittelgroße Docks den Platz nicht her, zum anderen hatten die Platzhirsche in diesem Bereich einen komfortablen Wettbewerbsvorsprung. Doch was Küstenmotorschiffe, Feeder, Barkassen oder Binnenschiffe betraf, fiel genug vom Kuchen ab, zumindest innerhalb der Europäischen Union. Gelegentlich war sogar ein etwas umfangreicherer Bauauftrag darunter. Erst im vergangenen Jahr hatte man den letzten in einer Serie von vier Dampfern für den Ausflugsverkehr im Oslofjord abgeliefert.

"Ich könnte jetzt noch alle anderen Admiräle der Staubsaugerflottille aufzählen, die bei dir seit Friedas Tod ein, aber vor allem wieder aus gegangen sind", fuhr Björn fort. "Und bei jedem käme das selbe heraus. Wie viele waren es insgesamt? Zwölf, dreizehn?"

"Fünfzehn", knurrte Reinhold widerwillig.

"In etwa genauso viel Monaten. Fällt dir da kein Muster auf? Bei keiner war dir eine Ausrede zu billig, um dich nicht mit jemandem einlassen zu müssen, der auch nur ein Jota anders als Frieda ist."
"Aber Frieda..."
"Ja, ja, ja, ja." Björn wedelte den Einwand mit einer Handbewegung beiseite. "Jetzt kommt wieder das alte Lied: Frieda hat sich oft an Mutters Stelle um dich und Margret gekümmert, wenn eure alte Dame ihre Hypochondrie gepflegt hat, seit dem Hin und Her bei der Scheidung von deiner Ex war sie der einzig konstante Faktor in deinem Haus – bla, bla, bla, et cetera und so weiter und so weiter. Diesen Refrain können alle Menschen um dich herum auswendig singen. Meine Wenigkeit eingeschlossen."
"Hättest nur sagen brauchen, wenn es dich nervt."
"Beleidigte Leberwurst."
"Entschuldige – du kannst ja nichts dafür."
"Nein, für deine überzogenen Ansprüche an den guten Geist des Hauses kann ich wirklich nichts."
"Das meine ich doch gar nicht. Aber meine liebe Tochter hat mir mit ihrer herben nordischen Herzlichkeit zu verstehen gegeben, dass sie mich für absolut unfähig hält, mir selber eine neue Haushälterin zu suchen. Also hat sie die Sache selber in die Hand genommen."
Björn warf mit schallendem Lachen den Kopf in den Nacken. "Die Deern is' richtig!"
Das Telefon auf Björns Schreibtisch läutete. "Ja? ... Ach, doch schon so früh, war doch erst für den späten

Nachmittag angekündigt...? Fein, wir sind dann gleich draußen." Er legte auf und holte zwei Schutzhelme aus einem Garderobenschrank, einen davon reichte er Reinhold. "Komm mit, dein Baby ist da."

Reinhold und Björn gingen nach draußen an die Pier, wo die Schiffe für gewöhnlich auf die Verholung an ihren Schiffbauplatz oder die Rückgabe an den Eigner warteten. Im Moment lag hier nur die firmeneigene Barkasse *Trinchen* vertäut, mit der gelegentlich Geschäftspartner durch den Hafen geschippert wurden.

Das Hafenbecken der Werft war durch eine Schleuse vom an der Süderelbe liegenden Teil des Hafens getrennt. Das Tor dieser Schleuse hatte sich gerade eben geöffnet. Eine leistungsstarke Schleppbarkasse zog ein kleines Passagierschiff aus der Kammer.

Der Auftrag für die Restaurierung dieses Schiffes hatte Reinhold besonders am Herzen gelegen. Sein Lieblingsonkel war Kapitän einer dieser Personenfähren gewesen, die mit ihrer markanten Form jahrzehntelang das Bild des Hafens geprägt hatten, und Reinhold wäre gerne in seine Fußstapfen getreten. Doch nach der Familienräson hatte Reinhold als einziger Sohn von Robert Bargstedt, dem ältesten der drei Brüder, etwas Kaufmännisches lernen müssen, und irgendwann waren die Hafenfähren schließlich ausgemustert worden. Zu alt, zu behäbig in der Manövrierfähigkeit, zu unwirtschaftlich. Bis auf einige wenige, die in Hamburg verblieben waren, hatte man die meisten in alle Welt verkauft und durch eine neue Flotte ersetzt. Ein Hamburger Kaufmann, der sich um den Erhalt und vor allem die Rückkehr diverser schwimmender Hamburgensien bemühte, hatte unlängst eine der Fähren erworben, die zuletzt als *Meisje van't IJ* Touristen durch den Hafen von Amsterdam geschaukelt hatte. Als Reinhold von dem Vorhaben erfahren hatte, war er zur Hochform aufgelaufen. Wenn er schon kein Kapitän auf diesen Schiffen sein durfte, wollte er wenigstens dabei helfen, wenn eines von ihnen wieder in die alte Heimat zurückkehrte.

Björn war weniger begeistert gewesen, denn diese Oldtimer waren so speziell, dass die Mühe bei ihrer Restaurierung über das übliche Maß hinausging. Manche Teile konnten nicht mehr einfach so bei den gängigen Lieferanten besorgt werden, sondern mussten vor Ort in Handarbeit gefertigt werden. Das war teuer und dauerte. Mit einem guten Konzept war es Reinhold gelungen, alle Argumente gegen das Projekt zu zerstreuen, so dass Björn am Ende gar nichts anderes übrig geblieben war, als es abzunicken.

Die beiden Männer gingen zu dem Ende der Pier hinüber, an welches die *Meisje van't IJ* nun verholt wurde.

"Bist du endlich zufrieden?" fragte Björn.

"Nein", griente Reinhold. "Das bin ich erst, wenn wir sie über alle Toppen geflaggt und in neuem Glanz wieder ausliefern. Aber ich freue mich sehr, dass sie nun tatsächlich da ist."

"Dir ist nach wie vor klar, dass sie hintenan zu stehen hat, wenn wir kurzfristig etwas Größeres bekommen? Dann kommt sie aus dem Dock und muss warten, bis wir wieder etwas mehr Luft haben."

"Du immer mit deinen größeren Aufträgen. Hast du mal daran gedacht, welches Prestige uns diese Sache einbringt? *Angesehene Hamburger Werft unterstützt Schiffsenthusiasten?* Paradefahrten bei Kieler Woche, Hafengeburtstag, Cruise Days? Unser Name auf der Werftplakette für alle sichtbar?"

"Die Rechnungen bezahlt unsere Buchhaltung aber mit etwas anderem als Prestige. Das hat Otto Godenschwager auch begriffen und kein Problem damit gehabt, das in den Vertrag geschrieben zu bekommen."

"Das hast du noch..."

"Reinhold, du weißt genau, dass wir bei diesem Dampfer keinen Gewinn machen, sondern höchstens eine schwarze Null. Im schlimmsten Fall setzen wir sogar zu. Damit das nicht unser persönliches Waterloo wird, muss etwas Sicherheit her. Da hilft auch deine Idee mit Fanseite im Social Network und Webcam nicht viel. Immerhin kommt ein Drittel des Sponsorings für jeden Klick von uns. Da habe ich lieber einen neuen Auftrag auf dem Schreibtisch als dreihundert Klicks und Likes. Soll die Heimgekehrte eigentlich wieder ihren alten Namen bekommen?"

Reinhold schüttelte den Kopf. "Godenschwager möchte das Schiff seiner Mutter widmen. Das Schiff bekommt zwar wieder den Namen einer Hamburger Ecke, aber sie soll *Alsterpark* heißen, weil die Dame dort ihren ersten Kuss bekommen hat. Ich habe mal meine Fühler ausgestreckt: Keins der anderen Schiffe hat so geheißen, insofern ist das kein Problem."

"Du hast dir viel Gedanken gemacht dazu, hm?"
"Ja, es war sehr intensiv. Mir liegt viel daran, dieses Projekt störungsfrei über die Bühne zu bringen."
"Hast du auch Gehirnschmalz investiert, um über dein anderes großes Thema nachzudenken?"
"Nein. Dazu fehlte die Zeit."
"Veränderung ist nicht so wirklich deins, oder?"
"Ach, lass mich in Ruhe."

7

Der Tisch auf der Terrasse war passend zu den Auflagen der weißen Rattanmöbel mit einer blauen Decke und hübschem Porzellan gedeckt. Ein opulentes Frühstück mit frischen Rundstücken, Butter, einer großen Aufschnittplatte, mehreren Sorten Marmelade, Honig und von Hand aufgebrühtem Kaffee wartete auf Kristen. Auf einem Beistelltisch waren in einem kleinen Rechaud verschiedene Sorten Rührei angerichtet.

"Guten Morgen, Kristen", wurde er herzlich begrüßt. "Ich dachte mir, an Ihrem letzten Morgen sollen Sie sich hier mal nicht so abmaracken, sondern einfach nur genießen."

"Das ist ja traumhaft, Frau Bruhn. Ich weiß gar nicht, wie ich mich bedanken soll."

"Überhaupt nicht, Kristen, überhaupt nicht. Das ist nämlich mein Dankeschön an *Sie*."

Die Anwaltswitwe mit der weißen Zuckerwattefrisur strahlte ihn an. Im Grunde war Grethe Bruhn problemlos in der Lage, ihren Haushalt selber zu führen, was sie auch tat, doch Kinder und Enkel hatten ihr zum fünfundsiebzigsten Geburtstag etwas ganz besonderes schenken wollen. So war Kristen ins Haus gekommen.

Frau Bruhn und Kristen nahmen zum Frühstück Platz, wobei es sich die Hausherrin nicht nehmen ließ, ihren Gast von vorne bis hinten zu bedienen. Die Morgensonne tauchte die Terrasse in weiches Licht. Vögel zwitscherten, Schmetterlinge flatterten vorbei, gelegentlich war von jenseits der Hecke die Klingel eines vorbeifahrenden Fahrrads zu hören.

Nach dem Frühstück packte Kristen seine Sachen und verabschiedete sich. Frau Bruhn blieb auf dem Trottoir stehen und winkte, bis Kristens Wagen um die nächste Ecke gebogen war.

Es waren solche Klienten, die Kristen mit den Tony Bellingsens dieser Welt versöhnten. Die zwei Wochen bei Frau Bruhn waren wie Urlaub gewesen nach der unterkühlten Atmosphäre in der HafenCity. Trotzdem freute er sich jetzt auf seinen *richtigen* Urlaub. Er konnte es kaum fassen – eine Auszeit von ganzen vier Wochen. Nur Balkonien, aber besser als gar nichts. In seinem Enthusiasmus übersah Kristen beinahe eine rote Ampel, und das auch noch unter dem wachsamen Auge des Gesetzes, das am Straßenrand Posten bezogen hatte. Kristen bemerkte das drohende Unheil im letzten Moment. Eine abrupte Bremsung verhinderte den Strafzettel.

In seiner Wohnung warf Kristen das Gepäck achtlos in eine Ecke und schlüpfte in eine Badehose. Mit Kaffee, Keksen und Buch machte er es sich auf dem Balkon bequem. Die Zeiten, in denen er zum Lesen kam, waren rar geworden.

Doch auch jetzt fand er nicht die Ruhe, sich in seine Lektüre zu vertiefen. Aus den Fenstern der umstehenden Häuser verteilte sich die Geräuschkulisse einer

Großstadtnachbarschaft in den Innenhof. Direkt von nebenan klangen Musikübungen herüber, begleitet von den Anmerkungen einer gestrengen Zuchtmeisterin: "Frau Brauer, Sie lassen sich aber auch wirklich zu leicht ablenken. Jetzt bringen Sie dieses verdammte Telefon einfach mal nach nebenan, damit Sie nicht ständig bei jeder neuen Nachricht aufspringen. Vielleicht merken Sie sich dann auch endlich, dass Sie Fis spielen müssen und nicht Dis. Das üben wir jetzt so lange, bis wir es können!"

Kristen fand es bedenklich, dass die Musiklehrerin offensichtlich selber noch üben musste.

Aus einem anderen Fenster ertönte eine Hälfte eines lautstark geführten Telefonats. Woanders erzählten zwei Frauen sich den neuesten Tratsch von Balkon zu Balkon.

Bald mischte sich auch noch sein eigenes Telefon in diese Kakophonie ein.

"Falkenbrook?"

"Hallo, Kristen", meldete sich eine Stimme am anderen Ende der Leitung.

"Hallo, Christoph. Deine Bücherelfe ist nicht bei mir, falls du sie suchst."

"Ich weiß. Hanna packt gerade neue Bücher aus und hat dank der Shrinkwrapfolie schon einen Fingernagel eingebüßt. Es geht mir ohnehin um dich."

"Wie schmeichelhaft."

"Eher lukrativ."

"Inwiefern?"

"Hanna sagte mir, du planst deinen Urlaub. Wie dringend brauchst du ihn?"

"Ich stehe zwar nicht vor dem Burnout, aber ich denke, dass mir die Ruhe alles andere als schaden wird."

"Könntest du dir vorstellen, deine Auszeit für einen Job in Blankenese zu verschieben?"

"Kommt drauf an."

"Hast du schon mal den Namen Bargstedt gehört?"

"Ein paarmal habe ich ihn schon aufgeschnappt. Nicht so eine Institution wie die Breckwoldts oder Godeffroys, trotzdem lange genug da, um fast schon blaues Blut haben."

"Ein Engagement bei denen wäre deinem Prestige also durchaus zuträglich?"

"Mann, Christoph, schnack nicht dauernd in Fragezeichen. Verklar mir, was du willst, und ich sage dir, ob es sich einrichten lässt."

"Du bist genau wie meine bessere Hälfte. Wann immer ich ein bisschen Atmosphäre aufbauen möchte, wirst du ungeduldig." Christoph seufzte vorwurfsvoll. "Also gut, kurz und bündig, wie der Herr befiehlt: Reinhold Bargstedts Tochter war heute bei mir im Buchladen. Ist 'ne langjährige Stammkundin, und wir plaudern immer ein wenig. Heute hat sie mir erzählt, dass sie eine Nachfolge für das verstorbene Familienfaktotum sucht. Oder etwas anders ausgedrückt: Die richtige Kandidatin ist schon gefunden, kann aber noch nicht aus ihrer alten Anstellung raus. Nun braucht Reinhold Bargstedt jemanden, um die letzten Wochen zu überbrücken. Da habe ich sofort an dich gedacht."

Kristen zögerte. "Ich weiß nicht... eigentlich hatte ich

mich auf den Urlaub gefreut. Ich hab' schon so lange keinen vernünftigen mehr gehabt. Kann mich kaum noch dran erinnern, wie das ist, mehr als ein verlängertes Wochenende mit Brückentag frei zu haben."

"Glaube ich dir, verstehe ich auch", versicherte Christoph. "Aber überleg doch mal... Mann – Bargstedt, Blankenese! Du hast gerade selber gesagt, dass die fast adelig sind. Wenn du *die* zwischen deinen Referenzen hast..."

Natürlich hatte Christoph recht. Es war eine zu gute Chance, um sie auszuschlagen. Ein wenig verpflichtet fühlte Kristen sich auch, hatte Christoph doch auch das Engagement bei Lilo Plambeck vermittelt. Andererseits gab es Pläne für die nächsten vier Wochen. Bei einigen Dingen würde es Ärger geben, wenn er sie absagte.

"Bist du noch dran?"

"Ja, klar – warum?"

"Weil du seit fast einer Minute kein Wort mehr gesagt hast."

"Entschuldige bitte, du hast mich gerade ziemlich überfallen. Da muss ich durchaus mal kurz in mich gehen und umdisponieren."

"Du übernimmst den Job also?"

Lennart und Sophie saßen hinter einer Hecke, zwischen sich eine Jumbotüte Süßigkeiten. Als Oma Lotte ihren Enkeln von dem alten Trick mit dem langen Faden erzählt hatte, waren diese hellauf begeistert gewesen und hatten es sofort selbst ausprobieren wollen. Unter der strengen Auflage, ihrer Mutter bloß nichts davon zu verraten, hatte die alte Dame den beiden Geschwistern verschwörerisch zwinkernd ein altes Portemonnaie und eine Rolle Zwirn zugesteckt.

Doch das schwarze Ledermäppchen lag nun vergessen auf dem Bürgersteig, weil das von Lennart und Sophie auserkorene Opfer gar nicht daran dachte, von dem vermeintlichen Geldfund Notiz zu nehmen.

Nachdem er seinen Wagen trotz Freisprechanlage wegen zunehmender Heftigkeit der Diskussion beinahe um einen Laternenmast gewickelt hatte, war Kristen lieber an den Straßenrand gefahren. Ganz in sein Telefonat vertieft, lief er auf und ab, übersah jedes Mal das Portemonnaie, wenn er daran vorbeiging, und ahnte nichts von den beiden Geschwistern, die keine zwei Meter entfernt von ihm hinter dem Liguster saßen, Lakritze naschten und längst das Interesse an dem blöden Spiel verloren hatten.

"Nochmal: Ich verstehe ja, dass du enttäuscht bist, und es tut mir auch wirklich leid, aber ich hätte mich förmlich versündigt, wenn ich dieses Angebot abgelehnt... Ja, ich weiß, heute Abend wäre endlich mal die ganze Clique... Nein, die eine Nacht hätte es nicht mehr Zeit gehabt. Offenbar ist dieser Bargstedt nicht die größte Leuchte im Haushalt. Seine Tochter hat Alarmstufe rot ausgegeben. Es hat da wohl einige kuriose Unfälle gegeben... Also bitte, sowas sagt man nicht mal im Affekt, weil man sauer... Hallo? ... Hallo?"

Seufzend akzeptierte Kristen, dass das Gespräch vorerst beendet war und bis zum nächsten Versuch eine

Pause angebracht schien. Heute Abend, von seinem neuen Quartier aus, würde er es noch einmal versuchen.

Sein Ziel, ein pittoreskes reetgedecktes Haus, stand am Beginn eines der versteckteren Wege durch das Treppenviertel. Der Erbauer musste zu den erfolgreichsten der Blankeneser Elbfischer gehört haben, denn die Größe war beeindruckend. Mit seinen gekalkten Wänden und den weiß gestrichenen Balken im Fachwerk machte das Haus einen hellen, freundlichen Eindruck, der von einigem herumliegenden Kinderspielzeug im Vorgarten einen heiteren Akzent aufgetupft bekam.

Als Kristen durch das Gartentor ging, trat ihm eine junge Frau mit einem etwa vierjährigen Jungen auf dem Arm entgegen. "Hallo", grüßte sie schon von weitem. "Sie sind sicher Herr Falkenbrook."

"Guten Tag. Ganz richtig, Kristen Falkenbrook."

"Jonica Langbehn", stellte sich die junge Frau vor. "Herzlich willkommen. Und das ist Finn."

"Hallo, Finn." Kristen hielt dem Kleinen lächelnd seine Hand entgegen, welche dieser ohne Scheu ergriff und als Antwort ein fröhliches "Addo" hervorblubberte. Kristen war für solche Begegnungen stets vorbereitet. "Darf er einen Lolli haben?" fragte er.

"Aber klar doch – sein Sie sich nur im Klaren darüber, dass Sie ab sofort sein persönlicher Hoflieferant sind."

"Ist das nicht bei allen Kindern so?"

Sie lachten. Kristen zog einen Lolli aus seinem Sakko, wickelte ihn aus der Verpackung und reichte ihn an Finn weiter.

"Was sagt man, Finn?" fragte Jonica.

"Dangadön."

"Bitte schön, Finn." Kristen lächelte. Finn strahlte zurück. "Ich bin jetzt etwas verwirrt, Frau Langbehn. Eigentlich soll ich bei Familie Bargstedt vorstellig werden. Habe ich mich in der Adresse...?"

"Nein, nein, ist schon ganz richtig so. Reinhold Bargstedt ist mein Vater. Wir teilen uns dieses Haus."

"Das ist ein Tweehus, nicht wahr?" erkundigte sich Kristen.

"Sie kennen sich gut aus", bestätigte Jonica. "Richtig, ein Tweehus von siebzehnhundertsiebenundneunzig. Der große Teil mit dem Obergeschoss ist das eigentliche Tweehus, das sich früher zwei Familien geteilt haben. Die Anbauten sind Lüttwohnungen, wohin die Altenteiler jeder Familie für ihren Lebensabend zogen. In der etwas größeren auf der linken Seite wohne ich mit meinem Mann und Finn, die kleine rechts ist für das Hauspersonal. Wenn Sie bitte einen Moment warten wollen, bringe ich den Lütten rasch zu meiner Tante drei Häuser weiter längs. Sie hat versprochen, auf ihn aufzupassen, während ich Sie mit meinem Vater bekannt mache und Ihnen alles zeige."

"Gerne, vielen Dank." Kristen blieb zurück und nahm die Umgebung genauer unter die Lupe. Das Anwesen bot mit seiner Lage am oberen Ende des Geesthangs einen Ausblick auf den Süllberg sowie die tiefer gelegenen Anwesen und den Elbstrand, der die örtlichen Immobilienpreise mehr als rechtfertigte. Am Bulln, dem Schiffsanleger, hatte gerade eine Passagierfähre festgemacht. In wenigen Minuten würde sie wieder nach Cranz im Alten Land am anderen Elbufer übersetzen. Von Brunsbüttel kommend näherte sich ein Containerschiff.

"Da bin ich wieder. Dann mal ran an die Gewehre."

Kristen ließ sich von Jonica Langbehn ins Haus führen. Durch die Eingangstür aus schwerem Massivholz gelangte man gleich in ein geräumiges Wohn- und Esszimmer, das auf den ersten Blick einen faden Eindruck machte: Wände, Tür- und Fensterrahmen, Regale, Tische und Stühle, selbst die Sofagarnitur waren allesamt in verschiedenen Weißtönen gehalten.

Mehr konnte Kristen auf die Schnelle nicht in sich aufnehmen, denn Jonica führte ihn über eine schmale, steile Treppe in die obere Etage, wobei sie ungezwungen weiterplauderte: "Ich bin wirklich froh, dass das mit Ihnen so kurzfristig geklappt hat. Frieda, die letzte Haushälterin meines Vaters, ist verstorben. Nach einigen Abenteuern mit nicht ganz so talentierten Wirtschafterinnen warten wir jetzt auf einen wirklich zuverlässigen guten Geist, der aber erst im August zur Verfügung steht. Ihr Name ist mir von Adele Jacobsson" – *sieh an*, dachte Kristen, *die gute Adele wieder einmal* – "empfohlen worden, nachdem sie Ihre Arbeit im Haus von Dr. Ampers gesehen hat. Nachdem Herr Collingsen von der *Büchertruhe* in Altona mir sagte, dass Sie kurzfristig vier Wochen zur Verfügung stehen könnten, habe ich meinen Vater sofort überredet, Sie zu engagieren. Sonst hätte hier binnen Stunden das pure Chaos geherrscht. Der Mann kann Ihnen zwar die

Funktionsweise eines Querstrahlruders bis zur letzten Schraube erklären, sich aber nicht mal ein Frühstücksei selber kochen. Tja, und wie wir die Situation für die letzten vier Wochen lösen, wenn Ihre Zeit bei uns vorbei ist, das klären wir dann schon irgendwie."

Kristen freute sich immer mehr auf seine neue Aufgabe. Wenn der Haushaltsvorstand genauso unverkrampft war, konnte eigentlich nichts schiefgehen.

Der Optimismus war verfrüht. Reinhold Bargstedt machte unmissverständlich klar, dass er etwas ganz anderes erwartet hatte. "Müssten Sie nicht eine Frau sein?"

"Was bringt Sie zu dieser Annahme?" fragte Kristen den förmlich in einen Anzug gekleideten Mittvierziger. Reinhold Bargstedt wirkte nicht wie jemand, der sich mit Schiffen auskannte, sondern eher wie ein Bankangestellter, der darauf wartete, von der langweiligen Position am Geldschalter endlich zu den Investmentbankern versetzt zu werden.

"Ihr Name, natürlich."

"Ich heiße nicht *Kirsten*, sondern *Kristen*, was bekanntlich eine skandinavische Variante von Christian ist."

Kristen hielt dem ablehnenden Blick des Hausherrn mühelos stand. Dabei hatte Bargstedt sehr attraktive Augen. Eine romantische Vollmondnacht am Meer... ein Candlelight Dinner zu zweit... In solchen Momenten konnte durch einen Blick aus diesen Augen sicherlich ein ganzes Geschwader von Schmetterlingen im Bauch losgelassen werden. Jetzt gerade führten sie einen kalten Krieg.

"Und wenn schon." Bargstedt zog seine Krawatte gerade, rückte die Lesebrille auf der Nase zurecht und fuhr sich mit einer Hand durch die etwas zu sehr mit Gel gezwirbelten Haare. "Bei einer Haushaltshilfe erwartet man allgemein eine weibliche Person."

"Auf meiner Webseite und in meinen Prospekten finden sich genügend maskuline Pronomen, die bereits im Vorfeld erkennen lassen..."

"Herr Falkenbrook, als Kaufmann ist meine Zeit begrenzt. Ich kann mir nicht alles bis zum kleinsten Pronomen hin durchlesen."

"Sollten Sie solche Praktiken auch bei größeren Vertragsangelegenheiten pflegen, wundert es mich, dass Sie sich dieses Haus überhaupt leisten können."

"Mit diesem Ton empfehlen Sie sich nicht unbedingt als geeigneter Kandidat für die Position hier im Haus, *Herr* Falkenbrook."

"Ihre Präsentation als Traumklient lässt nicht minder zu wünschen übrig, *Herr* Bargstedt. Zumal ich hochgradig allergisch reagiere, wenn man mich in irgendwelche Schubladen stecken will. Ich verstehe etwas von meinem Beruf, basta. Die positiven Referenzen meiner bisherigen Kunden habe ich gewiss nicht wegen meines knackigen Hinterns bekommen."

"Wie wär's, wenn ihr das vor Gericht klärt?" schaltete sich Jonica ein. "Du könntest wegen Vorspiegelung falscher Tatsachen klagen, Papa, und Sie, Herr Falkenbrook, berufen sich einfach auf die einschlägigen Antidiskriminierungsgesetze. Ihr veranstaltet ein Theater, als hätte Dolly Levi die falsche Braut vermittelt. Dabei soll nur jemand drauf achten, dass das Kaffeewasser nicht anbrennt!"

Reinhold Bargstedt plusterte sich auf, doch Jonica verkündete schlicht: "Mit dem Ertönen des Gongs ist diese Diskussion beendet. Gong!"

"Macht doch, was ihr wollt", sagte Bargstedt brüsk. "Ist mir auch egal – ich habe gleich einen geschäftlichen Termin und muss noch einige Unterlagen vorbereiten. Also raus hier. Herr Falkenbrook?"

Kristen drehte sich im Türrahmen um. "Ja?"

"Glauben Sie nur nicht, dass Sie irgendeinen Kumpelbonus bei mir haben, bloß weil Sie vom Mannsvolk sind. Wenn Sie nichts taugen, fliegen Sie."

"Bitte entschuldigen Sie den Auftritt meines Vaters", sagte Jonica auf dem Weg zurück nach unten. "Er kann sich nur schwer von alten Zöpfen trennen. Unsere Frieda ist schon als Lehrmädchen ins Haus gekommen und hat ihm als Kleinkind die Windeln gewechselt. Er kennt also nichts anderes. Der radikale Wechsel in der vertrauten Ordnung macht ihm schon zu schaffen, aber dass da jetzt noch jemand sein Rollenbild durcheinanderbringt, setzt dem wohl die Krone auf."

"Daran ließ er keinen Zweifel."

"Das ist aber auch meine Schuld. Ich hätte ihn genauer aufklären sollen, wer Sie sind. Tut mir wirklich leid."

"Machen Sie sich keine Sorgen. Ich bin schon zwei

oder dreimal als Überraschung 'verschenkt' worden, da haben die Glücklichen zunächst auch etwas verwundert dreingeschaut."

"Aber Sie haben es geschafft, die Herrschaften von sich zu überzeugen?"

"Ich hoffe es zumindest."

"Und *ich* bin mir sicher." Jonica lächelte. "Jetzt ist es wohl an der Zeit, den Papierkram zu regeln, oder?"

"Wäre gewiss besser – ich hole schnell alles Notwendige ins Haus."

"Fein, ich mache uns in der Zwischenzeit einen Kaffee."

"Klingt gut."

"Milch und Zucker?"

"Schwarz, bitte."

"Gerne."

Kristen holte den Pilotenkoffer mit seinem mobilen Büro aus dem Auto. Zurück im Haus, baute er auf dem Esstisch den Laptop nebst Minidrucker auf.

Während er auf Jonica wartete, nutzte er die Gelegenheit, den Raum eingehender zu mustern als vorhin. Was zuerst trist wie eine Schneelandschaft gewirkt hatte, offenbarte nun wohnliche Akzente. An den Wänden hingen teure Reproduktionen von Monets Motiven aus Argenteuil, auf der Fensterbank stand ein nostalgischer Sodasiphon, stilecht mit Grünspan am Ventil. Den Couchtisch zierte eine schmale Vase aus kobaltblauem Glas. Die Fenster waren von sandfarbenen Leinenschals gesäumt, an den freiliegenden Holzbalken der Zimmerdecke brach sich das Licht mit dezenten

Schatten. Ein Teil der Holzmöbel war an scheinbar zufällig gewählten Stellen angeschliffen oder mit Stoßspuren versehen worden, die einen gewollten Shabby Look ausstrahlten.

In einem großen Einbauschrank mit Fenstern in den Türen war Geschirr in verschiedenen Dekors von bekannten, teuren Herstellern ausgestellt. Ein Kaffeeservice aus dicker, knallrot lasierter Keramik stach eigentümlich hervor. Tassen und Kuchenteller zeigten ein schrilles Muster in orange, gelb, grün und weiß, bei dessen Formen Kristen nicht zu sagen vermochte, ob sie stilisierte Margeriten, Mandarinen oder vielleicht sogar Zwiebeln darstellen sollten.

Er fragte sich, ob der Hausherr selber den Raum so hergerichtet hatte. Bargstedt wirkte nicht wie einer der Junggesellen, die ein Händchen für so etwas hatten. Die Tochter also? Oder gab es ein *Love Interest?*

"Ich weiß genau, was Sie gerade denken." Jonica war mit zwei dampfenden Kaffeebechern zurückgekehrt. "Nämlich: *Was hat dieses billige Supermarktgeschirr da zu suchen?*"

Sie hatte Kristens Blick völlig richtig gedeutet, was dieser höflich abstritt. Sie glaubte ihm kein Wort.

"Ich sagte ja schon, dass hier eine Ära zu Ende gegangen ist", erklärte Jonica und stellte die Becher auf dem Tisch ab. "Dieses Geschirr hat unserer Frieda gehört, und für meinen Vater ist es ein ganz besonders wichtiges Erinnerungsstück. Wenn ich Ihnen gleich einen Survivaltip geben darf: Mit dem Meißen im Fach darüber darf Ihnen ungestraft ein Malheur nach dem anderen passieren – aber wehe, von dem roten Geschirr platzt auch nur ein Splitter der Glasur ab."

Kristen versprach, den Rat zu beherzigen, doch "ich muss noch einmal sichergehen: Ihr Vater scheint nicht begeistert zu sein, dass Sie mich für ihn engagieren. Wollen Sie das Experiment wirklich wagen? Er ist schließlich mündig und hat gerade sehr vehement sein Veto eingelegt."

Jonica winkte ab. "Darüber müssen Sie sich keine Gedanken machen. Im Moment ist er ein wenig buh und bah bei allem, was seinen Weg kreuzt. Er betreut ein ehrgeiziges Projekt bei der Gussbrenner Werft, was ihm sehr viel Energie abverlangt. Wenn Sie erstmal zwei Tage das Zepter hier geschwungen haben, wird es für ihn sein, als wären Sie schon seit Jahren hier."

Im Stillen betete sie, nicht zu viel versprochen zu haben. Die Vergangenheit hatte bekanntlich anders ausgesehen. Andererseits hatte sie ihrem Vater ein Ultimatum gestellt: "Entweder du hältst das jetzt aus, bis die Nichte von Friedas Freundin bei uns anfängt, oder du schmeißt den Laden alleine. Mach dich dann allerdings darauf gefasst, dass ich dir nicht mehr helfen werde, wenn du wieder einmal irgendetwas in die Luft jagst!"

Von diesen Gedanken ahnte Kristen nichts, als er mit Jonica alle notwendigen Abmachungen traf: "Für gewöhnlich ist der Mittwoch mein freier Tag, aber das können wir natürlich Ihren Bedürfnissen anpassen."

Jonica überlegte kurz.

"Nein, der Mittwoch ist eigentlich allerbest. Da fährt

mein Vater vom Büro aus zu seinem Boot und kommt immer erst mitten in der Nacht wieder. Gegessen hat er dann natürlich auch schon, so dass die Küche kalt bleiben könnte. Hauptache, die Obstschale ist voll."

"Großartig, dann bleiben wir dabei", sagte Kristen. Er druckte den Vertrag aus. Nach den Unterschriften besiegelten er und Jonica das Geschäft mit dem obligatorischen Handschlag.

"Nun zeige ich Ihnen noch Ihr Logis für die nächsten Wochen. Folgen Sie mir unauffällig." Jonica ging zu einer Tür hinüber, die scheinbar in ein Nebenzimmer führte. Doch auf der anderen Seite fand sich Kristen in einer ganz anderen Wohnung wieder. Ein feiner Hauch frischer Farbe lag in der Luft. Die wenigen Möbel wirkten fabrikneu.

"Das ist die Lüttwohnung, von der ich vorhin sprach", erklärte Jonica Langbehn. "Hier unten haben Sie das Wohnzimmer und eine kleine Küche mit Essecke, oben unter dem Dach finden Sie das Schlafzimmer und das Bad. Ich hoffe, es macht Ihnen nichts aus, dass hier so wenig Möbel stehen, aber unser neuer Hausgeist wird natürlich auch eigene Stücke mitbringen."

"Das ist vollkommen in Ordnung", sagte Kristen. "Eigentlich reichen ein Bett und die Essecke völlig aus."

"Ein bisschen mehr werden Sie schon vorfinden", versicherte Jonica. "Sie haben übrigens eine eigene Haustür, und die Zwischentür zur Wohnung meines Vaters kann selbstverständlich abgeschlossen werden, weil dies Ihr ganz eigenes kleines Reich ist. Ohne ausdrückliche Einladung wird keiner von uns diese Räume betreten. Höchstens Finn vielleicht, wenn er mir mal wieder ausreißt", schränkte sie augenzwinkernd ein.

"In welches Zimmer geht es dort?" Kristen trat auf eine doppelflügelige Tür zu, vor deren Kastenfenstern dichte Gardinen auf der Innenseite den Blick durch das Glas hindurch verwehrten. In das weiß lackierte Rahmenholz waren rechts und links Pilaster geschnitzt, der Querbalken zeigte einen der früher für die Gegend typischen Segelkutter.

"Zimmer wäre zuviel gesagt", antwortete Jonica. "Dahinter befindet sich ein Alkoven. Bei mir drüben habe ich auch einen, und bei meinem Vater gibt es sogar zwei. In dem einen haben Sie gerade das Geschirr bewundern dürfen. Früher haben diese Häuser ja nur eine große Diele für die tägliche Arbeit, eine Küche und die Wohnstube mit der Schlafstätte gehabt. Der Sahl, also das Dachgeschoss, wurde als Lagerraum für Netze und Reusen benutzt."

"Darf ich mal reinschauen?"

"Natürlich."

Kristen drückte die kunstvoll geschmiedete Klinke nach unten und öffnete die beiden Türflügel. Der kleine Raum dahinter bot passgenau Platz für ein Bett von knapp anderthalb mal zwei Metern. Er war in dem gleichen hellen Ton wie das Wohnzimmer tapeziert. An der Wand war ein kleines Bord für Kleinigkeiten wie Wecker, ein Glas Wasser und eventuell noch ein Buch angebracht, daneben hing ein altmodischer Schalter mit Drehknopf. Kristen betätigte ihn mehr aus Neugierde, denn die künstliche Beleuchtung war bei Tage gar nicht nötig. Durch die Lage dicht beim Wohnzimmerfenster drang genügend natürliches Licht bis in den Alkoven durch, und das vermutlich vom ersten Schimmer des Morgengrauen bis zur letzten Sekunde der Abenddämmerung. *Plietsch geplant*, dachte er. Auch wenn die ersten Bewohner des Hauses sich wohl keine Gedanken um ihre Stromrechnung hatten machen müssen – Kerzen und Petroleumlampen dürften in dem Kabuff tabu gewesen sein.

"Das ist ja herrlich!" sagte Kristen. "Am liebsten würde ich hier schlafen."

"Kann ich verstehen. Als Kind habe ich diese Zauberhöhle auch geliebt. Wenn Sie also wirklich wollen – tun Sie sich keinen Zwang an. Die Matratze ist nagelneu. Sie müssten sich nur das Bettzeug von oben holen."

Jonica führte Kristen durch den Rest des Hauses, zeigte ihm, wo Waschmaschine, Sicherungskasten und andere Geräte zu finden waren, gab ihm den Bund mit allen wichtigen Schlüsseln, klärte ihn über die Termine für die Müllabfuhr auf und nannte ihm die Codes für die Alarmanlage. Bald darauf verabschiedete sie sich.

Nun auf sich allein gestellt, ging Kristen für sein Gepäck zum Auto hinaus. Am Gartentor stieß er fast mit Reinhold Bargstedt zusammen, der immer noch einen ausgesprochen mürrischen Gesichtsausdruck zur Schau trug. Kristen ließ sich davon nicht beeindrucken. Er sagte "Hallo" und lächelte freundlich. Bargstedt ignorierte ihn. Er stieg in seinen Porsche, ließ den Motor aufheulen und raste davon. Kristen grinste in sich hinein, während er unternehmungslustig seine Sachen

ins Haus trug.
Der Job versprach spannend zu werden.

8

Smells Like Teen Spirit – konnte man auf schlimmere Art geweckt werden? Dieser Song eignete sich für zügellose Nächte, in denen man sich mal so richtig einen antüdderte, aber doch bitte nicht als *Wake up*-Song um vier Uhr dreißig.

Schlaftrunken tastete Kristen nach seinem Smartphone. Er schaltete die Radiowecker-App aus, gähnte und räkelte sich ausgiebig. Er schwang sich aus dem Alkoven, um gleich davor in den Lotussitz zu sinken. Eigentlich hatte er mit Yoga begonnen, um gelassen genug zu sein, den Wahnsinn im Bildungsinstitut zu überstehen, ohne dass sein Blutdruck gesundheitlich bedenkliche Höhen erklomm. Nun war es ein Ritual, mit dem er sich ein Stück Zuhause unter fremden Dächern schuf.

Als Reinhold Bargstedt im Bademantel und mit zerzaustem Haar in die von der Morgensonne hell erleuchtete Küche schlurfte, war Kristen längst mit den Frühstücksvorbereitungen in vollem Gange. Gutgelaunt stellte er Schalen mit Müsli und Cornflakes auf die Anrichte.

"Guten Morgen, Herr Bargstedt. Ist das nicht ein herrlicher Tag heute?"

"Die letzte Hauswirtschafterin, die mir um halb sieben

in der Frühe einreden wollte, wie herrlich der Tag sei, wurde kurz darauf in ihrem Putzeimer ersäuft gefunden. Also überlegen Sie sich in Zukunft besser dreimal, was morgens Ihre ersten Worte an mich sind. Und vor allem *wann*."

Ein Morgenmensch war Bargstedt schon mal nicht. Kristen machte sich eine mentale Notiz.

Reinhold wankte zur Anrichte hinüber, nahm sich eine Tasse und bediente sich aus einer der der Glaskannen auf dem Doppelstövchen. Den ersten Schluck spie er in einem heftigen Hustenanfall auf den Fußboden. "Igitt, was ist das für ein ekelhafter Kaffee – haben Sie alte Putzlappen ausgekocht?"

Kristen warf einen flüchtigen Blick auf die Kannen. "Ich fürchte, Sie haben sich vergriffen, das ist nämlich der grüne Tee."

"Wollen sie ein Wespennest entvölkern? Wenn Sie so weitermachen, ist ihr erster Tag hier gleichzeitig Ihr letzter."

"Also, nun langt das aber!" sagte Kristen energisch, während er nach einem Feudel griff und die Teepfütze aufwischte. "Sie können mir gegenüber gerne das HB-Männchen geben, wenn ich was so richtig in den Sand setze, aber um den Tee hat Ihre Tochter gebeten, die gleich mit mir ein paar Dinge besprechen will. Wenn Sie morgens nicht genügend in die Pötte kommen, um grün und schwarz zu unterscheiden, ist das Ihr bedauerliches Einzelschicksal, nicht meins!"

Reinhold sah Kristen mit einer Mischung aus Irritation und Anerkennung an. "Sie haben Ihren Act wirklich perfekt kultiviert."

"Welchen Act?"

"Diese besondere Mischung aus Angestelltem und Autorität, die keinen Widerspruch duldet. Unsere Frieda war auch von diesem Schlag. Die konnte gleichzeitig seelenruhig ihre Arbeit machen und Standpauken verteilen, die sich gewaschen hatten." Reinhold nahm sich eine neue Tasse und goss sich Kaffee ein.

"Vielleicht war ich in einem früheren Leben Haushälterin bei Charles Dickens."

"Glauben Sie etwa an so etwas? Reinkarnation, neue Erfahrungen für dieselbe Seele in verschiedenen Körpern und so weiter – den ganzen esoterischen Tünkram?"

Kristen überlegte kurz. "Glauben wäre zuviel gesagt. Aber wenn ich allein unsere aktuelle Zeitrechnung betrachte: Gerade mal zweitausend Jahre und ein gutes Dutzend darüber. Wäre doch ein Jammer, davon nur lausige siebzig bis achtzig mitzuerleben. Insofern hätte Wiedergeburt durchaus ihren Reiz."

Reinhold stierte in seine Tasse. "Ich glaube, mir würde es schon reichen, wenn man in seinem aktuellen Leben wie beim Kassettenrecorder um bis zu einer bestimmten Stelle zurückspulen und ab dort noch einmal alles neu aufnehmen könnte."

"Hm." Kristens Reaktion war weder Zustimmung noch Dementi.

"Haben Sie nichts in Ihrem Leben, das Sie im Nachhinein anders machen würden?" hakte Bargstedt nach.

"Darüber habe ich mir noch keine Gedanken gemacht. Diese Fragen klingen doch allesamt wie die Hobbypsychologie der Zeitschriften im Wartezimmer: *Wenn du dein Leben bis jetzt noch einmal leben könntest, was würdest du ändern?* Sie wissen schon." Nach kurzem Nachdenken fuhr er fort: "Aber wenn Sie mich so fragen – ich würde gar nichts ändern wollen. Diese appeldwatsche Frage verführt immer nur dazu, die Weichen mit dem Ziel auf die größtmögliche Glückseligkeit zu stellen, und das ist so unendlich langweilig."

Bargstedt sah durch die offene Tür in den Garten hinüber, wo sich ein Reiher am Ufer des Schwimmteichs aufgestellt hatte und auf Beute lauerte. Es schien dem Vogel nicht aufzufallen, dass es gar keine Fische gab. Mit stoischer Ruhe stand er da und wartete.

"Ich würde alles noch einmal genauso erleben wollen, wie es bisher gelaufen ist", fuhr Kristen fort. "Inklusive sämtlicher eigener Fehler. Denn nur so lernt und wächst man, zudem bleiben genügend Wünsche übrig, von deren Erfüllung man träumen kann. Alle Wünsche erfüllt zu bekommen, ist das Schrecklichste, was ich mir vorstellen kann, denn es würde doch das Ende aller Träume bedeuten."

"Sie glauben also, manche Dinge sollten unerfüllt bleiben?"

"Natürlich. Alles andere wäre doch das sichere Ende sämtlicher Träume. Wäre doch schrecklich. Man sollte aber gleichzeitig unbeirrt bleiben und sich sagen: Scheiß was auf die Torpedos von querab. Volle Kraft voraus!"

"Jetzt müsste man nur wissen, *welche* Träume in diese

Dauerwarteschleife gehören... Was haben Sie sich für heute vorgenommen?" wechselte Bargstedt abrupt das Thema.

"Ihre Tochter hat gestern schon angedeutet, dass ein kompletter Hausputz angebracht wäre. Ich werde gleich noch ein paar Details mit ihr klären. Sobald Sie aus dem Haus sind, fange ich oben an."

"Ich denke, es wäre besser, wenn Sie mit Küche und Wohnzimmer anfingen."

"Herr Bargstedt, die Küche und das Wohnzimmer sind hier unten. Da ist es doch sinnvoller, wenn ich oben beginne."

"Ich halte es für besser, wenn Sie hier unten anfangen."

"Damit ich hier unten nochmal überall längs wischen muss, wenn ich von oben mit schietigem Staubtuch und tropfendem Feudel herunter komme? Tut mir leid, Herr Bargstedt, aber da kommt nix nach. Ich fange *oben* an."

Bargstedts Standhaftigkeit wurde zu purem Trotz. "Ich erwarte, dass Sie unten anfangen."

Kristen rollte mit den Augen. "Wie Sie meinen. Der Klügere gibt so lange nach, bis er der Dösbaddel ist. Ich fange unten an." Was er nicht im Geringsten vorhatte. "Sonst noch was?"

"Nur ein kleiner Tipp für Sie." Bargstedt sah einen willkommenen Anlass, mit dem Wissen zu glänzen, das er sich von Frieda abgeschaut hatte. "Gehen Sie die Sache systematisch an. Stellen Sie sich jedes Zimmer wie eine Uhr vor. Suchen Sie sich einen Punkt aus, den Sie als zwölf Uhr festlegen, hier in der Küche etwa die

Tür nach draußen. Der Geschirrschrank ist drei Uhr, die Anrichte sechs Uhr und so weiter. Dann arbeiten Sie sich herum..."

"Vielen Dank für den exklusiven Einblick in die Branche! Herr Bargstedt, könnten wir bitte mal kurz festlegen, wie hier die Kompetenzen verteilt liegen? Sie bauen Schiffe – ich schrubbe das Eigelb von Ihrer Krawatte, klar?"

"Herr Falkenbrook, Sie stellen meine Geduld mit Ihnen auf eine arge Probe."

"Danke, dito! Und jetzt wäre ich Ihnen dankbar, wenn ich endlich anfangen dürfte, mir läuft die Zeit davon. Wenn Sie einen Blick auf die *Uhr* werfen wollen, werden auch Sie feststellen: Es ist bereits Viertel nach Kühlschrank."

Abrupt drehte sich Bargstedt um und stapfte hinaus.

Eine Minute später stürmte Finn durch die Klöntür in die Küche. Er hatte Kristen gleich mit dem ersten Lolli in sein kleines Herz geschlossen und streunte nun ständig auf der Suche nach dem Neuen über das ganze Anwesen.

Eins hatte Reinhold Bargstedt ganz richtig beobachtet: Kristen hatte vieles einer Hauswirtschafterin aus dem Bilderbuch an sich. So hatte auch er ständig irgend etwas parat, mit dem man die kleinen Familienmitglieder zum Strahlen bringen konnte. Diesmal war es eine Handvoll Rosinen.

"Finn...?" Jonica Langbehn eilte mit suchendem Blick herein. "Ach, da bist du. Kleiner Racker. Es ist ja schön, dass du so flott auf den Beinen bist, aber als du noch den ganzen Tag im Kinderwagen gelegen hast, war's für mich doch einfacher." Jonica fing ihren Sohn ein und nahm ihn auf den Arm. "Guten Morgen, Kristen."

"Hallo, Frau Langbehn."

"Eine Frage: Haben Sie am nächsten Wochenende schon ein Date?" Jonica bemerkte den Fauxpas selbst und zog einen Flunsch. "O je – da habe ich ja punktgenau ein Fettnäpfchen getroffen. So war das gar nicht gemeint."

Kristen lächelte.

"Was ich wirklich sagen wollte: Mein Mann musste seinen Landurlaub verschieben, nun habe ich zwei Freikarten für das American Football-Spiel am Sonnabend übrig. Aber ich weiß niemanden, der sie mir abnehmen könnte. Hätten Sie eventuell Interesse?"

"Das ist nett von Ihnen", antwortete Kristen, "aber mit American Football kann ich so gar nichts anfangen. Im Grunde ist das doch nichts anderes als Wrestling in nur wenig geschmackvolleren Klamotten."

"Das ist der erste gute Satz, den ich von Ihnen höre." Reinhold Bargstedt stand im Türrahmen, bürofertig im Anzug, die Haarspitzen noch leicht feucht. "Sie hätten Vortragskomiker werden sollen."

"Schnacken Sie immer so gediegen? Heute heißt das doch Stand-up-Comedian."

"Wie auch immer – mit dieser Karriere wären Sie mir jedenfalls erspart geblieben."

"Sie sind ein richtiger Charmeur."

Jonica drückte Reinhold seinen Aktenkoffer in die Hand. "Fahr du jetzt mal schön arbeiten, bevor hier am

lebenden Objekt ausprobiert wird, ob Messerwerfer eine *noch* bessere Berufswahl gewesen wäre."
"Aber..."
"Tschüüüühüüüüß, Papi!"
Über einer Tasse Tee planten Jonica und Kristen das Tagewerk. Um kurz nach acht brachte Jonica Finn in die Kindertagesstätte und fuhr weiter zu ihrem eigenen Job. Kristen hatte das Haus endlich für sich alleine.
Bevor er wirklich mit dem Großreinemachen anfing, nahm er sich die Zeit, sein neues Revier intensiv zu erkunden. Auf diese Weise lernte er auch seine Klienten besser kennen. "Am Backofen der Hausfrau erkennst du auch ihren Schlüpfer", hatte seine Großmutter immer gesagt. Kristen bemerkte auf diese Art lediglich, wie gut das Personal arbeitete, das er vertrat, doch auch die Hausherren hinterließen genügend Fingerzeige. Die Designer ihrer Kleidung, die Whiskysorten in Barschrank, die Autoren im Bücherregal und noch einiges mehr setzten ein Puzzle zusammen, das einen bisweilen ziemlich akkuraten Rückschluss auf ihre Persönlichkeit ermöglichte.
Bei den ersten Aufträgen hatte er noch schwere Skrupel gehabt, einen genaueren Blick in Wäscheschränke und ähnliches zu werfen. Doch da zu seinen Aufgaben eben auch die große Wäsche gehörte, konnte er sich dieses Zaudern gar nicht leisten.
Motiviert zog er oberste Schublade einer großen Kommode im Schlafzimmer auf. Erschrocken schob er sie sofort wieder zu.
"O mein Gott!"

Vorsichtig zog er die Schublade wieder hervor. Also doch keine Halluzination. Dasselbe in den beiden Fächern darunter.

Kristen rekapitulierte noch einmal, dass Reinhold Bargstedt ein gestandener Mann im fünften Lebensjahrzehnt war, eine erwachsene Tochter hatte und beruflich mit beiden Beinen im Leben stand. Wie konnte das zu Kleiderschränken passen, die aussahen wie bei einem Teenager der schlimmsten Sorte? Die Socken waren einzeln und in buntem Durcheinander mit Unterhosen, Taschentüchern und halb gebundenen Krawatten wild in die Schubladen gestopft. Kaum besser das Bild in den anderen Schränken: Pullover und T-Shirts waren so schlampig gefaltet, dass sie mehr Platz als nötig einnahmen. Sortiert waren sie auch nicht. Nur die Oberhemden hingen exakt, weil sie außer Haus gewaschen, gestärkt und gebügelt wurden. Allerdings waren sie noch in Zellophan gehüllt und hingen auf den unschönen Drahtbügeln der Wäscherei. Die teuren Designkleiderbügel aus Mahagoni lagen achtlos auf dem Boden des Kleiderschranks verstreut.

"O-haue-ha..."

Hier wartete eine Menge Arbeit auf ihn.

Langsam kroch der Slipwagen die schiefe Ebene hinauf, Zentimeter um Zentimeter hob sich die *Meisje van't IJ* aus dem Wasser. Die Schwerarbeit leistenden Seilwinden protestierten quietschend gegen das Gewicht, während die alte Hafenfähre selber sich dagegen zu wehren schien, ihr Element verlassen zu müssen.

Durch das offene Fenster drang das Quietschen von Metall auf Metall herein. Reinhold nahm es nicht wahr, dazu war ihm das Geräusch viel zu vertraut.

Er streckte die Hand aus und schob sich eine Cherrytomate in den Mund. Der süßliche Geschmack ließ ihn innehalten. Sein düsterer Blick traf die Frischhaltedose auf dem Schreibtisch. Kurzentschlossen griff er zum Telefon.

"Konzertagentur Cohrs, guten Morgen. Mein Name ist Jonica Langbehn – was kann ich für Sie tun?"

"Ihn rausschmeißen."

"Pardon?"

"Du sollst ihn rausschmeißen."

"Papa? Bist du das?"

"Allerdings. Könntest du mir bitte einen Gefallen tun, und diese... diese... diese Mrs. Doubtfire vor die Tür setzen?"

"Kristen hat nun wirklich keine Ähnlichkeit mit Robin Williams. Er erinnert mich eher an Ben Affleck."

"Komm mir nicht mit Spitzfindigkeiten, junge Dame! Ich will ihn aus dem Haus haben. Heute noch!"

"Wie soll das gehen? Den anderen hast du wenigstens immer ein paar Tage Zeit gelassen, damit du sie dir zu Feinden machen konntest. Aber Kristen hat gerade mal eine Nacht unter deinem lauschigen Dach verbracht. Nachdem er gestern nur einen ökonomisch einwandfreien Einkauf für den Haushalt erledigt hat, dürfte es schwierig sein, mit einer stichhaltigen Begründung aufzuwarten."

"Er hat mich heute zum Gespött der Leute gemacht."
"Wie das? Ihr seid euch doch nur beim Frühstück über den Weg gelaufen."
"Nicht zuhause – hier im Büro!"
"Das musst du mir erklären."
"Mit Vergnügen. Als ich beim Jour Fixe mit Björn meinen Koffer geöffnet habe, war darin eine Dose mit Kirschtomaten, Karottenspalten, zwei Butterbroten und einem Becher Bio-Joghurt. Bin ich ein kleines Kind, das sich von Mutti ein Bütterchen für die Schule machen lassen muss? Bin ich das? Hm? Nein, ich bin es nicht!"
Jonica überlegte. "Gib mir zehn Minuten, dann melde ich mich wieder bei dir. Bis gleich."
Zufrieden legte Reinhold auf. Damit war seine Ruhe gesichert, wenn er heute Abend nach Hause kam. Als Jonica wieder anrief, hatte sich seine Laune deutlich gebessert. "Hallo, allerbeste Tochter der Welt."
"Ich würde mich mit den Lobeshymnen zurückhalten bis du gehört hast, was ich dir zu sagen habe."
"Ich bin ganz Ohr."
"Rat mal, wer das Essen kocht. Heute, morgen, übermorgen..."
"Wie?"
"Nach eingehender Beratung ist die Jury zu folgendem Ergebnis gekommen: Kristen bleibt."
"Was?!"
"Er bleibt. Er hat sich überhaupt nichts zuschulden kommen lassen, sondern genau das gemacht, was ich ihm aufgetragen habe. Björn hat mir vorgestern erzählt, dass der Cateringservice, der euch früher versorgt hat,

pleite gegangen ist und ihr nun zum Mittagessen in diese grässliche Kantine im Freihafen geht. Damit du nicht nur diesen Glutamatfraß bekommst, habe ich Kristen darum gebeten, dir ein gesundes Lunchpaket fertig zu machen."

"Dafür brauchst du zehn Minuten?" Mehr fiel Reinhold nicht ein.

"Ich musste herumtelefonieren. Sowohl Björn als auch seine Sekretärin berichten übereinstimmend, dass niemand gesehen hat, wie du eine Dose ausgepackt hast."

"Verräter!"

"Ich habe eben überall meine Spione. Das hohe Gericht muss nach deren Bericht davon ausgehen, dass wichtige Indizien gefälscht wurden, um das Urteil auf unerlaubte Weise zu beeinflussen."

"Ich..."

"Papa, du kannst es drehen und wenden, wie du willst. Vier Wochen sind mit Kristen vereinbart, vier Wochen bleibt er. Gegen dieses Urteil besteht weder das Rechtsmittel der Berufung noch der Revision schriftlich oder zu Protokoll der Geschäftsstelle!"

Kristen räumte bereits die Spülmaschine ein, als Jonica nach dem Abendessen die Dessertteller in die Küche brachte. Wenn ihr Mann auf See war, ging sie zweimal in der Woche mit Finn bei ihrem Vater essen.

"Kristen, ich muss Ihnen ein Kompliment machen. Das Essen war ausgezeichnet, auch wenn es mich ein wenig überrascht hat."

"Inwiefern?"

"Nun ja, Finkenwerder Ewerscholle mit gestovten Kartoffeln, für den Lütten selbstgemachte Fischstäbchen zu Salzkartoffeln mit Erbsen und Möhren, und zum Nachtisch Rhabarbergrütze mit Erdbeeren und Dickmilch. Ich hätte eher mit Lachslasagne und Cranberrymousse auf Stracciatellaeis gerechnet."

"Wenn Sie wollen, kann ich in Zukunft gerne wie Jamie Oliver kochen, aber ein Blick auf Ihren Bestand an Kochbüchern hat mich ahnen lassen, dass ich mit der traditionellen Küche besser fahre."

"Och, Finn, was soll denn das?" Vom Nebenzimmer her näherten sich hastige Schritte, dann kam der Hausherr durch die Schwingtür gestürmt. "Schnell, ich brauche *Fleckenschreck* oder wie das heißt. Kleines Malheur am Esstisch."

"Was ist passiert?" wollte Jonica wissen.

"Der Lütte hat mit der geballten Faust in seinen Nachtisch gehauen. War zwar nicht mehr viel übrig, aber immer noch genug, um die Tischdecke mit roten Flecken zu übersäen. Das Zeug geht nie wieder raus, wenn man nicht schnell was damit macht."

"Aber doch nicht mit Chemie." Kristen winkte ab. "Die Flecken reibe ich gleich mit einer Paste aus Wasser, Salz und Backpulver ein. Morgen früh kommt die Decke ganz normal in die Waschmaschine, abends liegt sie dann schon wieder auf dem Tisch."

"Ähm, nun ja... Klar... Wenn Sie meinen."

Fasziniert verfolgte Reinhold, mit welcher Selbstverständlichkeit Kristen die gusseiserne Pfanne reinigte, die er für den Fisch gebraucht hatte. Mit zerknülltem Zeitungspapier wischte sie sorgfältig aus. Dann schwenkte er sie einmal ganz kurz unter dem heißen Strahl aus dem Wasserkran, trocknete sie wiederum mit Zeitungspapier ab und rieb sie mit einer Speckschwarte und grobem Meersalz aus. Zum Schluss hängte er sie an einen der Haken, die über der Kochinsel von der Decke baumelten.

Jonica beobachtete ihren Vater ganz genau und lächelte wissend in sich hinein. Dabei zerriss sie in Gedanken das ohnehin nur dort existente Kündigungsschreiben.

Nach der Küchenschlacht endete Kristens Arbeitstag. Er zog sich in sein Quartier und dort auf die Terrasse zurück. Sein Blick streifte durch den Garten. Etwas vernachlässigt vielleicht, aber kein Einblick aus einem anderen Trakt des Hauses oder von den Nachbargrundstücken. Alles war windgeschützt, es gab Deckchairs und eine kleine Sitzgruppe aus Teakholz. Wer hier in festen Diensten stand, konnte sich über die Unterbringung wirklich nicht beklagen. Andere träumten von so etwas als Eigentumswohnung.

Kristen nahm ein Buch zur Hand und begann darin zu lesen. Nach kurzer Zeit schlug er es wieder zu. Es gelang ihm nicht, sich in die Handlung einzufinden. Er sah auf die Elbe hinaus. Die Sonne ging gerade unter und schien im Fluss versinken zu wollen. Lockere Bewölkung unterbrach die Gleichförmigkeit der Abendröte, die sich von sanftem Rosa zu tiefem Bordeaux verfärbte. Die Dünung im Wasser des Stroms zerteilte das Spiegelbild des Himmels in abstrakte Splitter wie ein modernes Kirchenfenster.

Ein paar Minuten später war es dunkel genug für die automatische Gartenbeleuchtung. Mit sachtem Quietschen öffnete sich gleichzeitig die Tür in dem mannshohen Flechtzaun aus Binsen, der die Terrasse zu Bargstedts Seite hin von Blicken abschirmte. Mit diversen Zeitschriften und einem dampfenden Kaffeebecher bewaffnet trat der Hausherr auf die Terrasse.

"Oh, Verzeihung. Bin schon wieder weg."

Er wandte sich um, dabei fielen die Zeitungen zu Boden. Kristen sprang hoch und hob sie auf, was Bargstedt sichtlich unangenehm war.

"Bitte entschuldigen Sie, Macht der Gewohnheit. Weil diese Terrasse von den Nachbarn nicht eingesehen werden kann, ist es mein Spleen geworden, mich abends hierhin zu setzen. Das erspart mir anstrengende Konversationen, wenn ich eigentlich meine Ruhe haben will."

"An mir soll's nicht scheitern – ist genug Platz für uns beide da." Kristen deutete einladend auf die beiden noch freien Deckchairs.

"Meinen Sie wirklich?"

"Klar doch. Oder bin ich wirklich so eine Zumutung, dass Sie es partout nicht mit mir aushalten können?"

"Würden Sie mir glauben, wenn ich Ihnen sage, dass mir mein Verhalten leid tut?"

"Nun machen Sie schon."

Bargstedt zögerte noch einen Augenblick, dann nahm

er das Angebot an.

Für eine Weile saßen die Männer da, beide in ihre Lektüre versunken.

"Kann ich Sie mal was fragen?" brach Reinhold das Schweigen.

"Ob Sie das können, weiß ich nicht, aber Sie dürfen es gerne versuchen."

"Ich sag's ja: Genau wie Frieda. Die hat auch nicht nur Brotlaibe geformt, sondern auch unsere Ausdrucksweise." Bargstedt schüttelte den Kopf. "Was sagt eigentlich Ihre bessere Hälfte zu diesem Job – sofern Sie eine haben? Ich meine jetzt nicht diese Klischees von Männern im Haushalt, sondern dass Sie wegen Ihres *Rundum sorglos*-Pakets nie zu Hause sind."

Kristen hielt sich bedeckt. "Sollte es da ein Problem geben? Die Situation ist nicht viel anders als bei einem Ingenieur, der regelmäßig auf Montage im Ausland ist. Da wissen auch beide Seiten Bescheid, worauf sie sich einlassen."

"Stimmt", sagte Bargstedt. Er dachte an das Familienleben seiner Tochter. "So habe ich es noch nicht betrachtet. Nun ja... mag angehen, dass es manchmal einfach besser so ist. Alles bleibt lebendiger und man sucht sich seine spannenden Momente nicht woanders."

Womit für Kristen die Abwesenheit einer Frau Bargstedt halbwegs erklärt war. Wahrscheinlich hatte Reinhold genau das getan – sich seine spannenden Momente woanders gesucht. So, wie er aussah, dürfte es ihm auch nicht schwergefallen sein, sie zu finden. Der Mann war definitiv ein Hingucker.

Was sich Kristen nicht erklärte, war die nachdenkliche Natur seines Klienten. Denn an Zerstreuung schien es Bargstedt nicht zu mangeln. Überall fanden sich Fotos von Reisezielen in aller Welt, auf denen der Hausherr völlig entspannt und über das ganze Gesicht strahlend inmitten von bestens gelaunten Herrenrunden bei sportlichen Unternehmungen wie Segeln, Wasserski oder Tennis zu sehen war. Auf einem Foto, das im Schlafzimmer stand, hielt Bargstedt einen Pokal in der Hand, der merkwürdigerweise in der Vitrine im Wohnzimmer nicht zu sehen war. Kristen hatte sich das Foto intensiv angeschaut. Auf dem Pokal war ein Logo eingraviert, das er ganz sicher schon einmal gesehen hatte, aber nicht zuordnen konnte, weil es durch den Bildrand nur teilweise zu sehen war. Woher kannte er das regenbog...

"Was lesen Sie da eigentlich?" fragte Bargstedt.

"Wie? Ehm, *Tödliche Nachhilfe* von Henrietta Curthbrackle."

"Das ist der neue Roman von ihr, oder? Den wollte ich mir auch noch besorgen. Ist der Plot genauso gut wie im letzten Buch, *Gefährliche Gladiolen*?"

Kristen neigte unentschlossen den Kopf zu Seite. "Wenn ich das mal wüsste. Ich bin jetzt schon auf Seite sechzig und habe noch keinen wirklichen Plot entdecken können."

"Wie meinen Sie das?"

"Tscha, der Klappentext verspricht, dass ein Schüler auf dem Weg zur Schule die Leiche seiner Lehrerin auf dem Wasserrad einer Mühle am River Dart findet.

Davon war bisher noch kein Wort zu lesen. Stattdessen lässt die Curthbrackle ihren Schnüffler in epischer Breite sinnieren, warum er an seinem ersten Urlaubstag neben der Tochter seines Chefs im Bett aufwacht und er nicht bei seiner Frau ist, die gerade eine Brustamputation hinter sich hat."

"Was hat das mit der Story zu tun?"

"Eine sehr gute Frage, die ich nicht beantworten kann", sagte Kristen. "Ich bin mir auch nicht sicher, ob ich es noch herausfinden möchte. Mir hat es ziemlich gelangt, als obendrein noch über eine dreiviertel Seite hinweg haarklein der katerbedingte Auswurf des Bullen nach durchsoffener Nacht beschrieben wurde."

"So etwas muss wirklich nicht sein."

"Mich nervt es langsam, dass die Schreiberlinge inzwischen soviel Gewicht auf das Privatleben ihrer Schnüffler legen. Das will ich doch alles gar nicht wissen."

"Genau das denke ich auch!" Unerwartet wurde Bargstedt lebendig. Von irgendwoher war ein Telefon zu hören. "Ich will wissen, wer den trunksüchtigen Vikar um die Ecke gebracht hat und nicht, ob der Bulle sich nur deswegen neuerdings vor Fleisch ekelt, weil er sich ein respektables Magenkarzinom eingefangen hat."

"Dazu dieser ganze wissenschaftliche Tünkram", sekundierte Kristen. "Am Ende wird der Täter meist doch per DNA-Spur gestellt, und man fragt sich, warum man sich überhaupt durch dreihundert Seiten Verhöre und falsche Alibis gequält hat."

"Und jetzt fängt Henrietta Curthbrackle auch damit

an? Schade. Vielleicht sollte ich die alten Ngaio Marsh-Krimis hervorkramen. Die habe ich zuletzt vor zwanzig Jahren gelesen. Das Opfer stirbt, Roderick Alleyn führt Verhöre, zieht seine Schlüsse, der Täter wird entlarvt und verhaftet oder zieht sich mit Selbstmord aus der Affäre – Ende. So sieht für mich ein guter Krimi aus."

"Kein Einspruch von meiner Seite."

Ganz unerwartet hatten sie ein Thema gefunden, bei dem sie auf einer Wellenlänge waren. Sie redeten sich fest. Zwischendurch stand Reinhold auf und holte eine Flasche Weißwein, die sie gemeinsam leerten. Als sie die Runde aufhoben und sich zurückzogen, war es weit nach Mitternacht.

9

Die unverhoffte Klimaverbesserung im Tweehus hatte einen entscheidenden Nachteil: In dieser Nacht waren Kristen nur zwei Stunden Schlaf vergönnt.

Gegen halb sechs hatte die Sonne gerade erst begonnen über den Süllberg zu kriechen. In den meisten Häusern von Blankenese rührte sich noch keine Menschenseele. Kristen hingegen hing im Obergeschoss halb aus der Dachgaube im Korridor und putzte das Fenster.

Die Schlafzimmertür öffnete sich. Reinhold schlurfte hinaus, nur mit einer langen Pyjamahose bekleidet, die mit ihrem aufdringlichen, völlig außer Mode geratenen Streifenmuster fatal an eine Gefängniskluft aus einer Klamotte mit Laurel und Hardy erinnerte. Selbst der tätowierte Viermaster fehlte nicht. Eine hübsche kleine Jugendsünde hatte Bargstedt da auf der Brust prangen. Kristen verkniff sich ein Grinsen. Er sagte nur knapp "Moin", worauf Reinhold wortlos nickte und ins Erdgeschoss hinunterschlich. Wenig später drang das Klappern der Flaschen in der Kühlschranktür vage durch das Haus. Als Reinhold wieder die Treppe hinaufkam, klebte ein Milchbart auf seiner Oberlippe.

"Haben Sie schon eine Idee, was Sie heute zum Essen auftischen wollen?"

"Ideen habe ich hunderte, aber wenn Sie etwas Bestimmtes wollen, nur raus damit."

"Das ist gut, ich habe nämlich einen Riesenappetit auf Sauerfleisch mit Bratkartoffeln. Wäre das wohl möglich?"

"Ja, natürlich. Kein Problem."

"Gut. Bis später."

"Hallo?"

"Moin."

"Moin. Was treibt dich so früh ans Telefon? Wir sehen uns doch ohnehin später."

"Ich wollte nur fragen, warum du gestern Abend nicht mehr erreichbar gewesen bist?"

"Kein besonderer Grund. Es war einfach ein schöner Abend mit lauer Luft, der dazu einlud, draußen zu sitzen, und ich habe das Telefon drinnen gelassen."

"Aha."

"Was ist so wichtig, dass du mir dermaßen hartnäckig hinterher telefonierst?"

"Ich bräuchte langsam mal eine Antwort von dir, was aus unserem kleinen Vorhaben werden soll."

"Es ist hauptsächlich *dein* kleines Vorhaben."

"Wie soll ich das verstehen – wir waren uns doch einig."

"Ja, schon – aber..."

"Aber was?"

"Ich brauche einfach noch ein bisschen mehr Zeit. Da hängt so viel dran. Ich bin derzeit in einer arg fragilen

Position."

"Derzeit – das Dings ist gut. Von deiner fragilen Position erzählst du mir, seit wir... Du weißt schon. Du solltest dir vor Augen halten, dass deine Position nicht das einzig Fragile in deinem Leben ist. Meine Geduld gehört auch dazu."

"Durch deine Drohungen wird's auch nicht besser."

"Von deiner Vogel-Strauß-Taktik auch nicht... Weißt du, was mich so ärgert?"

"Was?"

"Dass du so tust, als wäre dein Leben ein ganz besonderer Einzelfall. Tausende... Quatsch, Millionen von uns haben dasselbe hinter sich gebracht. Ich bekanntlich auch. Ich werde seitdem aber immer noch zu allen Parties eingeladen, das Geschäft läuft ohne Abstriche, und der Familie ist es auch völlig egal. Was ist also passiert? Nur, dass ich freier lebe als vorher. Eigentlich bin ich doch das beste Vorbild. Warum nimmst du dir diesen Sonderstatus heraus?"

"Ich..."

"Lass es. Zumindest für jetzt. Ich weiß, dass ohnehin nur eine weitere Ausrede kommt. Aber frag dich doch mal, ob du eines Tages auf dein Leben zurückblicken und dir eingestehen willst, auf etwas Schönes und dir unheimlich Wichtiges verzichtet zu haben, nur weil es leichter und bequemer war, den Weg des geringsten Widerstandes zu gehen?"

Kristen knirschte mit den Zähnen. Ausgerechnet Sauerfleisch! Damit konnte er seinen Plan, die Fenster im Erdgeschoss auch noch zu putzen, für heute Vormittag begraben. Stattdessen stand er um halb neun im Laden seines Stammschlachters in Eimsbüttel und kaufte Schweinenacken zum Auskochen. Zurück im Tweehus widmete er sich den weiteren Vorbereitungen. Das Telefon unterbrach ihn beim Kartoffelschälen.

"Bei Bargstedt, Sie sprechen mit Kristen Falkenbrook, guten Tag."

"Hallo, Kristen – Reinhold Bargstedt hier. Ich weiß, dass es eigentlich schon zu spät ist, aber bekommen Sie es wohl trotzdem hin, dass ich noch einen Gast mitbringen kann?"

"Aber selbstverständlich, Herr Bargstedt." Kristen dachte beruhigt an die große Pastetenform im Kühlschrank, in der das stockende Aspik mehrere Schichten aus dünnen Lagen Sauerfleisch und feinen Scheiben Mixed Pickles allmählich einschloss. Er musste nur ein paar Kartoffeln und Zwiebelringe mehr in die Bratpfanne werfen.

"Wunderbar", erwiderte Reinhold. "Dann decken Sie doch bitte den Tisch auf der Terrasse und machen gefüllte Äpfel mit Grützwurst und passenden Beilagen."

"Verzeihung, Herr Bargstedt, aber das Sauerfleisch, das Sie sich gewünscht haben, ist fast fertig. Wäre doch schade drum, das nicht heute zu servieren."

"Was reden Sie da? Ich habe mir kein Sauerfleisch gewünscht."

"Natürlich haben Sie."

"Wann?"

"Heute Morgen."
"Wir haben beim Frühstück gar nicht miteinander gesprochen."
"Nicht beim Frühstück – davor. Als sie noch vor sechs in der Küche waren, um Milch zu trinken."
"Was soll ich getan haben?" Nach einer Pause: "Kristen, über die alten Häuser hier im Dorf erzählt man sich einiges an stürmischen Geschichten. Vielleicht sind einige davon sogar wirklich wahr, denn wen immer Sie in den Morgenstunden gesehen haben... das war ganz bestimmt nicht ich. Also machen Sie bitte die gefüllten Äpfel."

Das Wasser im Topf war nicht das einzige, was nach dem Telefonat kochte. Untermalt von nicht ganz feinen Gesten fluchte Kristen vor sich hin. Nicht genug, dass der Hausherr schon im Wachzustand eine Nervenprobe darstellte, nun hatte er auch noch somnambule Hirnaussetzer.

Hatte nicht mal jemand gesagt, dass die eigentliche Macht im Haus hatte, wer den Kochlöffel schwang? Diese Person war mit seliger Unkenntnis geschlagen gewesen. Es mochte solche Zeiten gegeben haben, aber das war Ewigkeiten her, also bereitete Kristen gefüllte Äpfel vor. Das Sauerfleisch kam in Einweckgläser und wurde eingelagert.

Etwas später brachte er eine Tischdecke auf die Terrasse hinaus. Mit präzisen Handgriffen breitete Kristen einen Teil der Decke zunächst auf dem Tisch aus, dann griff er nach zwei Zipfeln und schleuderte das in dezentem Blau gehaltene Laken in die Höhe, wo es sich ganz entfaltete und langsam auf die Teakholzplatte sank. Für einen Moment legte sich der Stoff wie ein Vorhang vor die Aussicht auf Garten und Fluss.

"Guten Tag."

"Wuaaah!" Kristen fuhr zusammen. Gerade war er noch völlig allein auf der Terrasse gewesen, nun stand ein Fremder vor ihm, scheinbar aus der Decke geschüttelt.

"Ganz ruhig, schön den Colt stecken lassen. Ich bin weder hinter Ihrem Geld noch Ihrem Leben her. Aber ein paar gefüllte Äpfel wären nicht schlecht."

"Na, das soll wohl in Ordnung gehen, solange Sie mir meine Kaffeemühle lassen."

Das Gesicht des Neuankömmlings, der nur durch das Gartentor gekommen sein konnte, verzog sich zu einem gewinnenden Grinsen. "Sehe ich aus wie der Räuber Hotzenplotz?"

"Vielleicht ein bisschen um die Augenbrauen herum." Kristen hatte seine Schlagfertigkeit wiedergefunden. "Ich nehme an, Sie sind der Gast, den Herr Bargstedt mir angekündigt hat?"

"Ganz genau. Björn Gussbrenner, hallo."

"Guten Tag. Ich heiße Kristen Falkenbrook."

"Reinhold hatte leider ein bisschen Pech", sagte Björn und legte seine Umhängetasche ab. "Ich selber konnte dem Stau auf der A7 gerade noch entgehen, er dagegen ist mitten hinein gefahren. Es dauert also noch eine Weile, bis er hier auftaucht."

"Das ist kein Problem. Wie Sie sehen, bin ich noch nicht ganz fertig. Wenn Sie vielleicht bitte für einen

Moment dort unter dem Birnenbaum platznehmen möchten, richte ich hier schnell alles für Sie her. Was darf ich Ihnen zu trinken bringen?"

Björn schien abzuwägen, ob die schmiedeeiserne Bank wirklich so unbequem war wie sie aussah. "Wissen Sie was – kümmern Sie sich um das Essen, ich decke den Tisch. Keine Sorge, ich kenne mich hier aus", sagte er. Er hatte Kristens zweifelnden Blick richtig gedeutet. "Ich gehöre sozusagen zum Inventar. Sagen Sie mir nur, ob ich nüchternes Weiß, Kornblumen, handbemaltes Immergrün oder graues Bauhaus eindecken soll. Rote Keramik ist tabu."

"Na, dann kommen sie mal mit." Die detaillierte Kenntnis der Geschirrbestände hatte Kristen überzeugt. Er führte Björn zu dem Geschirralkoven. "Ich hatte an das Bauhaus gedacht." Er deutete auf das mittlere Regal. "Wir brauchen flache Teller, tiefe Teller, kleine Teller, Kompottteller, Messer, Gabel, Löffel, Dessertlöffel, Servietten, Wassergläser, Biergläser und Kaffeetassen."

"Geht klar."

"Darf ich Ihnen denn gleich trotzdem schon einen Aperitif bringen – Martini, Campari Soda, Gin Fizz, Sherry?" erkundigte sich Kristen.

"Nein, vielen Dank. Dafür ist es mir noch ein bisschen zu früh am Tag."

"Dann eine Kaffeespezialität? Latte Macchiato, zum Beispiel? Oder lieber etwas kaltes? Mineralwasser, Cola, Ginger Ale, Bitter Lemon, Fruchtsaft, Mate – alles da."

"Nochmals danke, aber nein, danke. Auch wenn Sie es

mir vielleicht nicht glauben – mit einem einfachen Bier aus der Flasche täten Sie mir den größten Gefallen."

Doch, Kristen glaubte es ihm aufs Wort. Er war beeindruckt von Reinholds Chef. So unbefangen, so relaxed, so unprätentiös. Seine Herkunft merkte man ihm wirklich nicht an. Das zugehörige Bankkonto auch nicht. Statt eines teuren Maßanzugs wie Bargstedt trug Björn Gussbrenner eine Jeans von der Stange, dazu ein verwaschenes hellblaues T-Shirt unter einer Pilotenjacke. Die schweren Bikerboots sahen auch nicht gerade nach Chefetage aus. Kristen fragte sich, wie diese beiden sehr individuellen Charaktere wohl im Büro miteinander zurechtkamen.

"Das darf nicht wahr sein!"

Mit Wucht landete die Faust auf dem Lenkrad. Den Stau im Elbtunnel hatte er endlich hinter sich gebracht, nur um jetzt nicht von der Ausfahrt Othmarschen runterzukommen, weil sich der Verkehr auf Autobahnbrücke staute. Reinhold freute sich auf das Essen wie ein mittelmäßiger Schüler über seine erste Eins in Mathematik.

Als sich nach weiteren zehn Minuten die Schlange um höchstens zehn Zentimeter weiterbewegt hatte, setzte er den Blinker, verließ vorsichtig die Linksabbiegerspur und bog nach rechts ab. Zum Fluss hinunter zu fahren und dann der Elbchaussee zu folgen, hatte schon öfter besser funktioniert als der Weg über Othmarschen.

An einer roten Ampel hatte Reinhold Gelegenheit,

seine Umgebung zu mustern. Jeans und Batikshirt zu Flipflops flanierten neben Tweed und Burberrymantel, wuschelige Mischlingshunde spielten mit Pudeln, die besser frisiert waren als ihre Herrchen, nagelneue dunkle Minis mit allen Extras parkten neben zwanzig Jahre alten Corsas mit stumpf gewordenem Lack. Es schien alles soviel ungezwungener zuzugehen, und Reinhold fragte sich nicht zum ersten Mal, ob er sich hier nicht wohler fühlen würde als in Blankenese.

Hinter ihm hupte jemand ungeduldig. Reinhold fuhr weiter. Über eineinhalb Stunden zu spät kurvte er am Ende in seine Einfahrt. Er griff in die Aktentasche auf dem Beifahrersitz.

"Das nicht auch noch!"

Er schaltete die Zündung wieder ein und drückte auf die Hupe. Nichts tat sich. Auch nach dem zweiten Mal blieb alles ruhig. Missmutig stapfte er außen um Jonicas Lüttwohnung herum in seinen eigenen Garten. Die Terrasse war leer, doch aus der Küche drangen Geräusche. Reinhold sah durchs Fenster. Kristen stand an der Kochinsel und rührte in einer Schüssel, während Björn lässig am Kühlschrank lehnte und gelegentlich von einer Flasche Bier trank. Die beiden unterhielten sich angeregt. Ein oder zwei Mal legte Björn vertraulich die Hand auf Kristens Schulter, wobei er offenbar etwas hoch Amüsantes erzählte, denn Kristen konnte sich vor Lachen kaum halten.

Reinhold stieß die Klöntür auf. "Eure Unterhaltung muss ja bannig spannend sein, wenn ihr mich nicht mal hupen hört."

"Ach, du warst das?" fragte Björn unbeeindruckt. "Wir dachten, das wäre nur ein Nachbarschaftsrowdy."

"*Sie* haben das gedacht", korrigierte Kristen und fragte: "Was hatte es denn mit dem Hupen auf sich, Herr Bargstedt? Ist irgendetwas auszuladen, bei dem ich helfen kann?"

"Nein, ich habe nur den anderen Bund mit meinem Haustürschlüssel im Büro vergessen und wollte einfach, dass mir jemand öffnet."

"Klingeln ist dir wohl zu *old school*, hm?" Björn zwinkerte Kristen zu. "Jetzt übertreibt er's doch mit dem Personal, nicht wahr? Sie sind doch nicht Butler Hudson."

"Ich bin zutiefst dankbar, dass Sie mich nicht Mrs. Bridges genannt haben."

"Kann ich auch, wenn Sie wollen."

"Das kostet aber extra."

"Daran soll es nicht scheitern."

"Würdest du bitte aufhören, dich mit meinem Personal zu fraternisieren?"

"Mit mir kann sich momentan überhaupt niemand fraternisieren, weil ich nämlich jetzt das Essen serviere. Es sei denn, die Gentlemen möchten tragen helfen? Nein? Wenn Sie dann bitte auf der Terrasse platznehmen wollen?"

Die Gentlemen wollten.

"Ich kann nicht begreifen, warum du diesen patenten Kerl loswerden willst", bemerkte Björn später. "Er hat tadellose Umgangsformen, kocht großartig, wartet erstklassig bei Tisch auf, und der Haushalt scheint besser zu laufen denn je, seit Frieda nicht mehr da ist. Den solltest du dir warmhalten, solange es geht."

"Sind eigentlich Beiträge für die Berufsgenossenschaft überwiesen worden?"

"Ja, hat – gestern schon. Die Belege sind längst in der Registratur." Björn ließ die zwei Amarettini von der Untertasse in seinem Mund verschwinden. "Sag doch einfach, wenn du nicht drüber reden willst."

"Ich will nicht drüber reden."

"Miesepeter."

Wenig später erhob sich Björn. "Es wird Zeit für mich. Ich will noch vor zwanzig Uhr in der Buchhandlung bei mir um die Ecke reinschauen, mir den neuen Krimi von Henrietta Curthbrackle besorgen."

Reinhold winkte ab. "Lohnt nicht."

"Aha. Warum nicht?"

Reinhold berichtete von seiner Unterhaltung mit Kristen, worauf Björn wieder nur amüsiert das Gesicht verziehen konnte. "Literaturkritik kann er also auch. Lass den bloß nicht wieder gehen. Stell dir mal vor, deine neue feste Perle liest nur Groschenromane."

"Ja, doch, ich habe es begriffen. Du findest Kristen genauso großartig wie meine Tochter und ich bin mal wieder der Misanthrop."

"Wenn der Schuh passt..."

Sie gingen nach vorn zur Straße. Björns Saab Cabrio stand auf dem Seitenstreifen. Kristen harkte die Blumenbeete im Vorgarten durch.

"Kennen Sie keinen Feierabend?" fragte Björn. "Es geht auf neunzehn Uhr zu."

"Sagen Sie das mal diesem Hund von Baskerville, der gerade hier durch getobt ist." Kristen bückte sich nach ein paar Blüten, die unter einen Buchsbaum gewirbelt worden waren.

Reinhold blieb unbeeindruckt. "Ach, ist Mieze wieder mal ausgekniffen?" Erklärend fügte er hinzu: "Die dänische Dogge von Familie Matthiesen am Ende der Straße geht gelegentlich gerne allein promenieren."

"Entschuldigung, bin ich hier richtig bei Bargstedt?"

Kristen schoss in die Höhe. "Was in aller Welt willst *du* hier?"

"Dich vor einem saftigen Säumniszuschlag bewahren", antwortete Levi Kohn lakonisch. Er nickte Reinhold und Björn zu. "Guten Abend."

Kristen sah sich gezwungen, die Vorstellung zu übernehmen. "Herr Bargstedt, Herr Gussbrenner, darf ich vorstellen: Das ist mein Steuerberater Herr Kohn. Levi, das sind mein Klient Herr Bargstedt und sein Gast Herr Gussbrenner."

"Angenehm."

"Angenehm."

"Angenehm. Sagen Sie, Herr Kohn, habe ich da gerade etwas von einem Säumniszuschlag gehört?" Reinhold hatte aufgehorcht. Sollte der perfekte Herr Falkenbrook am Ende doch nicht so perfekt sein?

Levi gab sich unverbindlich. "Tut mir leid, Herr Bargstedt. Aber für mich gilt die Schweigepflicht, insofern sind Sie auf das Mitteilungsbedürfnis von Herrn Falkenbrook selber angewiesen."

"Schade. Dabei hätten Sie bestimmt ganz wunderbar

von Herrn Falkenbrooks Abgründen berichten können."

"Aber nur, wenn er mir von *Ihren* Abgründen hätte berichten dürfen."

"Darüber hätte man reden können."

Björn grinste breit, Kristen wäre am liebsten im Boden versunken. Levi musste verschwinden. Schnellstens. "Schön, dass ihr euch so prächtig versteht. Können wir das trotzdem rasch hinter uns bringen?" drängte er und schob Levi ein paar Meter beiseite. "Was fehlt denn noch?"

"Drei Unterschriften von dir." Levi zog Klemmbrett und Stift aus seiner Tasche. "Du bist echt ein Töffel. Schmeißt mir die Unterlagen gestern in den Briefkasten und vergisst zu erwähnen, dass heute der letzte Abgabetermin deiner ohnehin schon zweimal verlängerten Frist ist. Das mag das Finanzamt gar nicht gerne. Jetzt kann ich gleich noch wegen dir da vorbeirennen und alles Last Minute in den Nachtpostkasten werfen."

"Sorry, aber du ahnst ja gar nicht, was bei mir los ist", raunte Kristen zurück. "Der Typ mit dem Goatee da drüben ist wirklich eine Klasse für sich."

"Sieht doch ganz harmlos aus."

"Das täuscht."

"Ich bin gespannt. Kannst du mir ja dann am Mittwoch erzählen. Ich werde nachher noch die beiden Plätze für uns reservieren."

"Ich fürchte, das werden wir vertagen müssen. Sieht schlecht aus bei mir."

"Willst du schon wieder so kurz vor knapp absagen?

Ganz ehrlich, Kristen, langsam ist das wirklich pein..."
"Nicht jetzt. Ich ruf' dich morgen deswegen an. Hier hast du deine Unterschriften." Etwas lauter fragte er: "Wo ist dein Auto?"
"Bei der Inspektion. Ich bin mit der S-Bahn gekommen."
Björn musterte Levis von getrocknetem Schlamm verkrusteten, ehemals weißen Sneaker. "Sie sehen aus, als wären Sie aus der Innenstadt bis hierher gelaufen und hätten jede Pfütze von dem Platzregen heute Mittag mitgenommen."
"Nicht ganz, ich bin nur vom Bahnhof hierher gelaufen. Aber das mit den Pfützen stimmt schon. Die Straßen hierher sind ja teilweise in einem jämmerlichen Zustand."
"Warum bist du nicht in den Bus umgestiegen?" fragte Kristen. "Der hält hier doch fast vor der Haustür."
"Bleib mir bloß mit damit vom Hals! Kennst du diese unwiderstehliche Lieblichkeit eines Busfahrers, wenn er dir treu wie ein junges Kalb in die Augen schaut, während du wie ein Blöder rennst, um noch mitfahren zu können? Aber wenn du nur noch einen Meter entfernt bist, macht dieser Volltrottel die Tür dicht und fährt breit grinsend davon. Ich hab' den nächsten gar nicht erst abgewartet und bin aus Protest gelaufen!"
"Wenn Sie möchten, können Sie Ihren Protest noch stärker ausleben", sagte Björn. "Ich muss ohnehin durch die Innenstadt und könnte Sie mitnehmen. Wo müssen Sie hin?"
"Kommen Sie zufällig am Finanzamt vorbei?"

"Nicht direkt, aber der kleine Schlenker ist kein Problem. Sollen wir?" Björn klimperte mit seinem Schlüsselbund.

"Ich richte mich da ganz nach ihnen."

"Dann mal zu."

Sie stiegen in den Saab und schienen sich auf Anhieb gut zu verstehen, denn Björn hatte noch nicht einmal den Motor gestartet, als sie schon begannen, sich intensiv zu unterhalten.

Kristen und Reinhold blickten dem sich entfernenden Auto hinterher. Beide waren irritiert, wenn auch aus verschiedenen Gründen.

Kristen war der erste, der das Schweigen brach. "Eine Dogge, die Mieze heißt?"

"Ein Freiberufler, der seine Steuererklärung nicht pünktlich abgibt?"

10

Teller, Tasse, Untertasse – erledigt. Besteck – erledigt. Haferflocken – erledigt. Eierbecher – erledigt.

Kristen musste gar nicht mehr überlegen, welche Fächer er öffnen musste. Kurz vor dem Ende seiner dritten Woche im Tweehus fühlte er sich, als wäre er schon seit Jahren hier. Genau deshalb verpflichtete er sich immer nur vorübergehend: Er hasste es, wenn Dinge zu routiniert wurden.

Nach einem Blick auf die Wanduhr schaltete Kristen den Herd aus und schüttete die Frühstückseier ab. Beim ersten Hausrundgang hatte er wohlwollend festgestellt, dass die gute Frieda von Eierkochern ebenso wenig gehalten hatte wie er selber. Ein gut zwanzig Jahre altes Gerät stand immer noch unbenutzt in der Besenkammer. Sogar der Kassenzettel klebte noch gut lesbar auf der Verpackung.

"Guten Morgen, Herr Bargstedt. Bin sofort fertig", sagte Kristen über die Schulter hinweg, als sich Schritte näherten. Er trocknete die Eier ab und legte sie in ein kleines Körbchen.

"Lassen Sie sich Zeit. Mein Frühstück will ich mir heute erst verdienen."

Kristen drehte sich um. Bargstedt stand vor ihm und sah in Laufschuhen, Sportshirt und vor allem den schwarzen Running Tights deutlich anders aus als sonst. Auch wenn er nicht in absoluter Topform war, konnte er es sich leisten, ein solches Futteral zu tragen. Er schien zu jenen zu gehören, die im Urlaub das nachholten, wovor sie sich im normalen Alltag mit echten und vorgeschobenen Verpflichtungen drückten. Aus dem Terminkalender wusste Kristen, dass die Besuche im Fitnessstudio eher unregelmäßig waren. Außerdem hatte Bargstedt gestern Abend verkündet, in dieser Woche selber den Rasen mähen zu wollen, was er nach dem Essen auch gleich getan hatte.

"Soll ich irgendetwas warmstellen?" Kristen hielt den Eierkorb und eine Schale hoch, in der ein Brei vor sich hin dampfte. Auch Jonica nutzte die Auszeit ihres Vaters, um ein paar Dinge ins Lot zu rücken, worunter hauptsächlich seine Essgewohnheiten fielen. Die Frühstückseier hatte sie genehmigt, allerdings nur in gekochter Form. Rühreier mit Speck waren durch Porridge ersetzt worden. Damit dieser ganz besonders gesund wurde, hatte Kristen ihn mit Sojamilch ansetzen müssen.

Von Anfang an hatte sich Kristen immer wieder gefragt, ob nicht nur Bargstedt selber, sondern auch seine Tochter ein Problem mit dem neuen Hausgeist haben würde, sobald dieser das Zepter schwang. Ob es bewusst oder unbewusst geschah, vermochte Kristen nicht zu beurteilen, doch er hatte beobachtet, dass Jonica von Frieda selig die Rolle der moralischen Instanz im Haus übernommen zu haben schien. Es würde sich zeigen ob sie in der Lage war, dieses Feld wieder zu räumen.

Dem ersten Klönschnackabend auf der Terrasse war ein zweiter gefolgt, ebenso ein dritter. Nun trafen sie sich täglich, wobei sie immer wieder ein Thema fanden, über das sie mal leidenschaftlicher, mal nüchterner diskutierten. Dabei hatte Bargstedt allmählich geöffnet und zuerst stockend, dann flüssiger von den diversen Katastrophen seit Friedas Tod erzählt. Kristen hatte seinerseits von sich erzählt, wenn auch deutlich belangloser.

Die Gespräche endeten meist spät in der Nacht. Wenn Jonica fragte, was es ständig so ausgiebig zu beschnacken gab, benahmen sich die beiden wie die Mitglieder eines würdigen Londoner Clubs für noch würdigere Gentlemen, in dem nicht mal das Personal weiblich sein durfte.

Kristen musste seine Frage wiederholen, denn Bargstedt stand nur vor ihm, starrte vor sich hin und schien mit den Gedanken ganz woanders zu sein.

"Wie? Ach so – nein, danke", antwortete Bargstedt. "Die Eier kann ich auch kalt essen, und ich bin froh, dass ich diesen furchtbaren Kleister mal auslassen kann. Porridge mit Sojamilch, igitt. Keine Ahnung, auf welchem Gesundheitstrip meine Tochter nun wieder ist. Vegan hatten wir jedenfalls noch nicht." Bargstedt war zur Hintertür gegangen und hatte bereits die Klinke in der Hand. Dabei konnte er nicht den Blick von Kristen nehmen.

"Ja?" fragte Kristen lächelnd und erwartete einen Arbeitsauftrag. Doch es kam anders.

"Ihre Garderobe zu richten wäre nicht verkehrt. Bis später."

Kristen sah an sich herunter und bemerkte, dass er in morgendlicher Geistesabwesenheit vergessen hatte, die beiden unteren Hemdknöpfe zu schließen und ein klaffender Spalt den Blick auf den feinen Flaum um seinen Bauchnabel freigab. Beim Zuknöpfen riss prompt einer der Knöpfe ab.

"Scheiße."

Reinhold trabte durch Blankenese. Es war nicht der erste Urlaub, in dem er sich zu Anfang geschworen hatte, regelmäßig zu joggen, auch über den letzten freien Tag hinaus. Leider war es ebenso wenig das erste Mal, dass er dieses Versprechen noch während seines Debüts in den Laufschuhen wieder bereute. Er unterschätzte jedes Mal aufs Neue, wie anstrengend der Weg durch das hügelige Auf und Ab für jemanden war, dessen Trainingsstand fast bei null lag.

Für Touristen mochte das Treppenviertel einer der vielen pittoresken Anziehungspunkte auf ihrem Städtetrip *Zwischen Prachtstraße und sündiger Meile* sein, doch wer sich hier täglich aufhielt, lernte ganz schnell die Schattenseiten kennen. Viele Stufen waren ausgetreten, manche sogar eingesunken und dadurch besonders im Winter gemeingefährlich. Vor zwei oder drei Jahren war Reinhold dank eines lockeren Kantsteins böse umgeknickt und hatte sich eine langwierige Bänderzerrung im Fuß zugezogen. Die Rippenprellung nach dem Sturz war auch nicht ohne gewesen.

Endlich hatte er den Strandweg erreicht und genoss die ersten vollkommen ebenerdigen Meter. Am Bulln stoppte er, um seine Schuhe neu zu binden.

Feuchter Atem schlug ihm ins Gesicht. Als Reinhold den Kopf zur Seite wandte, blickte er in ein pelziges Gesicht von der Größe einer preisgekrönten Wassermelone. Rasch richtete er sich auf. Die lange Neufundländerzunge, die ihm zur Begrüßung quer über den Mund fahren wollte, verfehlte ihr Ziel.

"Aus, Wanda! Guten Morgen, Herr Bargstedt."

"Guten Morgen, Frau Reimers. Wie geht's Ihnen?"

"Danke, sehr gut." Wandas Frauchen strahlte Reinhold an. "Aber wahrscheinlich nicht so gut wie Ihnen. Sie und Ihre Tochter haben doch bestimmt noch angestoßen, dass Ihr Schwiegersohn jetzt sein eigenes Kommando bekommen soll, obendrein für das neue Flaggschiff der Reederei. Da kann der kleine Finn ja richtig stolz auf seinen Papa sein. Richten Sie ihm doch bitte meine herzlichen Glückwünsche aus."

"Sehr gerne, Frau Reimers, sehr gerne." Reinhold verabschiedete sich höflich und lief weiter.

Woher weiß sie das nun wieder, überlegte er, *wir haben es doch noch niemandem erzählt.* Wann auch? Die gute Nachricht war erst gestern Abend eingetroffen. Schließlich fiel es ihm ein: Als Meenos Anruf von irgendwo aus der Biscaya gekommen war, hatten Reinhold und Jonica mit Finn auf dem großen Trampolin in der hintersten Gartenecke getobt. Dahinter verlief, von einem Rhododendron verdeckt, ein schmaler Fußweg hinunter zum

Fluss.

Die Satellitenverbindung war lausig gewesen. Jonica hatte vieles von dem, was Meeno gesagt hatte, zur Bestätigung wiederholen müssen. Frau Reimers musste zur selben Zeit am Garten vorbeigekommen sein.

Blankenese. *Das Dorf.* Gerade die Zugezogenen schmückten sich gerne mit diesem Sobriquet und der Illusion, in einem Dorf könne man anonym untergehen wie in einem Plattenbaughetto, wenn man die Ligusterhecke um sein Grundstück nur hoch genug zog. Dazu Tiefstapeln, Bescheidenheit markieren, Erstaunen heucheln, wenn sie ihrem Kollegen aus der Vorstandsetage, den sie sonst nur im Anzug kannten, am Sonntag plötzlich in Strickpulli, weißer Hose und Segelschuhen begegneten: "Herr Grotenkort! Das ist aber eine Überraschung! Ich hätte Sie beinahe nicht erkannt!"

Doch die alten Familien und die nicht mehr ganz so neu Hinzugezogenen, die ihre Lektion gelernt hatten, sahen das Dorf, wie es wirklich war: "Der liebe Gott weiß alles, aber der Nachbar weiß noch mehr." Besonders in der Enge des Treppenviertels konnte man kaum in der Privatsphäre seines Schlafzimmers niesen, ohne dass jemand aus der Nachbarschaft einen Blumenstrauß samt Karte mit Genesungswünschen schickte.

Reinhold hatte die Nase voll davon. Er wollte nicht länger auf dem Präsentierteller sitzen, sondern Dinge tun können, ohne dass jeder es mitbekam. Seit langem schwebte ihm ein einsamer gelegenes Haus vor, dazu ein größeres Grundstück. Die kleine Bootswerft bei Zollenspieker in Hamburgs Vierlande war ein Traum vor ihm, der gar nicht mal so unerfüllbar war. Der Bootsbau war schon seit zwanzig Jahren aufgegeben, der Reparaturbetrieb erst sei kurzem, und auch die Liegeplätze wurden nicht mehr neu vermietet. Nur zwei Bootsbesitzer hatten noch ihre Plätze dort. Einer davon war Reinhold selber. In zwei Jahren lief der Vertrag jedoch aus, das andere Boot würde schon sechs Monate vorher verschwunden sein. Danach wollte der jetzige Besitzer endlich dem Drängen seiner Kinder nachgeben und den Ruhestand genießen.

Kaufen, das Grundstück neu einzäunen, das großzügige Wohnhaus renovieren und dann einziehen. Mit mindestens zwei großen Hunden. Und sich dann ein neues Boot zulegen, das man in der alten Werfthalle selbst renovieren konnte. Am liebsten einen Backdeckkreuzer.

Das war der Plan. Doch obwohl ihm langsam die Zeit weglief, hatte er immer noch kein Zeichen gesetzt, von dem Vorkaufsrecht, das der Alte ihm offeriert hatte, Gebrauch machen zu wollen. Auch das Angebot, in eine Wohnung in Winterhude mit zweihundert Quadratmetern und Blick auf den Rondeelteich zu ziehen, hatte er schon vor einiger Zeit bekommen.

Weder zu dem Einen noch zu dem Anderen konnte er sich wirklich durchringen. Die selbstverordnete Geiselhaft erschien irgendwie leichter als alles andere.

Verdammt.

Frisch umgezogen kehrte Kristen in die Küche zurück.

Jonica Langbehn stand an der Kochinsel, schlürfte Tee und blätterte in einer Illustrierten. "Hallo, Kristen. Haben Sie zufällig meinen Vater gesehen?"

"Der joggt."

"Der was?"

"Der joggt."

"Kann ja gar nicht angehen!"

"Doch."

"Sie wollen mir allen Ernstes weismachen, dass er wirklich Sportplünnen trug und noch vor dem Frühstück aus dem Haus gegangen ist?"

"Als hätte er sich zum *Iron Man* angemeldet. Ist das so ungewöhnlich?"

"Die Enthüllung, dass Marilyn Monroe noch lebt, würde mich jedenfalls weniger vom Stuhl hauen. Erinnern Sie sich, wie er gestern noch in seinem völlig verwaschenen Bademantel ausgesehen hat?"

"Natürlich. Aber ich habe mir nichts weiter dabei gedacht. Es gibt genügend Leute, die nur einmal in der Woche zum Jogging gehen."

"Aber nicht mein Vater. Der geht zwar zum Tennis und Spinning, aber er würde auch im Urlaub niemals morgens joggen gehen – erst recht nicht vor dem Frühstück. Ich würde zu gern wissen, was ihm in die Krone geschossen ist. Sowas macht er meist nur, wenn er füünsch ist."

"Den Anschein hatte es nicht. Er wirkte ziemlich entspannt und gelassen."

Jonica winkte ab. "Das hat nichts zu sagen. Er wird nur bei Kleinigkeiten so kratzbürstig. Wenn ihn etwas wirklich tief im Inneren beschäftigt, fängt er an zu brüten und versucht mit allen Mitteln, sich abzulenken. Bloß sucht er sich dafür meist etwas aus, wodurch anderen erst recht auffällt, dass etwas im Busch ist."

Jonica hielt inne, scheinbar ertappt dabei, mehr als angebracht über ihren Vater verraten zu haben."Ehe ich es vergesse: Für heute Abend brauchen Sie mich und Finn nicht zum Abendessen einplanen. Der Lütte bleibt bis übermorgen bei meinen Schwiegereltern, und ich bin heute Abend auf der Jahreshauptversammlung vom Segelclub."

Jonica klappte die eine Illustrierte zu, nahm sich eine neue und blätterte gelangweilt darin. Plötzlich ging alles ganz schnell. Sie kreischte auf wie die Heldin in einem billigen Horrorschocker, die sich gerade redlich bemüht, ihre sorgsam für Mr. Right aufbewahrte Jungfräulichkeit vor einer Horde ekstatischer Satanisten zu verteidigen.

Sie warf die Illustrierte von sich. Diese flog quer durch die Küche, klatschte gegen den Kühlschrank und fiel zu Boden. Vor lauter Überraschung konnte Kristen nur mit offenem Mund zu Jonica herüberblicken, die sich zitternd auf einen Küchenhocker geflüchtet und die Beine hochgezogen hatte.

"D-de-dede-da-dada ist eine Schlange!"

Kristen war viel zu fasziniert von der Verstörtheit der sonst so souveränen Frau, um sofort die richtigen Schlüsse zu ziehen. "Unter der Zeitung?"

"*In* der Zeitung."

Kristen war verwirrt. Es war kaum damit zu rechnen,

dass die unlängst irgendwo in Harvestehude aus ihrem Terrarium getürmte Kornnatter sich auf den langen Weg nach Blankenese gemacht hatte, um sich ausgerechnet einer für Jonica reservierten Zeitschrift einzunisten.

"Frau Langbehn", begann er vorsichtig. "Geht es Ihnen gut, soll ich einen Arzt rufen?"

"Was? Ach, so. Nein, nein, danke. Mir geht's gut. Wirklich." Sie wischte sich den Panikschweiß von der Stirn. "Es ist nur so: Ich habe eine furchtbare Schlangenphobie. Ein Foto allein reicht aus, um mich vollkommen hysterisch werden zu lassen. Bitte entschuldigen Sie vielmals, dass ich so einen Zirkus gemacht habe."

"Da gibt's doch gar keinen Anlass für. Es war nur etwas arg überraschend."

"Was glauben Sie, wie groß die Überraschung für mich war!"

Kristen hob die Zeitung auf und wollte sie Jonica reichen. Die wehrte allerdings ab. "Bloß nicht! Werfen Sie das Ding sofort weg! Noch besser: Verbrennen sie es!"

Kristen zuckte mit den Achseln. Er blätterte die Zeitschrift flüchtig durch. "Ähm, Frau Langbehn...?"

"Ja?"

"Bitte verstehen Sie mich nicht falsch, aber Sie sollten sich das nochmal überlegen. Vielleicht ist dieses Magazin doch ganz lesenswert für Sie."

"Auf gar keinen Fall. Glauben Sie, ich habe Lust, jede Seite doppelt vorsichtig umzublättern, nur damit mir diese Ausgeburt der Hölle nicht nochmal begegnet?"

"Ich glaube, da können Sie ganz beruhigt sein, denn die Schlange war gar keine Schlange, sondern die besondere Empfehlung in den Rezepten der Woche: Gedämpfter Aal mit Kartoffeln und Dillsauce."

"Kristen, ich versuche zu arbeiten!"

"Ach, und Ihren Haushalt zu führen, halten Sie wohl für eine Freizeitbeschäftigung, mit der ich meine trüben Tage aufhelle?"

Die beiden Männer mochten Waffenstillstand geschlossen haben, allerdings galt dieser nur nach Dienstende. In der übrigen Zeit ging es weiter wie bisher.

Kristen fühlte sich auf ungewohntem Terrain. Typen wie Stabskapitänleutnant a. D. Pnitten mit ihren Marotten und Unverschämtheiten hatte er widerspruchslos hingenommen, der Spruch "Lächle, denn du kannst sie nicht alle töten" hatte bestens funktioniert. Doch irgendetwas an Bargstedts Art forderte permanent seinen Widerspruchsgeist heraus. Es gelang ihm viel zu selten, die kleinen Sticheleien wortlos hinzunehmen. Zweifellos waren diese Ausrutscher unprofessionell, aber es ärgerte ihn nicht genug, um das abzustellen.

Reinhold ging es ähnlich. Den privaten Gesprächspartner hatte er zu schätzen gelernt, der Haushälter war für ihn immer noch jemand, der dreist in fremden Revieren wilderte.

"Müssen Sie das in drei Teufels Namen ausgerechnet jetzt erledigen?"

"Herr Bargstedt, es ist ein Werktag, ergo erledige ich das, was an jedem Werktag auf dem Plan steht. Wenn Sie trotz Ihres Urlaubs meinen, unbedingt arbeiten zu müssen, werden Sie nicht verhindern können, es mitzubekommen."

"Wollen Sie mich als Störfaktor in meinem eigenen Haus bezeichnen?"

"Überhaupt nicht. Wobei ich nicht ausschließen will, dass ich mich auch irren könnte."

"RAUS!"

"Bitte, wie Sie wollen." Kristen ging nach unten. Viel war dort nicht zu erledigen, er musste nur ein wenig übrig gebliebenes Frühstücksgeschirr in die Spülmaschine räumen und Staub im Wohnzimmer wischen. Die Kartoffeln für das Mittagessen waren längst geschält, die Bohnen waren geputzt, das Dessert kaltgestellt. Das *Cordon Bleu Mediterranée* hatte er schon gestern vorbereitet.

Der Haushalt lief wie am Schnürchen, nur der Garten bereitete ihm Magendrücken. Büsche und Beete hatten unter der Vernachlässigung der letzten Monate deutlich gelitten, vom Rasen gar nicht erst zu reden. Keine der Nachfolgerinnen war keine lange genug belieben, um sich ausreichend kümmern zu können. Kristen wunderte sich. Wenn es Bargstedt schon nicht gelang, jemanden für Herd und Staubsauger im Haus zu halten, hätte er wenigstens einen Gärtner engagieren können.

Nun sah das Grün um Bargstedts Tweehus nicht aus wie bei einer seit Jahrzehnten verfallenen Ruine, aber es gab so viele Kleinigkeiten, die nach Aufmerksamkeit verlangten: Unkraut zwischen den Terrassenfugen, vermooste Pflanzkübel, nicht vernünftig beschnittene Bäume – was sich eben so ansammelte, wenn es nicht rund lief.

Er gab sich keiner Illusion hin: Seine Zeit hier war zu kurz, um auch nur annähernd Grund schaffen zu können, zudem hatte der Haushalt Vorrang gehabt. Allein für Bargstedts Kleiderschränke hatte er zwei Tage gebraucht. Erst jetzt ergab sich die Möglichkeit, auch dem Grünzeug zu Leibe zu rücken.

Im hinteren Teil des Gartens stand eine Hütte, ein winziges Gebäude, das als letzter Überrest des alten Waschhauses geblieben war. An einem verrosteten Nagel neben der Eingangstür hing ein nicht minder verrosteter Schlüssel. Kristen nahm ihn und schob ihn ins Schloss. Wider Erwarten war es gut geölt. Auch jenseits der Tür fand er nicht das erwartete El Dorado für Ratten und anderes Getier. Der einzige Raum wirkte freundlich und hell mit seinen gekalkten Wänden. Ein Holzregal bot sorgfältig beschrifteten Lagerplatz für fein säuberlich einsortierte Pflanzschaufeln, Rosenscheren, Tontöpfe, Gartenhandschuhe und andere kleine Gerätschaften.

An der Wand gegenüber waren Haken angebracht, an denen Spaten und Co. wie Orgelpfeifen nach Länge geordnet aufgehängt waren. An der Stirnwand, unter einem Fenster mit vergilbter Gardine, standen ein paar Gerätschaften aus grauer Vorzeit.

Reinhold bekam von dieser Expedition nichts mit. Er saß weiterhin am Schreibtisch und verbrachte seinen ersten Urlaubstag mit Arbeit. Eine Tasse Kaffee in der Hand, saß er über mehre Fotoalben gebeugt, die ihm ältere Mitarbeiter und Pensionäre der Gussbrenner-Werft zur Verfügung gestellt hatten. Keines davon half wirklich weiter. Die meisten Fotos aus der Zeit, als die *Meisje van't IJ* unter ihrem ursprünglichen Namen in Dienst gestellt worden war, zeigten Motive von fröhlichen Familienausflügen, bei denen die Personen eine größere Rolle spielten als die Umgebung. Die wenigen Bilder vom Interieur der *Meisje* und ihrer Schwesterschiffe waren in schwarzweiß. Kaum jemand der einfachen Leute hatte sich damals schon Farbfilme leisten können.

Es war Reinhold viel daran gelegen, den Zustand zur Zeit der Indienststellung so weit wie möglich wieder herzustellen. Dazu brauchte er Farbfotos, die ihm genau zeigten, wie die ursprünglichen Vorhänge und Sitzpolster ausgesehen hatten. Zu ärgerlich, dass er genau hier auf der Stelle trat.

Ein Klopfen gegen den Türrahmen ließ ihn fauchen: "Hatte ich Sie nicht gerade unmissverständlich rausgeschmissen?"

"Kann nicht angehen, ich bin gerade erst hereingekommen."

Reinhold blickte auf. Margret stand lässig an den Türrahmen gelehnt, die Arme vor der Brust verschränkt. Sie trug ein so untypisches Outfit, dass ihr Bruder sich einen Kommentar nicht verkneifen konnte.

"Seit wann stehst du auf solche Volant-Fummel? Du siehst aus, als wolltest du Belle Watling Konkurrenz machen."

"Nicht ganz getroffen, Bruderherz, aber fast. Die Ära stimmt schon mal. Unsere Laienspieltruppe wird *Jezebel* auf die Bühne bringen, und ich will die Hauptrolle der boshaften Southern Belle."

Reinhold bediente sich aus einer Schale mit Weingummi. "Method Acting also? Die Rolle leben und so weiter? Du läufst den ganzen Tag im Kostüm rum, trinkst Mint Juleps und sagst Dinge wie *fiddle-dee-dee*?"

"Olles Lästermaul! Heute ist das Vorsprechen für die Rolle, und ich wollte dich fragen, ob du mich zur Aula vom Jan-Molsen-Gymnasium fahren kannst. Mit diesem ausladenden Ding kann ich mich beim besten Willen nicht selbst ans Steuer setzen."

Reinhold musterte das Kleid seiner Schwester von den Puffärmeln über das tiefe, mit Rüschen besetzte Dekolleté bis zum ausladenden Rock. "Ich bezweifle, dass du in diesem Aufzug überhaupt in ein Auto steigen kannst. Die Petticoats werden kaum stören, aber sobald dein Reifrock beim Hinsetzen nach oben schlägt, wirst du Gefahr laufen, dass dir der Drahtverhau mindestens zwei Zähne ausschlägt und du *Ol' Man River* in Stereo pfeifen kannst. Frag doch deinen Nachbarn von gegenüber, den Bauunternehmer. Der kann dich auf einem seiner Pritschenwagen transportieren."

"Du bist ein kaltherziges Ekel!"

Reinhold griente.

Margret änderte ihre Strategie. "Solltest du nicht auf deiner Terrasse liegen und dir die Sonne auf den Pelz brennen lassen? Urlaub, *holidays*, *les vacances*?"

"Ich weiß", murmelte Reinhold. "Mir lässt die *Meisje* keine Ruhe."

Mit dem Problem vertraut gemacht, keimte ein kleiner, gemeiner Gedanke in Margret auf. "Ich könnte dir eventuell helfen."

"Wie?"

"Wenn ich ganz genau überlege, wüsste ich eventuell jemanden, der dir besorgen kann, was du brauchst." Sie seufzte theatralisch. "Nur bin ich jetzt so sehr auf das Vorsprechen konzentriert. Wenn ich das nur schon hinter mir hätte, könnte ich klarer denken..."

Reinhold wusste genau, woher der Wind wehte. "Schon gut, schon gut. Ich fahre dich, aber nur, wenn du mir sofort sagst, wer mir helfen könnte. Sonst...."

"Sonst was?"

"Sonst hole ich mir deine Kate Bush-LP endgültig. Ich habe neulich in einem Einrichtungsmagazin gelesen, wie man mit einem Fön alte Schallplatten zu Obstschalen formen kann. Ich würde nicht zögern, das zu tun."

"Tiiiii-hihihihi", lachte Margret höhnisch. "Du meinst wohl, du würdest nicht zögern, deiner bärtigen Perle den Auftrag dafür zu geben. Selber bist du doch sogar zu dösbaddelig, um eine einfache Serviette zur Bischofsmütze zu..."

"Maggie..."

"Sag nicht immer Maggie zu mir!"

"... ich warte."

"Oh, *fiddle-dee-dee*!" Margret rollte mit den Augen. "Der Schwiegervater von Hannes' Chef hat früher auf der

Bauwerft der *Meisje* gearbeitet. In der Lohnbuchhaltung, um genau zu sein. Bezüge ausgerechnet, Steuern abgezogen, die Lohntüten gefüllt..."

"Das zeigt erst einmal nur, wie gut er mit Zahlen umgehen kann. Was hat das mit der *Meisje* zu tun?" Reinhold schob sich ein weiteres Weingummi in den Mund.

"Nebenbei hat er das Firmenarchiv geführt. Als der Laden in die Grütze gegangen ist, hat er den ganzen Kram mitgenommen."

"Du meinst, er hat auch Farbfotos...?"

"Es kann jedenfalls nicht schaden, ihn zu fragen."

"Schwesterchen, du bist ein Schatz!" Reinhold sprang von seinem Stuhl auf. "Ich könnte dich knuddeln!"

Margret hielt ihn auf Abstand. "Bloß nicht. Mir würden deine Taxidienste vollkommen ausreichen."

"Sollst du kriegen. Ich muss nur meine Schlüss..."

"Was ist?"

"Moment."

Der Duft von heißer Seifenlauge war in Reinholds Nasenflügel gedrungen und hatte unliebsame Erinnerungen geweckt. Er sprang ans offene Fenster, doch das ausladende Reetdach verhinderte den Blick auf das, was sich ein Stockwerk weiter unten abspielte.

"Was treibt dieser Kerl da? Eines Tages bringe ich ihn um!"

Reinhold rauschte aus dem Arbeitszimmer. Waghalsig stürzte er die steile Treppe hinunter. Margret kam kaum hinterher. Mit weit ausladenden Schritten stürmte Reinhold in den Garten. Die Hütte war vor lauter Dampf kaum zu sehen. Dass sich irgendwo mitten in der Wolke ein Mensch befinden musste, war nur anhand eines Geräuschs auszumachen, das Reinhold nur zu vertraut war. "Haben Sie völlig den Verstand verloren, Sie Wahnsinniger?" brüllte er.

Das Quietschen des Wäschestampfers verstummte abrupt. Eine aufkommende Brise riss die Dampfwolke in Fetzen. Langsam kam der alte Waschkessel zum Vorschein. Kristen hatte ihn aus der Hütte gewuchtet und mit Kaminholz in Betrieb genommen.

"Was tun Sie da?"

"Ich wasche", erklärte Kristen mit entwaffnender Selbstverständlichkeit. Seine Haare waren klatschnass, das Gesicht glänzte feucht. "Es gibt nichts Besseres als diese alten Dinger. Selbst die beste Waschmaschine bekommt Tafelleinen nicht so sauber und weiß wie ein holzgefeuerter Waschkessel. Ich wünschte, alle meine Klienten hätten so etwas. Schade nur, dass es Neptun Bleichsoda nicht mehr gibt. Das war wirklich das beste, damit hat schon meine Großmutter gewaschen."

"Sie können mit so einem Ding wirklich umgehen?" fragte Margret erstaunt, die nun auch den Weg in den Garten gefunden hatte.

Kristen zuckte bescheiden mit den Achseln.

Reinhold sagte gar nichts. Er traf nur eine Entscheidung. Es wurde Zeit, diesem Mann ein Angebot zu machen, dass er nicht ablehnen konnte.

11

Vierachteltakt, Dreivierteltakt, Viervierteltakt – Tango, Walzer, Foxtrott.

Es schien keinen Rhythmus zu geben, in dem *La Paloma* nicht vertont worden war. Selbst am Zweivierteltakt der Polka hatte sich jemand versucht. Wann immer Hanna dieses Lied hörte, wollte sie sich am liebsten wirklich von dem Wind, der von Süden weht, hinaus auf See ziehen lassen. Nichts gegen die vielen Akkordeonspieler, denen man an den Landungsbrücken gefühlt alle fünf Meter begegnete. Da gab es durchaus manches echte Talent zu hören, aber mussten sie ausnahmslos *alle* dieses Lied in Endlosschleife spielen? Den Touristen fiel es nicht auf, aber manch einheimischem Zuhörer konnte man es nicht verdenken, wenn er früher oder später ungesunde Phantasien entwickelte.

Das inflationäre Aufspielen fiel Hanna heute ganz besonders auf, eben weil sie nicht längs der Hafenkante flanierte, sondern auf der Außenterrasse eines Cafés an der Blankeneser Haupteinkaufsstraße saß. Unwillkürlich rümpfte Hanna die Nase. Die Möglichkeit für das Publikum, die musikalische Unterhaltung in Form von Bargeld zu honorieren, bestand aus einer alten Cremedose mit Münzschlitz im Deckel, die strategisch günstig am Rucksack des Musikers befestigt war. Dass *pecunia* mitnichten *non olet* war, erlebte Hanna Tag für Tag in der Buchhandlung. Wenn sie eine ganze Schicht lang immer wieder Geldscheine in die Hand genommen hatte und bei Kassenschluss auch noch gezählt hatte, rochen ihre Finger, als hätte sie mit bloßen Händen den Schlick aus einem Alstersiel gekratzt. Der Geruch von alter Hautcreme war nur wenig verlockender.

Wenigstens schien der Akkordeonist nicht wie seine Kollegen an einer bestimmten Stelle festgetackert zu sein. Er schlenderte langsam wie einst die Leierkastenmänner die Straße entlang, bis er schließlich um eine Ecke bog. Kaum war er verschwunden, trat Kristen genau dort auf die Straße. Nach einem kurzen suchenden Blick entdeckte er Hanna. Er winkte ihr zu.

Hanna stand auf, legte einen Geldschein unter ihre Cappuccinotasse und ging zu Kristen hinüber. "Wollen wir los?"

"Lass mich das rasch ins Auto stellen." Kristen hielt zwei randvolle Einkaufskörbe hoch. Sie gingen zu einem nahegelegenen Parkplatz, auf dem auch Hannas Ente stand. Kristen schloss den Kofferraum eines Polo auf.

"Hey, das ist aber nicht deiner, oder hast du schon wieder einen neuen?"

Kristen machte eine nonchalante Handbewegung. "Ab einer gewissen Einkommensklasse bekommt selbst das Gesinde Dienstwagen gestellt."

"Da frage ich mich doch glatt, wie du die Ein-Prozent-Regelung in deine Endabrechnung einbaust – geldwerter Vorteil et cetera?"

"Da kennt sich aber jemand aus. Doch keine Sorge – ich benutze den Wagen ja nicht zum Vergnügen. Ich bin hierhergefahren, mache meine Einkäufe und fahre dann wieder zurück. Der Fahrtenbucheintrag ist zu hundert Prozent korrekt."

"Soweit ist es schon gekommen", schmollte Hanna. "Ich finde das echt doof. Man bekommt dich kaum noch zu sehen. Selbst an deinen freien Tagen hast du fast nie mehr Zeit."

"Du hast ja recht. Irgendwas stimmt mit meinem Zeitmanagement nicht, wenn ich einen Spaziergang mit dir nur dadurch einrichten kann, dass ich meinen Einkauf in die Länge ziehe und mich hinterher mit vollen Kassen herausrede." Er schloss den Kofferraum. "Das Problem ist, dass ich von meinen freien Tagen nicht wirklich viel habe. Ich bin meistens zuhause für die lästige, aber unerlässliche Büroarbeit. Oder ich bin bei Levi – und bring ihm das Zeug für meine Buchführung." Kristen zeigte vage nach Süden. "Dort entlang?"

"Wenn du weißt, wo der Weg hinführt, gerne. Ich kenn' mich hier nicht aus."

"Folgen Sie mir unauffällig, gnä' Frau." Er führte Hanna in eine zuerst unscheinbar wirkende, dann immer üppiger im satten Grün dichter Taxushecken liegende Straße, die sich irgendwann zu einem schmalen Fußpfad verjüngte. Sie waren jetzt mitten im historischen Treppenviertel.

"Wie läuft Levis Büro dieser Tage?" erkundigte sich Hanna. "Du warst ja zu Anfang sein einziger Kunde."

"Stimmt. Aber ich habe ihn natürlich bei jeder sich

bietenden Gelegenheit weiterempfohlen. Jetzt brummt der Laden. Er sagt, wenn er in einem halben Jahr weiter so gut im Geschäft ist, muss er jemanden einstellen. Er denkt jetzt schon über eine Sekretärin nach."

"Dann ist aus fast allen eurer Gruppe was geworden?"

"Kann man so sagen. Levi hat sich als Dienstleister im Bereich Gehaltsabrechnungen und Steuern für Kleinunternehmen selbständig gemacht. Marleen ist in einem neuen Kindergarten untergekommen, dem besonders ruhebedürftige Mitbürger ausnahmsweise mal nicht die Betriebserlaubnis weggeklagt haben, und das sogar als Leiterin. Gunnar ist Ticketkontrolleur beim Verkehrsverbund. Meine Wenigkeit ist äußerst erfolgreich in der Hauswirtschaft tätig, wovon eine gewisse Person, die wir hier nicht näher erwähnen wollen, gar nicht erbaut... Aua!"

Hanna hatte ihn in den Bizeps gekniffen. "Blödmann. Was ist mit Julian?"

"Schwer zu sagen. Seit er begriffen hat, dass er bei mir partout nicht landen kann, höre ich kaum noch etwas von ihm. Er hat sich ziemlich zurückgezogen. Muss wohl ein Fehlschlag zuviel für ihn gewesen sein." Kristen neigte nachdenklich den Kopf. "Zu Anfang war er trotz seiner schnodderigen Sprüche so voller Tatendrang und richtig geil auf was Neues. Aber dass ihm das Amt die Umschulung verweigert hat, muss ihn bannig getroffen haben. Nach dem Wenigen zu urteilen, was ich von ihm mitbekomme, scheint er zwischen Minijobs mit miserablem Stundenlohn und Hartz vier zu pendeln."

"Schade für ihn"

"Ja, ist echt blöd, wenn jemandem so der Boden unter den Füßen weggerissen wird."

"Wem sagst du das? Meinem Chef springt derzeit auch das Hemd im Dreieck."

"Ach?"

"Die Heuschrecken scheinen allmählich auch Altona für sich zu entdecken. Angeblich soll das Gebäudeensemble, zu dem unser Laden gehört, verkauft werden. Leider ist der mögliche Investor bekannt dafür, dass er die Mieten sehr gerne gleich nach der Übernahme bis auf das Dreifache anhebt."

"Gentrifizierung!" Kristen spuckte das Wort förmlich aus vor Verachtung. "Was hat Christoph jetzt vor?"

"Er sieht sich vorsichtshalber schon nach etwas anderem um, aber es ist gar nicht so einfach, einen Laden zu finden, der in punkto Größe, Lage und Miete zumindest halbwegs alle Kriterien erfüllt. Letzte Woche haben wir uns ein Lokal in der ABC-Straße angeschaut. War trotz dieser Lage erstaunlich erschwinglich, aber leider zu klein. Also geht die Suche weiter." Hanna zog eine kleine Kamera hervor und fotografierte ein einsames Marienröschen, das sich tapfer gegen seine Umgebung behauptete und keck aus einer Fuge zwischen den Kantsteinen des Bürgersteigs hervor lugte. "Lass uns allmählich zum Wesentlichen kommen – du wolltest einen Rat von mir. Was beschäftigt dich?"

"Tja, weißt du, die Sache ist folgende..."

Nach einer guten Stunde erreichten Kristen und Hanna wieder den Parkplatz.

"Nochmal ganz lieb danke für den Schnack. Deine Meinung zu dieser Sache ist mir echt wichtig." Kristen umarmte seine Freundin.

"Da nicht für. Freut mich wirklich, dass ich dir helfen konnte. Tu es, das wird dir spannende neue Erfahrungen einbringen." Hanna stieg in ihre Ente. Sie ließ den Motor an. "Und in Zukunft versuch mal, dich ein bisschen weniger rar zu machen."

"Warten Sie, lassen Sie mich Ihnen helfen!" Hastig legte Reinhold sein Mobiltelefon beiseite. Er flog Kristen förmlich entgegen, als dieser mit seinen Einkäufen in beiden Armen in die Küche kam.

"Danke schehr, dasch geht auch scho." Kristen, den Schlüsselbund zwischen den Zähnen haltend, schlängelte sich an Bargstedt vorbei in die Küche. Er stellte die Tüten und Körbe auf dem kleinen Esstisch am Fenster ab. Eine der Taschen neigte sich langsam zur Seite, bis eine Konservendose mit Entenfond herausfiel. Zielstrebig rollte sie quer über die Platte. Kristen streckte die Hand aus, doch Bargstedt war schneller. Er sprang an Kristen vorbei und rettete die Dose vor dem tiefen Fall.

"Bitte."

"Danke, danke." Kristen spuckte die Schlüssel auf den Tisch.

Reinhold nahm ihm Schlüssel, Handy und Jacke ab.

"Danke sehr." Kristen begann, den Inhalt der Taschen in die Schränke zu räumen.

"Ich mach das schon", mischte Bargstedt sich wieder ein.

"*Dan-ke viel-mals.*"

Reinhold nahm Kristen einen Karton Eier ab, den er im Kühlschrank verstaute. Er nutzte die Gelegenheit, um sich zwei Mettwürstchen zu nehmen.

"Hey – die sind für das Mittagessen morgen."

"Kann ich sonst noch was helfen?" Knack. Reinhold hatte unbeeindruckt in die Mettwurst gebissen.

"Auf jeden Fall."

"Womit?"

"Hören Sie gefälligst auf, sich so entsetzlich devot anzubiedern. Als nackt durch ein Brennnesselfeld zu rennen noch als die bessere Alternative zu einem Schnack mit Ihnen erschien, waren Sie mir fast lieber."

"Ich höre sofort auf, wenn Sie mir sagen, wie Ihre Antwort auf meinen Vorschlag ausgefallen ist."

"Darf ich zuerst in aller Ruhe zu Ende auspacken?"

"Nein."

"Sie sind schlimmer als ein Kleinkind vor der Weihnachtsbescherung."

"Ich weiß. Also?"

Kristen schloss für eine Sekunde die Augen als flehe er um Beistand. "Eigentlich weiß ich schon jetzt, dass ich es bis ans Ende meiner armen Sünderseele zutiefst bereuen werde. Aber damit hier endlich Ruhe im Bau ist: In Gottes Namen, ja! Ich nehme Ihr Angebot an!"

Kristen haderte mich sich. Obwohl Hanna ihm ausdrücklich zugeraten hatte, auf Bargstedts Offerte einzugehen, sträubte sich ein kleiner Teil in ihm dagegen. Sicher, die Aufstockung seines Salärs war nicht von schlechten Eltern. Trotzdem blieb das Gefühl, seine Ideale für Geld verraten zu haben.

"Welche Ideale denn?" fragte seine innere Stimme, während er Wäsche zusammenlegte, die zur Abwechslung seine eigene war. Er war nicht einmal sicher, ob er überhaupt Ideale besaß, die von der jetzigen, so spannend ungewöhnlichen Situation berührt wurden. Man hatte schon einige Verlockungen vor ihm ausgebreitet, aber an etwas wie das, was Bargstedt von ihm wollte, war selbst im Traum nicht zu denken gewesen. Doch was immer ihn an Zweifeln plagen mochte – jetzt kam er aus dieser Nummer nicht mehr raus.

Kristen ließ das letzte Paar Socken in der Kommode verschwinden und verließ die Lüttwohnung. Reinhold hatte es sich in der hinteren Ecke des Gartens auf einer Liege bequem gemacht, die Kopfhörer seines iPod in die Ohren gestopft und lauschte einer Oper. Zumindest vermutete Kristen das. Andererseits war es unüblich, bei den Red Hot Chili Peppers ein Libretto mitzulesen. Deren komplette Alben in Bargstedts CD-Regal zu finden, eines davon sogar signiert, war eine der größten Überraschungen überhaupt gewesen.

Reinhold fuhr zusammen, als Kristen ihm von hinten auf die Schulter tippte. Wütend riss er sich die Hörer aus den Gehörgängen. "Spinnen Sie eigentlich, mich ausgerechnet während der *Königin der Nacht* an den Rand eines Herzschlages zu treiben?"

"Statt der Hölle Rache in Ihrem Herzen kochen zu lassen, sollten Sie lieber zu mir reinkommen." Ungerührt hielt er Reinhold ein Paar Latexhandschuhe entgegen. "Anziehen."

"Warum?"

"Sie möchten doch unbedingt einen Grundkurs Haushalt absolvieren. Wollen Sie sich dabei Spülhände einfangen?"

"Pschschschsch", zischte Reinhold. "Nicht so laut. Wenn das jemand hört... Sie wollen wirklich heute noch anfangen? Es ist gleich fünf!"

"Wann denn sonst? Darf ich daran erinnern, dass mein Gastspiel hier nur noch sehr begrenzt ist?" Kristen zählte an den Fingern ab: "Übers Wochenende besuchen Sie Ihre Tante auf Sylt, am Mittwoch ist mein freier Tag, wobei ich den zur Not auch canceln kann, am Freitag folgt bereits mein Kehraus. Was ist nun?"

"Sie sind ein alter Sklaventreiber." Reinhold erhob sich von der Liege, um Shorts über die Badehose zu streifen und in ein T-Shirt zu schlüpfen. "Bevor es losgeht, noch eine freundliche Warnung: Gelangt von alledem hier irgendwas an die Ohren meiner Tochter, knüpfe ich Sie höchstpersönlich am Großmast der *Rickmer Rickmers* auf."

"Ich zittere vor Angst. Und jetzt kommen Sie endlich." Kristen ging voran ins Obergeschoss, wo er eine Tür aufstieß. "Voilà."

"Wie? Das Bad soll ich auch putzen?"

"Wenn Sie den Laden wirklich künftig komplett allein schmeißen wollen, gehört schon ein bisschen mehr dazu, als nur gelegentlich mit dem Staubtuch über den Fernseher zu wedeln. Sie werden in Zukunft selber kochen, waschen, staubsaugen, die Fenster putzen..."

Widerwillig zog Reinhold die Handschuhe an. "Schon gut, ich hab's begriffen. Aber was gibt's da zu lernen? Etwas Reiniger unter den Rand gesprüht, tüchtig mit der Bürste durchgeschrubbt, abziehen, einmal mit dem Lappen über die Brille und die Keramik. Fertig."

"In Ihren Studententagen mag das gereicht haben, aber ich fürchte, nicht zuletzt durch Ihre Frieda sind Sie Besseres gewohnt. Ich sehe schon: Wir müssen bei null anfangen." Kristen überlegte kurz und entschied sich für den Professor aus der *Feuerzangenbowle*. "Dann stelle ma uns zunäschs mal janz dumm un fraren uns: Wat issene Tolett?"

"Kristen, für blöd verkaufen kann ich mich alleine!"

"Teufel noch eins, für mich ist das doch auch das erste Mal! Ich bin es gewohnt, solche Arbeiten auf die einzig mögliche Art zu erledigen, die es gibt: Es einfach *machen*. Alleine, wohlgemerkt. Nicht vor Publikum wie in so einer gottverdammten Kochshow!"

"Stellen Sie sich einfach vor, Sie hätten einen Auszubildenden."

"Hm, das könnte vielleicht klappen. Manchmal scheinen Sie ja doch ganz brauchbar zu sein. Okay, das Wichtigste zuerst: Aus Hygienegründen müssen Sie für die verschiedenen Ecken des Bads verschiedene Putzlappen verwenden. Klar?"

"Klar."

Kristen nahm zwei Putztücher aus einem kleinen

Schrank, die er nacheinander in die Höhe hielt. "Rosa für das Waschbecken und blau für die Toilette. Kapiert?"
"Kapiert. *Pink for the sink, blue for the loo.*"
"Oh, er kann Englisch."
"Stellen Sie sich vor: Ich habe sogar Abitur."
"Das große Latrinum..."
"Ähem!"
"... Latinum werden wir nicht brauchen, aber es ist schön zu wissen, dass Sie der Queen beim *Five O'clock Tea* auch ohne Dolmetscher von Ihren Fortschritten berichten könnten", sagte Kristen trocken. "Weiter mit Stufe zwei: Eine Toilette zu reinigen, bedeutet mehr, als nur das großzügige Verspritzen von Reinigungsmitteln gefolgt von wildem Herumwedeln mit der Bürste mit abschließendem Druck auf die Spültaste." Kristen klappte die Brille hoch und griff nach dem WC-Reiniger. "Der Anfang ist ganz leicht. Flasche kopfüber halten, das blaue Zeug unter den Rand spritzen und einwirken lassen."
"Wie lange?" wollte Reinhold wissen
"Drei, vier Minuten reichen. Sie müssen ja keine Seuchenstation grundsanieren. Weiter im Text: Nach dem Einwirken schrubben Sie die Schüssel tüchtig mit der Bürste durch und spülen dann ab." Kristen führte die entsprechenden Handgriffe aus. "Dabei spülen Sie die Bürste gleich ordentlich mit durch. Der grobe Dreck ist damit weg. Jetzt nehmen Sie den blauen Lappen – ich wiederhole: den blauen – und..."
"Eine Zwischenfrage: Warum haben Sie jetzt das Einweichen weggelassen?"

"Ich hab' das Bad doch schon heute Morgen geputzt."
"Sie wollen mir also an einer saubereren..."
"Wir können gerne zur nächsten schäbigen Autobahntoilette fahren und fragen, ob wir uns dort austoben dürfen."
Reinhold hob abwehrend die Hände. "Ich bin ja schon still."
"Geht doch." Kristen wickelte sich einen Teil des blauen Lappens um den Zeigefinger. "Natürlich sollten Sie auch an die Stellen denken, welche die Bürste vielleicht nicht erreicht." Er bückte sich, um unter dem Rand zu putzen. Noch bevor er beginnen konnte, hörte er hinter sich ein würgendes Geräusch. Er drehte sich um. "Ist was?"
Reinhold war sehr grün im Gesicht geworden. "Nichts... gar nichts. Mir ist nur gerade klargeworden, was die ganzen Hausarbeiten dem Personal alles abverlangen. Und mir erst, wenn ich es selber machen will!"
Kristen warf den noch unbenutzten Lappen zurück in den Schrank, dann zog er sich die Handschuhe aus und warf sie einen kleinen Mülleimer. "Sag mal, alter Knabe, hast du eigentlich einen Zwillingsbruder?"
"Nein, warum?"
"Weil einer alleine einfach nicht so dösig sein kann. Hast du auch nur eine Sekunde Zeit auf den Gedanken verschwendet, ob du dir das hier wirklich antun willst, bevor du mit deinem großartigen Vorschlag um die Ecke gekommen bist? Was mich zu der spannenden Frage bringt: *Warum* willst du dir das antun?"
"Soll ich ganz ehrlich sein?"

"Nur, wenn es keine Mühe macht."

Reinhold ignorierte den Sarkasmus. Er ließ sich auf dem Rand der Badewanne nieder. "So sehr ich dich zu schätzen gelernt habe – ich werde trotzdem drei Kreuze schlagen, wenn du endlich wieder verschwunden bist. Noch froher wäre ich, wenn deine Nachfolgerin gar nicht erst käme."

"Mann, diese Frieda muss ja wirklich was ganz Besonderes gewesen sein, wenn du so gar nicht loslassen kannst." Kristen klappte den Toilettendeckel herunter und setzte sich.

"Damit hast du zumindest teilweise recht. Ja, Frieda war etwas Besonderes – Haushälterin, Ratgeberin, Levitenleserin, Mutterersatz. Such dir das Passende aus. Vieles der letzten Zeit hatte mit Loslassen zu tun, nur anders als du vermutest. Genau das war mein Problem."

"Verstehe ich nicht."

Reinhold zog nun auch die Handschuhe aus. "Weißt du, ich bin in meinem ganzen Leben nie wirklich alleine gewesen. Erst habe ich hier mit meinen Eltern und meiner Schwester gelebt, dann kam eine Studenten-WG mit sechs Leuten, danach bin ich sofort mit meiner Frau in die größere Lüttwohnung gezogen. Zu guter Letzt sind wir nach dem Tod meiner Eltern mit Jonica hier gelandet. Irgendwann kam die Scheidung, meine Tochter wurde flügge, aber Frieda war immer noch hier."

Er senkte den Blick und spielte mit dem Daumen eines Handschuhs, den er abwechselnd in die Länge zog und zurückschnellen ließ. "Als Frieda dann eines Tages tot war, habe ich sie wirklich sehr vermisst. Jonica hat es dir bestimmt erzählt."

"Ansatzweise."

"Nun ja, und dieses Vermissen ist recht schnell in das Gegenteil umgeschlagen. Das hat mich verstört, denn es war ja nicht so, als hätte ich Frieda vorher als Last empfunden. Überhaupt nicht. Trotzdem habe ich für meine Begriffe viel zu deutlich gemerkt, wie schön es war, auf einmal ganz alleine hier zu sein. Dafür habe ich mich geschämt, sehr sogar. Sicher, ich konnte eigentlich zu jeder Zeit tun und lassen, was ich wollte. Die Stereoanlage bis zum Anschlag aufdrehen, eine halbe Stunde vor Feierabend zuhause anrufen und sagen, dass ich doch nicht zum Essen nach Hause komme. Ich konnte meine Plünnen dort fallen lassen, wo ich sie ausgezogen habe. Du weißt schon, was ich meine. Es ist schließlich mein Haus. Bei aller Vertrautheit war ich immer noch der Boss. Trotzdem verkneift man sich gewisse Dinge."

Reinholds Mund verzog sich zu einem verlegenen Grinsen, was ihn sehr jungenhaft erscheinen ließ und seine bisweilen griesgrämige Art ganz aus seinem Gesicht verdrängte. In diesem Augenblick wirkte er sehr charmant und anziehend. Kristen fragte sich, was die frühere Frau Bargstedt aus dem Haus getrieben haben mochte. Er dachte an die Fotos, die meist einen breit lachenden, gut gelaunten Hausherrn mit feinen Lachfältchen um die Augen zeigten. Die Fröhlichkeit, wenn sein Enkel in seiner Nähe war, konnte auch nicht gespielt sein. Irgendetwas in Reinholds Leben war scheinbar schiefgelaufen und noch nicht wieder gerichtet.

"Ich meine", fuhr Reinhold fort, "selbst mit jemandem im Haus, der einem so vertraut ist wie Frieda, wagt man einfach nicht, es sich mal einen ganzen Nachmittag splitterfasernackt mit einem Buch auf dem Sofa bequem zu machen, nur weil einem danach ist. Ist dann doch etwas genierlich."

"Die Gefahr, sich an pikanter Stelle einen Papierschnitt einzufangen, sollte ebenfalls nicht unterschätzt werden."

Reinhold lachte, dankbar für den Versuch, die Stimmung aufzuhellen. "Ja, das wohl auch."

"Was ist mit deiner Tochter? Die geht doch auch hier ein und aus?"

"Ich glaube, das kommt dir nur so vor. Für gewöhnlich kommen Jonica und der Lütte nur zu unseren gemeinsamen Abendessen. Alles andere ergibt sich, wenn wir uns draußen über den Weg laufen. Sie hat ihre eigene Familie und eigenes Leben. Die Regie hat sie jetzt nur übernommen, weil ich mich mit den anderen Haushälterinnen so dösbaddelig angestellt habe. Außerdem gibt es zwischen unseren Wohnungen keine Verbindungstür."

"Was hat das mit allem zu tun?"

"Ich weiß, eine reine Kopfgeschichte, aber für mich ist diese Verbindungstür zur Personalwohnung keine wirkliche Trennung. Sie führt nicht in eine ganz andere Wohnung, sondern nur in einen Nebenraum meines eigenen Reiches."

"Wie wär's mit zumauern, hinter Tapete verstecken und Zugang nur noch über die Haustür? Deinem neuen Geist kann das doch egal sein. Du nimmst ihm damit doch nichts weg, das er vorher schon hatte."

"Habe ich auch schon drüber nachgedacht, aber ich bin zu einem ganz anderen Schluss gelangt: Ich will schlicht gar keinen Fremden mehr im Haus haben. Jedenfalls nicht dauerhaft. Höchstens eine Putzfrau, die für ein paar Stündchen kommt, während ich im Büro bin. Die Freiheiten des Alleinseins tun mir viel zu gut, als dass ich sie wieder hergeben möchte."

"Kann ich verstehen."

"Deswegen möchte lernen, selber klarzukommen. Nein, anders: Ich möchte es wieder ausgraben."

"Ausgraben?"

"Hm-hm. Mich wurmt es ungemein, wie dämlich ich für andere daherkommen muss. Wenn ich auf die ganzen Abenteuer zurückblicke, fühle ich mich wie die Hauptfigur in einem schlechten Tati-Film." Mit einer wütenden Geste warf er den Handschuh quer durch das Bad. "Verdammt, ich konnte das doch alles mal! Putzen, kochen, waschen. Die WG war eine Gemeinschaftsangelegenheit, da hat mir auch keiner den Haushalt geführt. Jeder war reihum an der Reihe. Ich... Manchmal steht mir einfach alles bis oben."

"Klingt, als wäre da noch mehr."

"Das kann man wohl... Nein, eigentlich kann man das nicht so sagen. Da ist nicht mehr als bei anderen auch. Es gibt nur diese Momente, da habe ich einfach die Nase voll von den ganzen Beschränkungen und Grenzen im Leben. Du kannst dir gar nicht vorstellen, welchen Horror ich davor habe, morgen mit Jonica und dem Lütten zu Tante Dorothee zu fahren. Die steht für alles, was ich mir selber und den beiden ersparen möchte. Aber verlass dich drauf – wir werden wieder eine extragroße Portion von 'Tu dies nicht, tu das nicht, tu jenes nicht. Das gehört sich nicht in unseren Kreisen' aufgetischt bekommen. Ich kann das nicht mehr hören."

"Kommt mir bekannt vor." Kristen erzählte Reinhold von den wichtigsten Stationen seiner Arbeitslosigkeit bis zum Schritt in die Selbständigkeit mit allen Fallstricken – und den Warnungen seiner Freunde.

"Wenn du dann endlich gestartet bist", schloss er, "hört es aber nicht auf mit der Gängelei. Oh, ich will mich nicht beklagen, was Besseres als das hier konnte ich wirklich nicht machen. Aber wem du alles Rechenschaft schuldig bist, gerade was das Geld anbetrifft. Ständig muss du auf dem Quivive sein, darauf achten, dass man nichts Verkehrtes sagt oder macht, nichts falsch ausfüllt... Da möchte ich auch manchmal einfach alles hinwerfen und auswandern. Einsame Insel irgendwo in der Ägäis, nur einmal pro Woche kommt das Versorgungsschiff."

Reinhold hatte eigene Präferenzen. "Lieber am Ufer eines abgelegenen Sees in Kanada. Manitoba."

"Warum ausgerechnet Manitoba?"

"Klingt einfach spannender. Bei Saskatchewan sagt doch jeder nur *Gesundheit* zu dir."

Nach und nach öffneten sie sich, gaben immer mehr von sich preis, nannten auch Dinge beim Namen, die sie bisher ganz für sich behalten hatten. Selbst ihre engsten Vertrauten wusste nichts von einigen Dingen, die sie nun einander erzählten. Irgendetwas hatte zwischen ichnen *klick* gemacht.

"Du, Kristen?"

"Ja?"

"Wir haben uns jetzt die ganze Zeit geduzt – sollen wir nicht dabei bleiben? So entspannt sind wir noch nie miteinander umgegangen."

"Klingt nach einer guten Idee. Machen wir so."

"Aber erstmal nicht vor Jonica."

"Okay."

"Kristen?"

"Was denn nun noch?"

"Ich möchte mein Angebot noch ein bisschen ausweiten."

"Nein."

"Wie meinen?"

"Welchen Teil hast du nicht verstanden? Nein heißt nein. Ich gehe kein festes Dienstverhältnis ein."

"Irgendwas scheinst *du* jetzt nicht verstanden zu haben", entgegnete Reinhold. "Habe ich nicht gerade klargemacht, dass ich niemanden mehr hier haben möchte?"

"Wie soll dein erweitertes Angebot dann aussehen?"

"Genau das wollte ich dir verklaren, bevor du mir so rüde ins Wort gefallen bist. In dem Punkt musst du wirklich noch an dir arbeiten. Andere Klienten sind da vielleicht nicht so geduldig, das könnte deinem Ruf schaden."

Das saß. Kristen klappte den Mund zu und sagte überhaupt nichts mehr.

Reinhold feixte. "Hörst du mir jetzt zu?"

"Sprich, Elender."

"Fein. Folgendes: Siehst du irgendeine Möglichkeit, deine Zeit hier um weitere vier Wochen zu verlängern, damit du mir noch ein bisschen mehr 'Nachhilfe' geben kannst?"

Kristen starrte schweigend auf den Wasserkran des Waschbeckens. Hinter seiner Stirn ratterte es. Natürlich wartete der nächste Job auf ihn. Der Vertrag sollte zwar erst an seinem ersten Arbeitstag unterschrieben werden, doch er fühlte sich schon jetzt an das einmal gegebene Wort gebunden. Anderseits war ihm dieser kratzbürstige Junggeselle zu sehr... man konnte fast sagen, ans Herz gewachsen, um ihn jetzt hängen zu lassen. Er ließ sich etwas Zeit, ehe er murmelte: "Ich denke, da lässt sich etwas einrichten."

"Selbe Vergütung plus zehn Prozent?"

"Sehe ich aus wie etwas aus dem Lager von *Sotheby's*? Ich mache das aus Überzeugung, nicht gegen Höchstgebot."

12

"Noch ein paar Häppchen wie dieser, und du kannst dir dein nächstes Sporttrikot nur noch dort besorgen, wo du die Segel für dein Boot machen lässt."

Jonica hatte das große Planschbecken aufgebaut und spielte nun mit Finn darin. Der über einen Meter tiefe Schwimmteich war für den Jungen noch zu gefährlich, deshalb war er auch eingezäunt. Gerade war ihr Blick zu Reinhold gewandert, der mehrere Schalen mit Cashewkernen, Käsebällchen, Chips und Zwiebelringen aus der Küche auf seine Terrasse hinaus jonglierte.

Reinhold seufzte. "Du hast ja recht, es ist wirklich grausam. Morgens beim Sport möchte ich reinklotzen, als ginge es um mein Leben. Dafür kommen später diese schrecklichen Gelüste."

"Solange du ihnen nicht mehr nachgibst, als du sie am nächsten Tag ausgleichen kannst..."

"Ich fürchte, ich bin auf dem besten Wege dahin."

Jonica schwieg. Ihr Blick sagte ohnehin alles.

Reinhold trug seine Fracht zu der Tür im Zaun und verschwand wieder einmal im Garten der Lüttwohnung. Kaum hatte er die Tür hinter sich geschlossen, stellte er die Schüsseln auf einem Regal mit Blumentöpfen ab, die darauf warteten, bepflanzt zu werden. Sein Aktenkoffer war im unteren Fach versteckt. Sollten doch alle denken, er würde dem *laisser-faire* frönen. Reinhold hatte in den vergangenen Tagen oft genug versucht, Urlaub zu leben, aber auf ganzer Linie versagt.

Kristen richtete derweil einen Picknickkorb für Reinhold her, bevor er das Haus für seinen freien Tag verließ. Das Vibrieren seines Handys unterbrach ihn.

"Hallo?"

"Kristen, sind Sie das?"

"Richtig, Kristen Falkenbrook. Mit wem bin ich bitte verbunden?"

"Björn Gussbrenner hier."

"Oh, hallo. Was verschafft mir das Vergnügen?"

"Eigentlich wollte ich Reinhold sprechen. Ist etwas nicht in Ordnung?"

"Doch, er ist draußen auf der Terrasse."

"Sein Handy liegt aber im Haus? Es geschehen scheinbar noch Zeichen und Wunder."

"*Sein* Handy...?"

Es dauerte einen Moment, bis Kristen richtig schaltete. Er hatte das gleiche Modell wie Reinhold. Vorhin hatten beide Handys auf dem Tisch gelegen. Da musste es wohl eine Verwechslung gegeben haben.

Als Kristen das falsche Handy nach draußen brachte, telefonierte Reinhold seinerseits auf dem fremden Gerät. Grinsend tauschten sie und setzten die begonnenen Gespräche mit den richtigen Partnern fort. Kristen verschwand für sein Gespräch mit Levi in der Lüttwohnung, Reinhold blieb auf der Terrasse sitzen.

"Na, endlich im Urlaubsmodus?"

"Leidlich", wich Reinhold aus.

"Ich wollte auch nur fragen, ob es bei deinen üblichen Mittwochsplänen bleibt", sagte Björn. "Ich meine, falls mal was ist."

"Nein, eher nicht. Heute bleibe ich mal zuhause."

"Wie du meinst. Das war's auch schon. Bis dann."

"Bis dann." Reinhold beendete das Gespräch und wunderte sich beim Blick auf das Display, warum fast neunzehn Minuten Gesprächsdauer angezeigt wurden. Sein Austausch mit Björn hatte doch keine Minute gedauert.

In der Küche wunderte sich Kristen nach einem ähnlich kurzen Gespräch über eine Anzeige von dreiundzwanzig Minuten.

Von der anderen Seite des Zauns drangen Wasserplanschen und andere Geräusche ausgelassenen Tobens herüber. Am liebsten hätte Reinhold mitgemacht, doch er war zu verkopft, um diesem Impuls nachzugeben. Er riss sich zusammen und blätterte in der Mappe vor ihm auf dem Tisch. Margrets Vermittlung war der Durchbruch gewesen, jetzt hatte er mehr Farbfotos von der alten Hafenfähre als er zu hoffen gewagt hatte.

Auf der Werft waren die Arbeiten soweit vorangeschritten, dass es eigentlich nur noch um den Innenausbau ging. Der Großteil des Holzes für die Vertäfelungen der Inneneinrichtung und die Handläufe der Reling lagerte bereits auf dem Werftgelände. Nun musste sich Reinhold nur noch für einen Anbieter entscheiden, der bereit und in der Lage war, Polsterbezüge als Sonderanfertigungen nach Fotomustern zu liefern.

Er lehnte sich zurück, seine Augen ruhten auf dem Strom, doch sie blickten ins Leere. Er grübelte, wieder einmal. Zugegeben, das Gespräch mit Kristen hatte gutgetan. Gleichzeitig hatte er das Gefühl, Probleme ausgegraben zu haben, die er eigentlich sorgfältig verbuddelt wissen wollte.

Reinhold schob das gedankliche Kuddelmuddel beiseite, eine seiner leichtesten Übungen. Ein Wisch über das Touchpad des Laptops ließ den Bildschirmschoner verschwinden. Im ersten Moment entging ihm, dass das Webcambild nicht das gewohnte Motiv zeigte.

Dann fiel der Groschen. Reinhold sprang auf und warf dabei sogar den schweren Holzstuhl um. Er rammte seine Hand förmlich in den Pilotenkoffer, um nach seinem Schlüsselbund zu grabschen. Auf dem Weg zu seinem Auto rannte er an Jonica vorbei, die ihm nur ein verwundertes "Papa...?" hinterherrufen konnte. Statt einer Antwort hörte sie das Aufheulen eines Motors und quietschende Reifen.

Sigrid Kleinwächter strich sich eine widerspenstige Locke aus der Stirn, ehe sie in das Büro ihres Chefs ging. Sie legte eine Unterschriftenmappe vor ihm auf dem Schreibtisch ab. "Das wären die letzten für heute, Herr Gussbrenner."

"Fein." Björn warf nur noch einen flüchtigen Blick auf die diversen Schriftstücke, ehe er seinen Namenszug schwungvoll an die von Frau Kleinwächter umsichtig mit kleinen Haftnotizen gekennzeichneten Stellen setzte.

"Wofür sind die hundert Euro?" fragte er, nachdem er auf der letzten Seite einen Barscheck unterschrieben hatte.

"Wir brauchen mal wieder Kleingeld für die Getränkeautomaten in der Kantine. Ich fahr gleich noch schnell zur Bank."

"Es ist schon nach elf. Unsere Bankfiliale macht mittwochs von zwölf bis drei dicht, dazu die gesperrte Elbtunnelröhre... Der Stau an der Autobahnauffahrt wird fast bis zum Werkstor reichen. Legen Sie den Scheck in den Tresor und erledigen das morgen."

Sigrid Kleinwächter schüttelte entschieden den Kopf. "Tut mir leid, Herr Gussbrenner. Das hätten Sie sich vorher überlegen müssen. Sie wissen genau, dass ich grundsätzlich keine unterschriebenen Schecks in den Tresor lege. Und mit nach Hause nehme ich ihn auch nicht."

Björn zuckte mit den Schultern. "Dann muss ich das wohl tun. Wegen solcher Kleinigkeiten müssen Sie sich wirklich nicht den Feierabend verderben lassen. Bevor ich fahre, stelle ich für die Frühschicht zwei Kisten von jeder Sorte zur freien Verfügung hin. Sollte nicht zur Regelmäßigkeit werden, aber als Ausnahme geht das in Ordnung." Er legte den Scheck in seine Brieftasche. "Denken Sie bitte daran, dass ich gleich außer Haus bin."

"Wie jeden Mittwoch."

"Genau. Freier Nachmittag, kein Handy. Haben Sie noch etwas Besonders auf dem Schreibtisch, Frau

Kleinwächter?"

"Nur noch die Reisekostenabrechnung von Herrn Schlüter-Willebrock."

"Die kann nun wirklich auch bis morgen warten. Stellen Sie das Telefon auf den Pförtner um und gönnen Sie sich selbst einen freien Nachmittag. Die Lohnbuchhaltung ist mir ohnehin schon aufs Dach gestiegen, weil Sie viel zu viele Überstunden haben."

"Gerne, vielen Dank." Die Sekretärin erwiderte sein Lächeln. "Einen schönen Tag noch für Sie."

"Danke, den werde ich haben, Frau Kleinwächter. Das gleiche für Sie auch."

Frau Kleinwächter verließ das Büro. Dabei zog sie die Tür hinter sich zu. "Hallo, Herr ..."

Weiter kam sie nicht. Mit Wucht flog die Tür wieder auf und knallte gegen den Aktenschrank dahinter. "Was hat dieses Floß da draußen zu suchen?"

Björn blieb kühl wie eine Gewürzgurke. "Das ist kein Floß, sondern eine Barkasse, bei der wir die Ehre haben, sie gemäß den neuen Bestimmungen der Binnenschiffsuntersuchungsordnung umzubauen und mit zusätzlichen Lufttanks zu versehen."

"Wie kommt die hierher?"

"Mit eigener Maschinenkraft natürlich. Oder glaubst du, ein Rettungstaucher der Marine hat sie gezogen?"

"Komm mir nicht so. Ich will wissen, was dahintersteckt."

Björn ließ sich nicht aus der Ruhe bringen. "Du solltest dafür sorgen, dass deine Halsschlagader abschwillt. Nicht, dass du noch einen Bluthusten bekommst. Das ist schlecht für die Gesundheit. Auf den Möbeln sieht es auch übel aus. Komm ein bisschen runter. Eher rede ich ohnehin kein Wort mit dir."

Reinhold stapfte zum Barschrank hinüber. Mit Cola und Weinbrand mixte er sich einen Charlie. Er nahm das Glas in der einen Hand, eine Tüte mit Erdnüssen in der anderen Hand und ließ sich auf den Besuchersessel gegenüber von Björn sinken.

"Na, wirst du wieder menschlicher?"

"Hm."

"Also?"

"Ich will wissen, warum da draußen diese Nussschale liegt." Reinhold deutete mit dem Daumen über seine Schulter in die Richtung, wo jenseits der Büromauern die Hellingen lagen. Durch einen Blick auf das Bild der Webcam hatte Reinhold gesehen, dass der Platz für die *Meisje van't IJ* geräumt worden war. Der alte Dampfer lag jetzt neben der Barkasse *Trinchen* an der Pier vertäut.

"Das ist eine der vier Barkassen für die neue Reederei, die künftig vom Magdeburger Hafen aus zu ihren Rundtörns starten will", antwortete Björn.

"Den Auftrag hat doch Bunje und Söhne abgestaubt?" wunderte sich Reinhold.

"Richtig, nur haben die alle Hände voll zu tun mit dem Pott, die sie für die neue Fähre zwischen Büsum und Cuxhaven bauen."

"Inwiefern?"

"Die Ingenieure haben sich bei den Antriebsgondeln verkalkuliert. Zu groß und zu stark – sobald die ins Flachwasser vor Büsum geraten, buddeln sie sich quasi selber den Grund, auf den sie dann auflaufen."

"Oh. Eine ziemliche Blamage." Reinhold nahm seinen Drink auf ex.

"Von der wir profitieren." Björn rieb sich zufrieden die Hände. Eigentlich hatte er von vornherein die Ausschreibung für die Fähren gewinnen wollen, war jedoch von der Konkurrenz ausgestochen worden. Nun hatte der Ruf von Bunje leichten Schaden genommen, was *gussbrenner naval engineering* die Chance gab, die eigene Reputation auszubauen, indem Björn sich als zuverlässiger und flexibler Retter in der Not präsentierte.

"Warum hast du mir nichts davon gesagt?" fragte Reinhold. Er stand auf und mixte sich noch einen Charlie.

"Weil es schnell gehen musste. Der Anruf kam gestern Morgen, gestern Abend hatten wir das Schiff schon hier. Es blieb keine Zeit dafür, stundenlang mit dir darum zu zerren, denn du hättest deinen Scheuklappenblick ohnehin nur auf deiner Tulpe aus Amsterdam gehabt."

"Kann angehen." Zu mehr konnte Reinhold sich trotz einer gewissen Akkuratesse in Björns Beobachtung nicht durchringen. "Trotzdem passt mir das ganz und gar nicht. Björn, wenn ich deine Nummer zwei sein soll, die den Laden im Falle eines Falles auch ohne dich schmeißt, dann will ich das nicht nur mit allen Pflichten, sondern auch allen Rechten sein. Selbst im Urlaub. Du hättest mich involvieren müssen. Wie hätte ich denn dagestanden, wenn dir nach deinem tollen Deal etwas passiert wäre? Als planloser Volltrottel."

Nun war es an Björn, nicht näher auf eine unleugbare Tatsache einzugehen. Es gab Momente in ihrem Miteinander, bei denen sie das Gefühl hatten in Spiegel zu schauen. Doch auch er konnte das Gesagte nicht einfach auf sich beruhen lassen: "Es gibt noch einen anderen Grund, warum ich dich übergangen habe."

"Der wäre?"

"Du neigst manchmal dazu, dich so sehr in einen falschen Schutz zu flüchten, dass du gar nicht bemerkst, wie du die Gefahr für dich nur noch verstärkst. Unser Bundespräsident a. D. und R. I. P. Gustav Heinemann hat einen Satz geprägt, der mir jetzt gerade wieder einfällt: *Wer nichts verändern will, wird auch das verlieren, was er bewahren möchte.* Kannst gerne hier bleiben und in Ruhe drüber nachdenken. Ich muss jetzt los."

"Wieso los?"

"Es ist Mittwoch, mein freier Nachmittag."

"Aber sonst ist doch mittwochs..."

"Du, auch bei mir ergibt sich gelegentlich mal spontan was anderes als das Übliche. Ciao-ciao."

Das sonore Tuten eines Alsterdampfers drang langsam bis in Kristens Schlummer vor. Schlaftrunken wollte er sich aus der Bauchlage aufrichten. Dafür rollte er sich zuerst auf die Seite, bis er von einer starken Hand festgehalten wurde.

"Vorsicht, alter Knabe. Hier ist das Schwimmen verboten."

Kristen kam zu sich. Tatsächlich, beinahe wäre er ins Wasser gefallen und das weiße Schiffchen hätte ihn untergemangelt. Sehr breit war der Kanal an dieser Stelle nicht.

"Danke, dass du mich vor dem Tod in den kühlen Fluten bewahrt hast." Kristen setzte sich auf und räkelte sich.

"Purer Egoismus. Ich wollte mir den Nachmittag nicht freigenommen haben, um der Wasserschutz--polizei dein Ableben zu erklären."

"Duuuu!" Kristen teilte einen Knuff in die Seite aus. Der flüchtige Körperkontakt fuhr durch beide hindurch wie ein kleiner elektrischer Schlag. Ein kurzer Blickwechsel genügte. Lange würde ihr Sonnenbad nicht mehr dauern. Für das, was diesen Nachmittag beschließen würde, war Privatsphäre nötig. Bis zur Gartenhütte waren es nur ein paar Schritte.

Das hatte aber noch Zeit. Vorerst blieben sie auf ihren Strohmatten. Im Naturbad im Stadtparksee hatten sie sich wie verabredet getroffen, doch je mehr Schulen die Pforten für den Tag geschlossen hatten, desto voller und lauter war es geworden. Nach nur einer Stunde hatten sie ihre Sachen zusammengerafft und den Standort gewechselt. Nun lagen sie auf dem Bootssteg eines kleinen Ufergrundstücks.

Das Tuckern des Dampfers entfernte sich, bald waren nur noch die üblichen Geräusche einer Kleingartenanlage zu hören: Eine rhythmisch schnappende Heckenschere, das Knirschen eines Laubbesens, in eine Zinkgießkanne rauschendes Wasser, Vogelzwitschern. Gelegentlich das Kreischen einer Möwe, die sich zu weit ins Binnenland verirrt hatte. In einer der Lauben um sie herum schlug eine Uhr. Halb fünf.

Das Leben plätscherte dahin, bis die spätnachmittägliche Idylle von einem Gitarrenriff unterbrochen wurde. Kristen streckte die Hand nach seinem Rucksack aus. "Was will der denn?" wunderte er sich nach einem Blick auf sein Mobiltelefon und nahm das Gespräch an. "Hallo?"
"Kannst du einen Porsche fahren?"
"Wenn er wie jedes andere Auto das Gaspedal rechts hat und die Bremse links nebst einer drolligen kleinen Kupplung genau dazwischen, dann ja."
"Keine Anfälle von Geistesreichtum jetzt", blaffte Reinhold. "Setz dich lieber in Bewegung und hol mich, aber vor allem meinen Wagen von dem Parkplatz bei der AKN-Station am Hörgensweg ab."
"Ich dachte, du bist zuhause? Wie kommst du nach Eidelstedt?"
"Ich habe die restlichen Spaghetti von gestern zu einer Garotte geflochten und damit die Wachen überwältigt... Es ist doch völlig gleichgültig, wie ich hierhergekommen bin! Ich bin gestrandet und komme alleine nicht mehr weg. Kristen, auch wenn heute dein freier Tag ist – tu mir den einen Gefallen: Hol mich bitte ab."
"Kannst du kein Taxi...?"
"Ich habe meine Geldbörse und das Plastikgeld zuhause vergessen."
"Was ist mit Jonica?"
"Herzlichen Dank, aber mir auf fünfzehn Kilometern im Berufsverkehr eine Standpauke meiner Tochter anzuhören, gehört zu den Dingen, die ich heute gar nicht gebrauchen kann."

Er fühlte einen bohrenden Blick in seinem Nacken. Trotzdem sagte Kristen: "Ja, gut. Ich mach mich auf den Weg." Er beendete das Gespräch.

"Tut mir leid, ich muss los."

In Stichworten gab er das wenig aufschlussreiche Gespräch wieder. "Es wäre gelogen, wenn ich behauptete, jetzt nicht ausgesprochen neugierig zu sein, was dieser kleine Chaot wieder angestellt hat."

"Dafür habe ich mich heute Nachmittag freigemacht? Damit Reinhold ruft und du aus purer Neugierde springst? Das ist nicht dein Ernst."

"Was soll ich denn machen? Du weißt doch – mein freier Tag ist nicht wirklich mein freier Tag. Nenn es Bereitschaftsdienst. Wenn ich in solchen Momenten schnell und unkompliziert reagiere, festigt das meinen Ruf im Klientenkreis."

"Ich finde, nach über einem Jahr ohne Fehl und Tadel ist dein Ruf gefestigt genug, um dir eine gesunde Portion Egoismus für dein Privatleben erlauben zu können. Nicht nur zeitlich. Ein bisschen weniger Versteckspiel würde dir auch gut tun."

"Nun fang bloß nicht wieder mit dieser alten Leier an", wehrte Kristen ab. Er bückte sich langsam, um seine Jeans aufzuheben. Der Stoff seiner Badehose spannte sich und betonte die attraktiven Formen seiner Kehrseite.

Leider blieb die erhoffte ablenkende Wirkung aus: "Wann sonst? Ich krieg dich doch nur mittwochs zu sehen, und am Telefon sollte man solche Probleme nicht klären."

"Ich sehe nirgends Probleme." Kristen zog sich an.

"Dann versuche wenigstens, meine Seite der Geschichte zu sehen: Seit ich dich kennengelernt habe, eierst du herum und findest immer neue Ausreden, dich nicht mit mir in der Öffentlichkeit zeigen zu müssen. Aber *ich* möchte mit dir gesehen werden und etwas unternehmen. Mal auf dem Süllberg Kaffee trinken, Hand in Hand durch Winterhude schlendern, vertraulich tuschelnd im Theater sitzen, auf St. Pauli durch die Bars ziehen oder auf der Mönckebergstraße shoppen. Doch was tun wir statt dessen? Wir verstecken uns im Kleingarten deiner Eltern. Ich will das nicht mehr. Lass uns endlich damit aufhören. Dann sieht Reinhold uns halt. Meinetwegen auch einer deiner anderen Klienten. *So what?*"

"Meinst du, das wüsste ich nicht?" Kristen blickte auf den Kanal hinaus. "Im Grunde genommen ist es mir auch pottegal, wenn mich Gott und die Welt händchenhaltend mit einem Kerl sehen. Ich habe mein Coming out schon vor fast fünfzehn Jahren hinter mich gebracht."

"Warum bist du überhaupt ins Versteck zurückgekrochen? Das habe ich immer noch nicht begriffen."

Kristen fühlte, wie sich eine angenehm kühle Hand von hinten auf seine von der Sonne erhitzte Schulter legte. "Dass mich ein paar homophobe Spinner um neue Engagements bringen könnten, ist nur ein Teil des Problems", gestand er. "Ich habe generell eine tierische Angst davor, wieder ohne Existenz dazustehen. Darum versuche ich alles zu vermeiden, was mich einen Job kosten kann. Versehentliche Doppelbuchung, Lungenentzündung, öffentlicher Knutscher mit meinem Freund, völlig egal. Das sind alles gleich schlimme Schreckgespenster für mich, und ich kann da einfach nicht raus aus meiner Haut. Ich will nicht noch einmal ganz ohne von eigener Hand erarbeitetes Einkommen dastehen. Die stumpfsinnigen amtlichen Maßnahmen, die das Arbeitslosengeld für mich noch unerträglicher gemacht haben, als hätte ich tatenlos zuhause rumgesessen und auf die Überweisung gewartet... Die unfairen Bewerbungsverfahren, das respektlose Auftreten von manchen Personalern... Das war alles so erniedrigend, so demütigend... Nein – nie wieder." Er griff nach seiner Tasche und ging ohne Abschiedskuss zum Gartentor. "Versteck den Schlüssel zur Hütte einfach in dem hohlen Stein neben der Windmühle, wenn du gehst."

Im Fortgehen hörte er noch: "Glaubst du wirklich, es trägt zu deinem Wohlbefinden bei, wenn du einen negativen Zustand durch einen anderen ersetzt?"

"Der Rest ist für Sie." Kristen reichte einen Geldschein durch das geöffnete Fenster.

"Danke, Meister. Schönen Tag noch." Der Taxifahrer tippte zum Abschied an seine Baseballmütze und fuhr davon.

Reinhold saß halb auf dem Kotflügel seines Porsches. In der Hand hielt er ein Eis am Stiel. "Du hast dir mächtig Zeit gelassen. Eineinhalb Stunden seit meinem Anruf."

"Nicht meine Schuld", erwiderte Kristen. "Durch diesen Medizinerkongress im CCH ist kaum ein Taxi zu bekommen. Wenn du bei der Zentrale anrufst, sagen sie dir, dass du mindestens eine Stunde warten musst. In Barmbek am Taxistand hat's auch über zwanzig Minuten gedauert."

"Was treibt dich nach Barmbek?"

"Was ich an meinem freien Tag mache, ist allein meine Sache. Vergiss nicht: Ich bin aus purer Nettigkeit hier."

"*Mi scusi*. Ich wusste nicht, dass das ein Staatsgeheimnis ist."

"Schwamm drüber. Bin etwas durch den Wind heute. Jetzt würde ich aber gerne wissen, warum ich dich unbedingt abholen soll? Der Wagen sieht intakt aus und du hast auch keine Macke. Zumindest keine offensichtliche."

Reinhold seufzte. "Genau wie du bin ich etwas derangiert. Das war kein schöner Tag heute. Dadurch habe ich mich leider zu vier Charlie und Tempo hundertfünfzig im Elbtunnel verleiten lassen, was keine gute Kombination ist. Jetzt ist der Führerschein erstmal weg. Mit sofortiger Wirkung."

Kristen lag ein süffisanter Kommentar auf der Zunge, den er aber heruntergeschluckt. Reinhold war trotz aller Annäherung immer noch sein Klient. Er ließ sich den Zündschlüssel geben.

Falls Reinhold erstaunt war, wie routiniert sich Kristen den Sitz und die Spiegel einstellte, wusste er es gut zu verbergen. Kristen hütete sich schwer davor, seine Vergangenheit im Kfz-Bereich publik zu machen.

Allerdings dämmerten ihm schon nach den ersten gefahrenen Metern Überlegungen, ob er seine Informationspolitik nicht besser ändern sollte. Reinhold krallte sich am Türgriff fest, bremste mit, sog bei Kristens Fahrmanövern immer wieder hörbar Luft ein, gab unsinnige Anweisungen... Kurz gesagt: Er war ein lausiger Beifahrer.

Nach drei Kilometern hatte Kristen genug. Er fuhr rechts ran. "Raus."

"Wie bitte?"

"Du hast richtig gehört: Steig aus! Ich bin weiß Gott ein sicherer Autofahrer, aber mit dir auf dem Beifahrersitz übernehme ich keine Garantie mehr dafür, nicht irgendwann doch gegen den nächsten Chausseebaum zu brettern. Du bringst einen ja völlig aus der Ruhe."

"Wie soll ich nach Hause kommen?"

"Da drüben ist die S-Bahn." Kristen zeigte auf die Eisenbahnbrücke einige hundert Meter voraus.

"Sehe ich aus wie jemand, der die S-Bahn benutzt?"

"Dir wird die nächsten Monate kaum etwas anderes übrig bleiben, solange dein Führerschein Urlaub in Flensburg macht. Aber bitte – ich kann auch den Zug nehmen, dafür lässt du dich eben doch von Jonica abholen."

"Bloß nicht. Fahr weiter. Bitte. Ab jetzt bin ich ganz pflegeleicht."

Kristen warf Reinhold einen stechenden Blick zu, dem dieser mannhaft standhielt. Schließlich legte Kristen den Gang ein und gab erneut Gas.

"Pass auf den Radfahrer da auf."

"Der ist doch auf dem Radweg!"

"Er könnte aber auf die Straße ausscheren."

"So. Jetzt reicht's." Kristen hielt wieder auf dem Seitenstreifen. "Hier hast du zehn Euro. Entweder steigst du jetzt aus oder ich. Aber mit dir als Sicherheitsrisiko bewege ich dieses Midlife Crisis-Geschoss nicht einen Meter weiter!"

Reinholds Gesicht lief puterrot an. Ohne ein weiteres Wort stieg er aus, knallte die Tür mit Wucht zu und stürmte davon. Die Zugfahrt war ein Horrortrip für ihn. Er kam fast um vor Furcht, das falsche Ticket gezogen zu haben. Die Unsicherheit, wo er umsteigen musste, an welchem Gleis, in welche Linie. Die Fülle von Menschen auf den Bahnsteigen und im Zug selbst. Das würde ihn jetzt jeden Tag erwarten? Was war er für ein Schaf gewesen, sich so von Björn provozieren zu lassen.

Bahrenfeld, Othmarschen, Klein Flottbek. Verdammt, musste dieser Entenmörder von Zug wirklich an jeder Milchkanne halten? Dazu die Enge, die lärmenden Schulkinder, die Frauen und Männer ohne Sinn für ein zu ihnen passendes Parfüm. Eins stand fest: Die Taxiunternehmen der Stadt würden in der nächsten Zeit gut an ihm verdienen.

Endlich fuhr der Zug in Blankenese ein, Reinhold konnte gar nicht schnell genug aussteigen. Er ignorierte die wartenden Busse vor dem Bahnhof und schlug den Fußweg zum Tweehus ein. Die Zeit an der frischen Luft hatte zumindest den Vorteil, dass er sich halbwegs beruhigt hatte, als er auf seinen sorgfältig geparkten

Porsche zuging. Er umrundete ihn einmal, wobei er genau auf eventuelle Kratzer achtete. Fast zu seinem heimlichen Bedauern fand er keine.

Die Tür zur Lüttwohnung ging auf. Kristen trat mit Koffern in beiden Händen in den Vorgarten.

"Was soll das denn werden?"

"Ich bringe ein paar meiner Plünnen nach Hause. Viel brauche ich für die restliche Zeit hier nicht mehr."

"Was ist aus der Verlängerung geworden?"

"Ich glaube, das lassen wir besser. Das waren vier wirklich spannende Wochen hier im Haus, aber wir sollten einsehen, dass wir beide mit einer Fortsetzung bis zu den Schulterblättern ins Klo greifen würden."

"Und wo kriegst du so schnell einen Anschlussjob her?"

"Lass das nur meine Sorge sein. Vielleicht hole ich auch den Urlaub nach, auf den ich für dich verzichtet habe."

"Wie wäre es, wenn du dich ein wenig beruhigst? Huch... Habe ich das grade gesagt?" Ganz unerwartet fand Reinhold sich in der Rolle des Schlichtenden wieder. "Kristen, wir haben beide einen schlechten Tag gehabt. Na und? Das kommt halt vor. Ich schlage vor, wir restaurieren uns jetzt. Nachher treffen wir uns auf der Terrasse. Ich bringe eine Flasche Wein mit. Bei einem guten Tropfen schnackt es sich leichter über das, was heute quergelaufen ist."

Kristen spannte seinen Körper noch ein bisschen mehr an. Dann ließ er die Schultern sinken und öffnete seine Hände. Die Koffer krachten auf die Platten des Gartenwegs.

"Soll das heißen, dass du bleibst, oder bist du einfach nur müde?"

"Beides."

Hinterher wusste Reinhold selber nicht mehr, welcher Teufel ihn geritten hatte, doch er legte seine Arme um Kristen und drückte ihn an sich. "Schaff deinen Kram wieder rein."

Die Männer verschwanden im Haus.

An einem halbgeöffneten Fenster der anderen Lüttwohnung bewegte sich eine Gardine.

13

Die beiden Schlepper leisteten Präzisionsarbeit, als sie die *Uddevalla Star* in die Holtenauer Schleuse zogen. Auf dem Weg von A Coruña nach Stockholm war die Passage durch den Nord-Ostsee-Kanal ein deutlich kürzerer Weg für den Autotransporter, als wenn man die Fahrt rund um Jütland und durch den Großen Belt in Kauf genommen hätte.

Die Einfahrt in den Kanal hatte plangemäß um drei Uhr nachts stattgefunden, so dass Carolin Rennert darauf verzichtet hatte, zur Schleuse Brunsbüttel zu fahren, um ihren Mann dort für ein Stündchen zu Gesicht zu bekommen. Die Schleusung beim Verlassen des Kanals jetzt am späten Vormittag hatte sich eher angeboten. Spontan hatte sie ihre beste Freundin eingeladen, sie zu begleiten. "Anschließend machen wir uns noch einen schönen Tag nur für uns Deerns."

Während Carolin sich mit nun mit ihrem Mann traf, der als Purser auf der *Uddevalla Star* fuhr, saß Jonica auf einer Bank in dem kleinen Park nördlich der Schleuseninsel und bediente sich aus dem improvisierten Picknickkorb neben sich. Zwischendurch griff sie zu einem Block und machte sich Notizen für eine Veranstaltung in Finns Kindergarten, die sie angeboten hatte zu organisieren. Die Konzentration darauf fiel ihr schwer. In den letzten Tagen waren seltsame Dinge geschehen. Nebenan bei lag etwas in der Luft, das sie nicht einmal benennen konnte, geschweige denn erklären. Es fühlte sich nur komisch an.

Irgendwann ertönte ein Typhon zu ihr herüber. Die *Uddevalla Star* glitt langsam aus der Schleuse in die Kieler Förde hinaus. Danach dauerte es noch eine ganze Weile, bis Carolin angeschlendert kam. Sie setzte sich neben ihre Freundin und bediente sich ebenfalls aus dem Korb. "Damit hätte sich der Besuch in der Eremitage erledigt."

"Routenänderung?"

"Genau. Aus den Trucks für St. Petersburg sind Kleinwagen für Polen geworden. Abmustern zum Landurlaub also an der Weichsel statt an der Newa."

"Macht doch eine Rundreise durch Masuren", schlug Jonica vor. "Wunderschön, besonders im Spätsommer. Haben Meeno und ich auch schon mal gemacht"

"Ist das weit?"

"Von Danzig bis nach Ostróda sind es keine zwei Stunden mit dem Auto. Von da aus sind wir gestartet. Irgendwo habe ich zuhause noch die alten Unterlagen mit dem Streckenverlauf. Soll ich dir das mal mailen?"

"Gerne, das hört sich toll an."

"Gut, erinnere mich nur bitte noch einmal daran, wenn wir wieder zuhause sind", sagte Jonica.

"Kein Problem."

"Was fangen wir jetzt noch mit dem Tag an?"

Für Carolin war die Sache klar. "Was sollen zwei Frauen mit ihrem freien Tag schon großartig anstellen?

Shoppen natürlich! Wir fahren nach Kiel rein. Im Sophienhof kenne ich einen ganz tollen kleinen Plünnenladen mit einem total süßen Verkäufer, den flirten wir erstmal an."

"Caro! Wir sind verheiratet!"

"Aber nicht to-hoot!" flötete Carolin. "Flirten ist nun wirklich nichts Schlimmes. Im Gegenteil! Ich quäle mich doch nicht mit vier Stunden Pilates pro Woche, um den Hintern nur für mich straff zu halten. Die Männerwelt soll ihn ruhig auch mal bemerken. Los, mach mit – der Tag gehört uns!"

Manche Tage waren einfach perfekt. Alle seine Kunden hatten ausnahmsweise die Daten zur Erstellung der Verdienstabrechnungen pünktlich gestern Abend bis *End of Business* eingereicht. Folglich musste er heute niemandem hinterhertelefonieren. Heute Morgen hatte er alles ins System eingehackt und den Verarbeitungsauftrag an das Rechenzentrum seines Softwareproviders übermittelte. Jetzt brauchte er nur noch bis zum nächsten Morgen warten, wenn ihm die Ergebnisse übermittelt wurden. Das bedeutete: Freizeit ab zwölf Uhr! Besser ging's nicht.

Oder doch...

Zu gerne hätte Levi wieder einmal einen freien Nachmittag in ungestörter Zweisamkeit verbracht, doch das war in letzter Zeit rar geworden. Entweder hatten sie gar nicht erst stattgefunden oder waren jäh abgebrochen worden. Eine Situation mit der er nicht zufrieden war, eine einfache, friedliche Lösung schien nicht in Sicht zu sein. Dafür war eine nach dem Motto *Lieber ein Ende mit Schrecken als ein Schrecken ohne Ende* in verlockende Nähe gerückt.

Aber das wollte Levi nicht heute entscheiden. Er packte einen Rucksack mit allem Nötigen zusammen, schwang sich auf sein neongrünes Rennrad und fuhr fröhlich pfeifend nach zum Elbstrand nach Neumühlen.

Mit hochgekrempelten Hosenbeinen und seinen Schuhen in der Hand schlenderte Björn Gussbrenner den Elbstrand entlang. Nach einem erfolgreichen Arbeitsessen mit den Vertretern eines neuen Auftraggebers gönnte er sich eine Auszeit, ehe er ins Büro zurückfuhr. Reinhold hatte sich von dem Restaurant in Neumühlen bereits auf den Weg nach Hause gemacht, um die Details im Home Office schriftlich niederzulegen.

Die letzten Ausläufer der ans Ufer schwappenden Wellen umspielten Björns nackte Füße bis zu den Knöcheln. Das Wasser war warm genug, um darin ein paar Züge zu schwimmen. Doch selbst mit Badehose im Gepäck hätte er sich gehütet, dem nachzugeben. Die Strömung war allein schon wegen der Tide tückisch. Hinzu kam der Sog durch das Kielwasser der vorbeifahrenden Schiffe. Björn lebte viel zu gerne, um dieses Risiko auf sich zu nehmen. Er begnügte sich mit dem Spaziergang, um die Batterien für die verbleibenden Stunden des Tages aufzutanken. Die Sonne schien, wie es zum Hochsommer dazugehörte, der Wind sorgte für ausreichende Abkühlung.

Kurz vor Ende des Sandstrands warf Björn einen Blick auf seine Uhr. Langsam musste er zurück, er musste noch einen anderen Termin absagen, doch sein Telefon lag im Auto. Gerade als er sich umdrehen wollte, traf ein Lichtreflex seine Augen. Er ging näher auf die Stelle zu. Zuerst schien es nur der aus dem Sand ragende Hals einer ganz gewöhnlichen Bierflasche zu sein, die jemand achtlos entsorgt hatte, worauf sie allmählich von den feinen Gesteinskörnern zugedeckt worden war. Die ungewöhnliche Form der Öffnung zeigte Björn, dass mehr dahinter steckte.

Er ging in die Knie, sein Entdeckerfieber war geweckt. Björn schaufelte die Flasche mit bloßen Händen vorsichtig frei, kurz darauf hielt er sie in den Händen. Kein Zweifel, da hatte er wirklich eine Rarität erwischt. Eine dicke Prägung auf dem Glas ragte aus der Kruste von mehrmals feucht gewordenem und wieder getrocknetem Sand hervor. *Eigenthum von Eberhard Ohlsen – Gastwirt*, las Björn. Damit konnte er das Alter der Flasche auf eindeutig mehr als hundert Jahre einschätzen, denn so lange war es etwa her, seit das H in *Eigenthum* einer Reform zum Opfer gefallen war. Das hatte er im Laufe langer Jahre als Strandgutsammler gelernt.

Zu Anfang hatte er seine Funde in einer Vitrine im Büro ausgestellt. Bald war eine zweite dazugekommen. Einen großen Siegelring, den er am Hans-Leip-Ufer kurz vor Schröders Elbpark gefunden hatte, trug er am

Finger. Inzwischen hatte seine Sammlung solche Ausmaße angenommen, dass er ein Zimmer in seiner großen Dachgeschosswohnung in einem Altbau in Winterhude mit Blick auf den Rondeelteich dafür eingerichtet hatte. Gerne hätte er seine Wohnung mit einem anderen Menschen geteilt, aber das war nicht ganz einfach zu arrangieren. Es klappte ja nicht mal vernünftig mit einem Schäferstündchen.

Björn schüttelte den Gedanken ab. Der Nachmittag war zu schön für Probleme. Zufrieden begutachtete er sein Fundstück. Mittlerweile tauchten solche alten Flaschen, von denen er einige besaß, immer seltener auf. Er richtete sich auf und ging mit seinem Fund zurück nach Neumühlen, wo sein Auto stand. An der Laterne daneben war ein neongrünes Rennrad angekettet.

"*Hm, hm, hm, Hagenbeck, Hagenbeck, Hagenbeck...*" Die übrigen Worte wollten ihm noch nicht über die Lippen, aber worauf es wirklich ankam, hatte Finn sofort begriffen. Kristen hatte heute Babysitter gespielt und war mit dem Jungen durch den Tierpark in Stellingen gezogen, wobei er dem Kleinen das Volkslied von Richard Germer beigebracht hatte. Zumindest teilweise.

Auf dem Heimweg saß Finn mit großen Augen auf einem Fensterplatz in der U-Bahn und versuchte, etwas im Dunkel des Tunnels zu erkennen. Jedesmal, wenn es beim Einfahren in eine Station schlagartig hell wurde, zuckte er zusammen und lachte dann. Finn war ein sonniges Kind, Kristen mochte ihn richtig gern und bedauerte in Momenten wie diesen manchmal, dass Mutter Natur eigene Kinder bei ihm nicht vorgesehen hatte.

Am Jungfernstieg stiegen sie in die S-Bahn um. Bei der Einfahrt in die Station Altona sprang Finn von seinem Sitz auf. Kristen hielt ihn fest. "Nun mal nicht so hastig, lütten Buttscher. Ein paar Stationen sind's noch."

Finn ließ sich nicht beirren. "Opa!" rief er aufgeregt. Längst hatte er die richtige Aussprache gelernt.

Tatsächlich, Reinhold stand auf dem Bahnsteig und wartete auf den Zug nach Blankenese. Den Plan vom täglichen Taxi hatte er aufgegeben.

Reinhold hörte Finns Rufen und stieg in den richtigen Wagen ein. Dabei schob er sich den letzten Bissen eines Hamburgers in den Mund. Kristen hatte Reinhold inzwischen auch erspäht. Er ließ Finn los, der seinem Großvater direkt in die Arme stürmte.

"Hallo, mein Lütter!" Reinhold erhob sich, dabei nahm er Finn auf den Arm. "Was habt ihr heute Schönes angestellt?"

"*Hagenbeck, Hagenbeck, Hagenbeck!*" sang Finn.

"Das beantwortet meine Frage", lachte Reinhold. Er setzte sich, wobei er Finn auf den Schoß nahm. "Hallo, Kristen."

"Moin, Chef."

Die Türen schlossen sich, der Zug fuhr an. Weil Finn sich wieder mit dem Geschehen draußen beschäftigte, ließ Reinhold sich von Kristen erzählen, welche Erlebnisse der Tierpark bereitgehalten hatte. Es versetzte ihm einen kleinen Stich zu hören, wie viel Spaß Kristen und Finn gehabt hatten.

Zum zweiten Mal in seinem Leben hatte Reinhold das Gefühl, wichtige Stationen eines kleinen Sonnenscheins zu verpassen, weil ihm der Beruf kaum Zeit dafür ließ. Vielleicht hatte er sich diese Chance aber auch selber genommen, befand er in einem typischen Anflug von Selbstzweifeln. Völlig untypisch war dagegen die Entscheidung, die er nun trag: Er würde sich an diesem Nachmittag frei nehmen. Für Opa-Zeit mit Finn.

Reinhold hatte keine Ahnung, ob Kristen von dieser Ankündigung überrascht war. Der Haushälter erklärte lediglich, sich dann um ein paar aufgeschobene Aufgaben im Haushalt zu kümmern.

"Tünkram", widersprach Reinhold. "Das Wetter ist viel zu schön, zumal es nächste Woche erstmal damit vorbei sein soll. Wir machen irgendetwas zusammen mit dem Lütten. Das ist eine Dienstanweisung."

Als Jonica in den bis zum Rand mit Taschen diverser Boutiquen, Feinkostläden und Parfümerien gefüllten Kofferraum blickte, zuckte sie zusammen. "Caro, mein schlechtes Gewissen meldet sich. Ich habe heute viel zuviel Geld ausgegeben. Sünde!"

Vor ein paar Minuten waren sie aus Kiel zurückgekehrt. Carolin hatte ihr Cabrio vor dem Tweehus in der Parklücke neben Jonicas Beetle abgestellt.

"Du hast dir etwas gegönnt", widersprach Carolin. "Du musst auch mal an dich denken."

"Aber ein Kuscheloverall für hundertachtzig Euro... Wenn ich bedenke, wie viele Bücher ich dafür bekommen hätte!"

"Dann hättest du dir Bücher kaufen müssen. Hast du aber nicht."

Jonica griff in eine ihrer Taschen und zog fragliche Kleidungsstück hervor. "Erotisch geht irgendwie anders, findest du nicht?"

"Du musst ihn ja nicht ausgerechnet dann anziehen, wenn du Meeno verführen willst", meinte Carolin trocken. "Für einen Abend allein mit einem guten Buch vor dem Kamin ist das Ding allerdings ideal. So was hast du gesucht, also freu' dich drüber."

"Hast recht." Entschlossen griff Jonica nach ihren Taschen. "Lass uns reingehen. Du bleibst doch noch auf einen Kaffee?"

"Worauf du wetten kannst! Ich will endlich euren tollen Kristen zu Gesicht bekommen!"

Jonica lachte. "Das dürfte zu machen sein."

Alles war still, als die beiden Freundinnen durch die Haustür traten. Carolin war enttäuscht. "Ist ja niemand da."

"Kristen wird mit Finn draußen sein. Alles andere würde mich bei diesem Wetter schwer wundern."

Die Luft im Haus war abgestanden. Jonica öffnete das nächstgelegene Fenster. Sofort wurde es lauter.

"Habe ich es nicht gesagt? Wenn mich nicht alles täuscht, klingt das nach einer zünftigen Wasserschlacht." Jonica schob die Gardine zur Seite. "Das glaube ich jetzt nicht! Komm mal schnell her!"

Gemeinsam blickten sie aus dem Fenster. Im Garten tobten Reinhold und Kristen mit Finn im Planschbecken und hatten einen Mordsspaß dabei.

"Och, wie süß!"

"Ja, er wird von Tag zu Tag niedlicher", sagte Jonica voller Mutterstolz.

"Nicht Finn – euer Bügelbrettmatrose! Von dem würde ich mir sofort einen Pinup-Kalender ins Schlafzimmer hängen. Mann, hat der Bizepse!"

"Nun krieg' dich mal wieder ein. Zur Bespaßung meiner besten Freundin haben wir ihn nicht engagiert."

"Bedauerlich. Er scheint sich übrigens ausgesprochen gut mit deinem Papa zu vertragen."

"Genießen wir es, solange es anhält. Ich traue dem Braten nicht."

"Pessimistin."

Die drei Gestalten im Planschbecken merkten nicht, dass sie unter Beobachtung standen. Irgendwann erhob Kristen sich. Carolin fiepte beim Anblick der blauen Badehose. Jonica gab ihr einen Klaps auf das Handgelenk. "Männermordendes Ungeheuer!"

"Was machst du?" fragte Reinhold draußen.

"Ich muss noch die Waschmaschine mit deinen Sportsachen anwerfen", antwortete Kristen.

"Habe ich schon gemacht, als du dich umgezogen hast", winkte Reinhold ab.

"Hast du auch..."

"Ja, dreißig Grad pflegeleicht, Schleudern nur auf vierhundert Touren. Wie auf deinem Spickzettel beschrieben."

"Toll, aber die Spülmaschine..."

"Läuft auch längst. Wegen der Sektflöten nur auf dem Programm mit vierzig Grad und Glaspflege."

Kristen stieg wieder in das Planschbecken zurück. "Ich weiß gar nicht, warum ich noch bleiben soll. Ich werd' doch gar nicht mehr gebraucht."

Die Wasserschlacht ging weiter.

Jonica sah Carolin an. "Siehst du, was ich meine? Das ist doch nicht normal nach allem, was hier vorher los war. Irgendetwas werfen die sich neuerdings morgens in ihren Kaffee, da kannst du mir sagen, was du willst."

14

Sie war ein Schiff ohne Name und Hafen. Gleich nach der Ankunft in Hamburg waren die blauen Buchstaben auf ihrem Rumpf genauso abgeschliffen worden wie alle anderen Lackschichten der letzten fünfzig Jahre. Nackt wie beim Rohbau war sie über Monate hinweg nur ein Haufen roter Stahl gewesen, aus dem die grauen Schweißnähte wie Narben hervorstachen. Inzwischen hatte man ihr fast vollständig das Farbkleid zurückgegeben, das sie auch bei der Jungfernfahrt getragen hatte.

Der beißende Geruch von Chemikalien lag in der Luft, das Atmen war nur mit einem Mundschutz möglich. Auf der Helling nebenan wurde immer noch an den neuen Wassertanks für die Barkasse gearbeitet, doch die turnusmäßige Werftzeit für ein Schubschiff war zu Ende gegangen, so dass sich für die Heimgekehrte ein neuer Platz gefunden hatte.

Wie jeden Tag ging Reinhold kurz vor Feierabend zu dem Schiff hinüber, um die Fortschritte zu begutachten. Er war zufrieden, besonders mit dem Salon. Wenn nichts dazwischenkam, konnte das Schiff noch in diesem Jahr der Öffentlichkeit mit Sonderfahrten an den Adventsonntagen vorgestellt werden statt erst im nächsten Jahr zum Hafengeburtstag. Reinhold machte

Fotos mit seinem Handy, um die Arbeiten für seine ganz persönliche Sammlung zu dokumentieren.

"Herr Bargstedt?" Ein Vorarbeiter hielt Reinhold ein Klemmbrett entgegen. "Könnten Sie mir das abzeichnen oder muss ich damit zu Herrn Gehricke?"

Reinhold überflog die Unterlagen. "Theoretisch könnte ich das auch machen, Herr Aygün, aber gehen Sie damit bitte lieber zu Herrn Gehricke. Nicht, dass er sich übergangen fühlt."

"In Ordnung." Der Vorarbeiter drehte sich um und verließ den Salon hinaus auf das Sonnendeck. "Nanu?! Was macht das Phantom der Oper hier?"

Neugierig folgte Reinhold ihm hinaus. Regen trommelte auf das Schiff ein. Es musste gerade erst begonnen zu haben, denn Reinhold war noch im Trockenen hergekommen.

An Land näherte sich eine Gestalt dem Schiff. Sie trug einen teuren Trench Coat, dafür schien ihr langsam zerfließender Mascara umso billiger zu sein. Es ließ die Augen wie die leeren Höhlen in einem Totenschädel aussehen. The Cure wären neidisch auf den Look gewesen.

"Dieses Ungeheuer kenne ich", sagte Reinhold. "Das ist mein Privatchauffeur. Bis morgen, Herr Aygün, und schönen Feierabend."

"Auch so, Herr Bargstedt."

Reinhold verließ das Schiff. Er rannte auf die Gestalt zu. Bald hatte er sie erreicht und zog sie unter das schützende Vordach eines Schuppens. "Ich denke, ihr spielt *Jezebel*? Ist zwar auch mit Bette Davis, aber deine

Maske stammt geradewegs aus *Was geschah wirklich mit Baby Jane*."

"Wir haben heute etwas länger für die erste Kostümprobe gebraucht", erklärte Margret. "Ich konnte mich nicht mehr abschminken, bevor ich losgefahren bin. Konnte doch niemand ahnen, dass es auf den paar Metern vom Parkplatz hierher anfangen würde, so dermaßen zu pladdern."

"Eure Bühnenschminke scheint nicht wasserfest zu sein."

"Donnerwetter, du bist ja heute wieder ein ganz scharfsinniger Fuchs! Lass uns fahren, damit ich mir zuhause dieses Zeugs abwischen kann, sonst läuft mir noch alles in den Ausschnitt."

"Maggie, bitte..."

"Sag nicht immer Maggie zu mir!"

"... ich möchte mich noch auf das Abendessen freuen können. Dein Anblick trägt nicht dazu bei. Lass uns in mein Büro gehen."

Frau Kleinwächter nahm Margret sofort unter ihre Fittiche, indem sie für heißen Tee sorgte. Einen Stapel Handtücher und Decken brachte sie auch. Aus der Malerwerkstatt besorgte sie einen Kittel, den Margret als provisorischen Bademantel tragen konnte, während ihre Kleidung vor der bis zum Anschlag aufgedrehten Heizung in einem unbenutzten Büro trocknete.

Reinhold öffnete seinen Garderobenschrank. Darin befand sich ein Waschbecken nebst Frisierspiegel. "Hier, da hast du beide Hände frei."

"Danke." Margret schob den kleinen Handspiegel in

ihre Tasche zurück. Im Gegenzug holte sie einen großen Briefumschlag hervor. "Für dich."

"Was ist das?" Reinhold setzte sich auf die Schreibtischkante.

"Erinnerst du dich noch an das halbe Foto, das in Friedas Sarg gelegen hat?

"Das, von dem wir uns nicht erklären konnten, woher es kam?"

"Genau das. Ich habe die andere Hälfte gefunden."

"Wo?" Reinhold schob sich ein Stück Würfelzucker vom Teetablett in den Mund.

"In den Kisten mit Friedas Fotos und Briefen – die hatte ich doch damals mitgenommen und wollte für uns alle kleine Alben zur Erinnerung draus machen." Das Handtuch, mit dem Margret begonnen hatte, sich das Make up aus dem Gesicht zu wischen, war schon nach wenigen Sekunden unbrauchbar geworden. Sie nahm sich ein neues.

"Wann bekommen wir die eigentlich endlich?" wollte Reinhold wissen. "Du hattest sie uns schon letztes Jahr zu Weihnachten versprochen."

"Mit etwas Glück in diesem Jahr. Das ist doch mehr Arbeit, als ich gedacht hatte. Aber das ist jetzt nicht wichtig. Ich glaube, ich weiß, wer das Foto dahin gelegt hat."

"Wer?"

"Ihr Geliebter."

"Ihr *was*?" Reinhold glaubte und hoffte, sich verhört zu haben. Frieda und ein Geliebter passten so gut zusammen wie Räucheraal und Erdbeermarmelade.

"Wenn ich es doch sage: Sie hatte einen Geliebten. Das kann ich sogar beweisen."

"Wie? Lass dir nicht alles einzeln aus der Nase ziehen. So rede, o Weib!"

"Der Fund an sich war eigentlich unspektakulär – kein geheimnisvolles Versteck hinter dem Innenpapier eines Buchdeckels oder so etwas. Der Brief lag quasi öffentlich zugänglich zwischen all den anderen."

"Welcher Brief?"

"Brüderchen, mach doch einfach den Umschlag auf und lies selber."

"Das mache ich lieber in aller Ruhe zu Hause. Im Moment wäre ich für eine einfache Zusammenfassung dankbar."

Margret verdrehte die Augen. "Wie du willst. Ich habe mir alle Briefe vorgenommen und gelesen. Zuerst war es ein bisschen merkwürdig, aber dann fand ich es schön, einige alte Erinnerungen aufgefrischt zu bekommen. Die meisten Briefe waren nämlich von dir, mir und Jonica. Urlaub, Klassenfahrt, Ferienfreizeit von der Gemeinde und so weiter. Tscha..."

"Ja?"

"Irgendwann hatte ich dieses Geschreibsel da in Händen. Um es kurz zu machen: Ein gewisser Hendrik hat ihn im Herbst 1966 geschrieben, um schweren Herzens Schluss mit ihr zu machen. Die beiden sind sich im Sommerurlaub auf Sylt begegnet. Das muss zu der Zeit gewesen sein, kurz nachdem Onkel Martin das neue Ferienhaus in Munkmarsch gekauft hatte. Das alte in Westerland hatte nämlich ein Schindeldach. Jedenfalls gab es eine intensive Romanze, die aber am Ende scheiterte. Hendrik stammte nämlich aus einer der besseren Familien unserer Stadt. Da war es nicht ganz *comme il faut*, wenn man einfach machte, was man wollte."

"Das kenn ich irgendwoher", murmelte Reinhold.

"Wie bitte?"

"Ach, nichts. Ich frage mich nur gerade... 1966... Ob ich da etwas von mitbekommen haben könnte?"

"Reinhold, da warst du gerade ein Jahr alt!"

"Ich war sehr helle für mein Alter."

"Schade, wie sehr sich das später ins Gegenteil gewandelt hat."

"Maggie!"

"Gleich knalle ich dir eine!"

"Lass dich nicht aufhalten, aber verrat mir vorher eins: Was hat deine Story mit dem Bild zu tun?"

"Wenn du endlich selber nachschauen würdest, bräuchtest du nicht so viele dämliche Fragen zu stellen."

Reinhold riss den Umschlag auf, ein Schwarzweiß-Foto fiel auf die Schreibtischplatte. Ganz ohne Zweifel war es die andere Hälfte von dem in Friedas Sarg. Es zeigte das gleiche Reetdachhaus, vor dem auch Frieda zu sehen gewesen war, allerdings war die Person auf dem Bild ein gutaussehender junger Mann mit schwarzem Wuschelkopf und schüchternem Blick trotz eines sehr energischen Kinns. "Das kommt mir sehr vertraut vor", sagte Reinhold und fuhr mit dem Finger vorsichtig über den zerfransten Rand.

"Eben. Die beiden werden das Foto geteilt haben,

damit sie wenigstens eine kleine Erinnerung an ihre schöne Zeit hatten."

"Was sind das für Placken hier?" Reinhold entfaltete den Brief.

"Kannst du dir das nicht denken? Getrocknete Tränen. Nein, nicht meine – ihre."

"Das hat alle Zutaten für eine Heimatschnulze."

"Tu das nicht so ab, du gefühlskalter Unmensch. Mich hat das ganz schön zum Nachdenken gebracht."

"Inwiefern?"

"Streng mal dein Hirnschmalz etwas an: Friedas zartes Sommerglück liegt über vierzig Jahre zurück, aber sie scheinen einander nie ganz aus den Augen verloren zu haben, sonst hätte dieser Hendrik sich kaum Mühe gemacht, den Weg zum Friedhof auf sich zu nehmen, um dieses Souvenir in den Sarg zu legen. Der muss doch auch schon über siebzig sein."

"Auch wieder wahr."

"Der muss kurz vor uns in der Kapelle gewesen sein."

"Meinst du?"

"Er wird kaum Frau Sieveking drum gebeten haben. Dann hätten wir viel eher davon erfahren." Margret verlor sich in ihren Gedanken. "Ist doch wirklich tragisch, in der falschen Zeit geboren zu sein. Ich meine, er ein Sohn aus gutem Stall, sie nur eine bessere Köchin. In den Sechzigern nicht mal ansatzweise eine Option auf Happy End. Dabei hätte ich gerade Frieda dieses Glück gewünscht. Manchmal kam sie mir arg einsam vor."

"Ich kann mich nicht erinnern, Frieda jemals ausgegrenzt zu haben."

"Mensch, bist du naiv. Familienanschluss kann niemals einen liebevollen Partner ersetzen. Die heutige Zeit wäre ideal für sie gewesen. Es kräht doch kein Hahn mehr danach, wer mit wem das große Glück findet: Angestellter und guter Geist, Mann und Mann, Frau und Frau, dreißig Jahre Altersunterschied... völlig egal. Ein bisschen Tratsch, ja, meinetwegen. Aber das vergeht, kaum dass es begonnen hat. Obendrein kann es einem völlig egal sein, weil die schlimmsten Klatschbasen selber am wackeligsten auf ihren tönernen Füßen stehen. Ich bin mir sicher: Wenn Frieda heute jung gewesen wäre, hätte sie das Glück beim Schopf gepackt und es nicht wegen eines altmodischen *So etwas tut man nicht* sausen gelassen."

15

Abendnebel breitete sich vom Fluss aus, umhüllte die Bäume am Ufer und ließ sie wie unheimliche Kinder der Nacht beim Gespenstertanz aussehen. Die Häuser am Strandweg zerteilten ihn in kleinere Schwaden, die als nasskalte Finger durch die gewundenen unteren Straßen des Geesthangs zogen.

Levi Kohn stand am Wohnzimmerfenster der Lüttwohnung und konnte sich von seinem Logenplatz kaum lösen, als er zum Essen gebeten wurde.

"Das war einfach großartig", sagte er beim abschliessenden Grappa. "Endlich wieder mal ein vernünftiges Abendessen. Bei mir reicht es eben doch nur für Nudeln mit Rührei."

"Sagtest du nicht, du isst zuhause fast nur Rohkost?" stichelte Kristen.

"Eben drum! Das Geschäft lässt mir nur die Zeit für Gurkenscheibchen und Kohlrabispalten. Ich würde gerne etwas Zeit investieren können, um mich wieder an einem Eintopf oder Rollbraten zu versuchen."

"Ich kann dir ja einen Kochkurs angedeihen lassen. Offenbar habe ich ein gewisses Talent dafür, wie das Chaos hier beweist." Kristen deutete auf die leeren Servierschalen zwischen ihnen auf dem Tisch.

"Das hat Bargstedt alles gemacht?"

"Erraten. Er hat gestern eine vegetarische Sülze gekocht. Phantastisch – genau wie die selbstgemachte Meerrettichcrem. Wow, kann ich da nur sagen. Mit dem übrigen Gemüse hat er dann gleich noch den Auflauf für heute vorbereitet. Meine einzige Aufgabe war heute, die Bechamelsauce hinzuzugeben, Käse darüber zu streuen und alles in den Backofen zu schieben."

"Und das Kompott?"

"Ist auch von ihm."

"Hat er danach auch aufgeklart?"

"Worauf du dich verlassen kannst. Es gab nichts zu mäkeln."

"Ich glaub, jetzt hat er's!"

"Halten Sie die Luft an, Pickering! Ich sehe mich nicht als Professor Higgins, eher als Mary Poppins. Wobei ich zwischendurch ziemlich gezweifelt habe, ob das alles was bringt. Nach seinem Urlaub konnten wir ja nur noch in den Abendstunden hier im Haus arbeiten. Aber er hat sich ziemlich herausgemacht, nicht wahr?"

"Das kann man wohl sagen. Wie sieht's auf der zwischenmenschlichen Ebene aus?"

"Könnte gar nicht besser sein. Ich hätte nie gedacht, dass ich mich jemals so gut mit ihm verstehen könnte. Als würden wir uns seit Jahren kennen."

"Hat sich da etwa eine zarte *Bromance* entsponnen?"

"Wenn du so willst", lachte Kristen. "Ich würde allerdings ganz altmodisch *Brüder im Geiste* sagen."

"O Gott, der Blinde führt den Blinden", murmelte Levi.

"Bitte?"

"Ach, nichts. Wie geht's weiter?"

"Gar nicht. In zweieinhalb Tagen ist meine Aufgabe hier endgültig erfüllt, ich kann meinen Regenschirm aufspannen und zum nächsten Abenteuer schweben."

"Das ist das Stichwort." Levi erhob sich. "Ein Blick auf die Uhr sagt mir, dass meine Wenigkeit ebenfalls entschweben muss. Morgen muss ich den Datenstamm für einen neuen Kunden anlegen. Das kostet immer Zeit und Nerven."

"Schade, ich dachte, du könntest noch ein bisschen bleiben. Wir haben schon einige Zeit nicht mehr miteinander..."

"Abgewaschen?"

"Herzlose Bestie."

Levi lächelte schief. "Ich weiß doch, was du meinst. Nur ist mir heute wirklich nicht mehr danach. Sorry."

"Schon okay. Ich hätte nur gerne mal in einem romantischen Alkoven Liebe gemacht. Viel Gelegenheit dazu bleibt nun nicht mehr, aber man kann es auch nicht erzwingen." Kristen brachte seinen Gast zur Tür. "War schön, dass du da warst."

"Ich war gerne hier. So locker haben wir lange nicht mehr zusammengesessen. Danke für die Einladung."

Nach einer sehr vertrauten Umarmung und einem leidenschaftlichen Kuss ging Levi. Kristen schloss die Tür hinter ihm. Auf dem Weg zurück in die Küche fiel sein Blick auf die Garderobe. "Ach, verflixt..."

Kristen eilte mit der vergessenen Jacke nach draußen, doch Levis Auto bog gerade um die Ecke. Kristen ging wieder ins Haus. Als er die Jacke wieder aufhängen wollte, entglitt sie ihm. Mit ungewöhnlich lautem, dumpfem Aufschlag fiel sie zu Boden.

Kristen bückte sich. Aus den weiten Taschen war etwas herausgefallen. Ein paar Kondome – und ein Siegelring. Kristen wusste genau, wo der hingehörte.

Ein Bild wie aus einem Tourismusprospekt: Langsam versank die Sonne hinter den Dächern von Warnemünde, der Himmel färbte sich von blau über einen leichten Malventon zur Farbe von dunklem Bernstein. Bis hierher war das Sommertief noch nicht vorgedrungen.

Museumsschiffe kreuzten auf dem Neuen Strom und durchpflügten das Wasser auf dem letzten Kilometer der Warnow. Die Fähre auf dem Weg nach Gedser navigierte sich vorsichtig durch das Getümmel hindurch auf die Ostsee hinaus, gefolgt von einem britischen Kreuzfahrtschiff. Draußen auf See näherte sich von Nordosten kommend ein Schiff aus Malmö. Hochbetrieb auf der Wasserstraße.

Reinhold und Björn schlenderten von einem der Yachtliegeplätze nahe der alten Dänemark-Fähre zur Brücke über den Alten Strom. Das Riesenrad an der Marktmeile wirkte mit seiner bunten Beleuchtung wie ein überdimensionaler Lollipop.

Der Ort war in Festivalstimmung. Von der Bühne am Leuchtturm klangen die Geräusche eines Konzerts herüber. In der Altstadt begegnete Reinhold und Björn ein reger Gegenverkehr aus Einheimischen, Kurgästen und Tagesbesuchern der Hanse Sail auf dem Weg zu den Abendveranstaltungen. Reinhold und Björn zog es nach einem langen Tag auf dem Wasser nur noch ins Bett.

"Was meinst du – hat sich der Ausflug gelohnt?"

"Frag' mich was Leichteres", antwortete Björn. "Harmsen ist schon in normaler Umgebung ein schwer einzuschätzender Typ. Der lässt sich weder in die Karten noch hinter sein Pokerface gucken. Wenn er dann noch so wie heute zum Segeltörn auf sein Boot lädt, um den Seewolf zu mimen, kann ich ihn erst recht nicht durchschauen. In vierzehn Tagen wissen wir mehr."

"Er hat sich jedenfalls eine schöne Flotte von alten Seebäderschiffen zusammengekauft. Es wäre gut für uns, zumindest das ein oder andere davon für die große Werftzeit beherbergen zu dürfen."

"Du hast bestimmt schon eins ins Visier genommen, oder?"

"Keine Ahnung wovon du redest."

"Das Leuchten in deinen Augen war nicht zu übersehen, als Harmsen von dem alten Halligdampfer Baujahr 1913 gesprochen hat. Du hättest gerne einen Nachfolger für deine *Meisje*. Gib's wenigstens zu."

"Den Teufel werde ich tun!"

"Eigentlich brauchst du's gar nicht. In dem Punkt kenne ich dich einfach zu gut."

"Also gut, wenn's dich glücklich macht: Ja, ich fände es schön, wenn wir den Auftrag ergattern könnten. Ich habe mir nämlich etwas überlegt: Was würdest du zu dem Vorschlag sagen, dass wir uns künftig mit einem

Teil des Betriebs auf historische Schiffe spezialisieren?"

"Wie kommt es, dass mich dieser Vorstoß von dir überhaupt nicht wundert?"

"Vielleicht, weil du selbst darüber nachdenkst? Ich habe doch gesehen, wie fleißig du dir Projektnotizen gemacht hast, seit die *Meisje* bei uns ist."

"Big Brother is watching me..." Die Lachfältchen um Björns Augen kamen zum Vorschein.

Reinhold blieb wie immer nüchtern. "Machen wir uns nichts vor: Die Luft wird für uns in genau dem Maße dünner wie die Konkurrenz gerade im Ostseeraum immer stärker wird. Aber von dem Nostalgiegeschäft verspreche ich mir eine gewisse Konstante, weil bei solchen Liebhaberprojekten kaum jemand in den Transport per Dockschiff nach Turku oder Danzig investieren wird. Die meisten werden froh sein, wenn sie überhaupt das Geld für die Restaurierung an sich zusammenkratzen können. Und unsere Leute sind verdammt gut. Die *Meisje* sieht aus, wie gerade erst vom Stapel gelaufen. Teufel, ist das kalt in diesen schattigen Gassen." Reinhold zog den Reißverschluss an seinem Kapuzenpulli nach oben. In der Hoffnung, noch etwas mehr Wärme herauszuschlagen, schnallte er auch die Schultergurte seines Rucksacks enger.

"Möchtest du noch einen Kaffee trinken, bevor wir in unser Hotel gehen?" Björn zeigte auf das Schild des Lokals, das sie gerade passierten.

"Bloß nicht! Dieser Energy Drink, den Harmsen uns ständig eingeflößt hat, hat vollkommen gereicht. Wenn ich da noch mehr Koffein drauf schütte, könnte ich auf einem Laufband problemlos den Stromverbrauch der ganzen Stadt erzeugen."

"Angeber!"

Sie blieben vor ihrem Hotel stehen, einem Ensemble aus fünf alten, dicht an dicht stehenden Häusern mit Fachwerkfassade, die man auf der Rückseite durch behutsam eingefügte und unter Blumenranken versteckten Verbindungsbauten zusammengelegt hatte.

"Da wären wir. Treffen wir uns gleich noch, um meine Idee in Ruhe zu beschnacken?"

"Treffen können wir uns gerne, aber nicht mehr um dienstlich zu schnacken", erwiderte Björn. "Dazu bin ich inzwischen einfach zu unkonzentriert. Lieber morgen beim Frühstück."

"Aber wir sehen uns noch? Ein Bier, dabei ein bisschen Unfug reden?"

"Klar. In der Bar?"

"Nein, lieber auf einem der Zimmer. Da sind wir ganz für uns, ruhiger ist es obendrein. Noch ein Abend mit Shanties von einer Grabbeltisch-CD wäre mir zuviel des Guten."

"Einverstanden. In einer halben Stunde?"

"Passt. Bei wem?"

"Bei dir?"

"Einverstanden."

Auf seinem Zimmer ließ Reinhold sich rücklings auf das Doppelbett fallen, kaum dass die Tür ins Schloss gefallen war. Keine gute Idee. Sofort verschwamm die Zimmerdecke vor seinen Augen. Er war im Begriff einzuschlafen und zwang sich wieder nach oben.

Zumindest seine Schuhe musste er loswerden, wenn er nicht das Bett versauen wollte.

Unter Ächzen und Stöhnen löste er die Schnürsenkel. Dabei stieß er den Rucksack um, in dem es verdächtig klirrte. Er öffnete den Reisverschluss. Das Geräusch war von Björns Schlüsselbund gekommen, den er in Verwahrung genommen hatte. Daran hing ein Gegenstand, der Reinhold neu war. Er hatte diesen Schlüsselbund oft genug auf Björns Schreibtisch liegen sehen oder selber in Händen gehabt, wenn er sich die Fahrerei mit Björn teilte.

Wieso dachte er jetzt an Bonnie Raitt? Blues. Bottleneck. Gitarre. Es dauerte einen Moment, bis sich das Bild zusammensetzte, wo er diesen Chip schon einmal gesehen hatte. Ein Plektron.

Als Björn zwanzig Minuten später an Reinholds Zimmertür klopfte, wartete er vergeblich auf das "Herein". An der Rezeption erfuhr er, dass Herr Bargstedt ein Taxi zum Rostocker Hauptbahnhof angefordert hatte. Anschließend hatte er sein Zimmer bezahlt und war abgereist. Die Rezeptionistin vermutete, dass Herr Bargstedt eine schlechte Nachricht erhalten hatte, denn er sei sehr aufgeregt gewesen.

16

"Na, schon alles zusammengetüddelt?"
Kristen schüttelte den Kopf. "Die paar Plünnen, die noch hier sind, schmeiße ich morgen kurz vor der Abfahrt in meinen Koffer. Die meisten Sachen habe ich längst nach Hause gebracht."
"So leicht möchte ich es auch mal haben", seufzte Jonica. "Wenn ich packen muss, wünsche ich mir immer, es gäbe noch die alten Schrankkoffer, mit denen man sich früher auf die großen Dampfer eingeschifft hat."
Kristen lächelte verschmitzt. Er hatte bei seinen bisherigen Stationen unzählige Variationen dieses Lamentos gehört.
"Verdammt nochmal, wo sind meine Hausschlüssel?" Wie ein Tornado kam Reinhold in die Küche gefegt. In der Hand hielt er einen angebissenen Schokoriegel. "Kristen, weißt d... wissen Sie, wo die geblieben sind?"
"Natürlich. Dort, wo sie hingehören: In den Schlüsselkasten. Sollte der Hausherr sich vielleicht einfach mal selber dran halten, dann bräuchte er nicht ständig zu suchen."
"Vorsicht, junger Mann. Ganz gefährliches Terrain. Zu Anfang war ihr Mundwerk ja noch ganz amüsant, aber langsam übertreiben Sie es."

"Was wollen Sie machen? Mich auf die letzten paar Stunden noch rausschmeißen?"

"Ich hätte nicht übel Lust dazu", blaffte Reinhold, ließ es dann aber bleiben. Stattdessen schob er sich den restlichen Schokoriegel in den Mund.

"Tun Sie sich keinen Zwang an. Ich weise nur der Form halber darauf hin, dass ich Ihnen trotzdem den vollen Betrag in Rechnung stellen müsste. Wegen Nichteinhaltung der Kündigungsfrist."

"Wegelagerer." Reinhold rauschte hinaus, um weiter nach seinen Schlüsseln zu fahnden. Auf dem Weg nach draußen nahm er sich zwei der Donuts, die Kristen heute in aller Frühe gebacken hatte. Es war nicht das erste Mal, dass er zugegriffen hatte. Von den zwanzig Schmalzkringeln waren nur noch zwölf übrig. Reinhold trat zwei Schritte in die Diele hinaus und kehrte noch einmal zurück, um sich einen dritten zu nehmen. Dabei funkelte er Kristen böse an.

"Welche Laus ist dem alten Gnadderbüddel nun wieder über die Leber gelaufen?" wunderte sich Kristen. "Der ist schon so komisch, seit er aus Warnemünde zurück ist. Schlimmer als 'ne Speikobra!"

"Stellen Sie sich vor den Spiegel und sagen das nochmal", versetzte Jonica. "Sie sind nämlich auch nicht viel besser heute."

Kristen wollte etwas erwidern, doch Jonica hatte einen Blick auf die Uhr geworfen und wurde hektisch. "Ach, du mein Schreck – ich muss ja Finn vom Kindergarten abholen!"

Sie raffte ihre Sachen zusammen und sprintete zum

Bahnhof, wo sie gerade noch die S-Bahn in die Innenstadt erwischte. Stadteinwärts waren die Züge selbst jetzt, nur Rush Hour, nur moderat gefüllt, darum bekam Jonica sogar noch einen Sitzplatz.

"Guten Tag, Frau Langbehn."

Überrascht sah Jonica zu dem ihr gegenübersitzenden Herren hinüber. Ein Ausdruck des Erkennens huschte über ihr Gesicht. "Oh! Guten Tag, Herr Pape. Entschuldigung, ich war ganz in Gedanken."

"Macht doch nichts. Wie geht es Ihnen?"

Jonica berichtete wahrheitsgemäß, dass es ihr gut ging, und erkundigte sich ihrerseits nach dem Befinden des Ehepaars Pape.

"Es geht uns einfach prächtig", sagte Herr Pape. "Wir sind zwar schon eine Woche eher wieder von Amrum zurück gekehrt, weil wir diesmal so ein Pech mit dem Wetter hatten. Es hat fast nur geregnet. Unsere Enkel hatten kaum eine Möglichkeit, am Strand Sandburgen zu bauen. Aber trotzdem sind wir gut erholt."

Amrum? Hatte Kristen nicht erzählt, sein nächstes Engagement würde ausfallen, weil die Klienten in Gestalt von Senator a. D. August Pape nebst Gattin ihre Urlaubsreise abgesagt hatten?

"Haben Sie noch einmal von Herrn Falkenbrook gehört, Frau Langbehn? Das muss ja furchtbar unangenehm für Sie gewesen sein, als der junge Mann über den Plüschteddybären Ihres Sohnes gestolpert ist und sich den Arm gebrochen hat. Wie geht es dem kleinen Finn eigentlich. Hat er..."

Jonica hörte nur noch mit halbem Ohr zu. Sie dachte

scharf nach.
So, so.
Plüschteddys und Knochenbrüche.
Na, wartet, ihr Flunkis.
Als Jonica mit Finn ins Haus zurückkehrte, lagen sich Reinhold und Kristen schon wieder in den Haaren.
Rums!
Knall!
Jonica konnte das Türenschlagen bis nach draußen hören. Den Streit auch.
"Jetzt soll das Ganze auch noch meine Schuld sein?"
"Wer hat ihn denn ins Haus geschleppt?"
"Er ist von ganz allein gekommen."
"Weißt du was? Du bist ein richtiges Arschloch!"
"Lieber ein Arschloch als Meister im Selbstbetrug! Wenn du einem Kerl ständig den Krug vor die Nase hältst, ihn aber nicht ranlässt, brauchst du dich nicht zu wundern, wenn er sich seine Portion Rahm woanders holt. Sieh es ein: Du hast es versaut!"
"Spuck nicht so große Töne, Freundchen. Du machst es doch nicht anders!"
"Das hör ich mir nicht länger an!"
Rums!
Knall!
"O nein! Diesmal läufst du nicht davon! Sei endlich mal ein Mann und versteck dich nicht immer vor deinen Leichen im Keller."
"Das sagt der Richtige!"
Rums!
Knall!

Jonica brachte Finn nach nebenan in sein Zimmer. Mit dem Babyphon in der Hand machte sie sich auf die Suche nach den streitbaren Herren. Sie fand sie in der Küche, wo sie sich wie Duellanten gegenüberstanden. Die Szene bestach durch das Fehlen jeglicher Drohwirkung, denn Kristen war lediglich mit einer Spülbürste bewaffnet, während Reinhold ein dick mit Butter und Serranoschinken belegtes Baguette zum Schwert erhoben hatte.

"Das Spiel ist halt aus, *la commedia è finita.*" Kristens Stimme zitterte vor Erregung. "Nur ist wildes Wüten alles andere als hilfreich. Du solltest das besser mit mir ausdiskutieren, statt die beleidigte Leberwurst...broten so ein Theater zu machen. Es gibt wirklich Schlimmeres als ein verpatztes Frühstück!"

Kristen hatte Jonica aus den Augenwinkeln heraus erhascht. Geistesgegenwärtig war er umgeschwenkt.

"Was?!" Reinhold hatte überhaupt nichts begriffen.

"Na, die Le-ber-wurst-bro-te, mit de-nen Sie nicht zu-frie-den wa-ren", presste Kristen hervor und warf Reinhold einen bohrenden Blick zu. Der schaltete endlich: "Äh... hm... ich bin nun mal sehr anspruchsvoll."

"Sie sollten darüber nachdenken, sich einen dienstbaren Geist zuzulegen, der seiner Berufung weniger treu ergeben ist."

"Meinen Sie, ich könnte wirklich einen Mafioso dazu bekommen, für mich zu kochen und zu putzen?" fragte Reinhold zuckersüß.

"Das war ja wohl das absolut Mieseste, was Sie jetzt absondern konnten."

"Was habt ihr zwei geraucht?" fragte Jonica in die folgende Stille hinein. "Nein, sagt lieber nichts. Ich will's gar nicht hören. Kristen, im Garten ist mal wieder eine Runde mit der Gießkanne angesagt. Noch arbeiten Sie hier. Papa – Familienkonferenz!"

Energisch nahm sie Reinhold das Baguette weg und schob ihn ins Wohnzimmer. "Allmählich reicht's mir mit euch beiden. Was ist los? Tacheles, o mein Papa!"

"Ich will nicht." Reinhold reckte trotzig das Kinn nach vorne.

"Soll ich Kristen fragen?"

"Untersteh dich!"

"Was soll ich dann tun? Dir heute Abend den Nachtisch streichen?"

"Das wäre vielleicht gar nicht das Schlechteste."

"Wieso? Was hast du?"

"Wenn ich das nur wüsste. Fest steht nur, dass ich eine sehr große Vorliebe fürs Essen entwickelt habe."

"Essen ist gesund, weil es dich ernährt."

"Aber ich esse zuviel, wovon ich trotz Sport dick werde. Darum habe ich schlechte Laune."

"Hör auf, so viel zu essen."

"Außerdem wird mir ständig schlecht."

"Dann mach einen Termin beim Arzt."

"Der kann mir auch nicht helfen."

"Himmelhergottnochmal, was ist dann mit dir? Muss man dir die Würmer ständig einzeln aus der Nase ziehen?"

In einer Verzweiflungsgeste riss Reinhold die Hände nach oben. "Ich weiß einfach nicht, was ich machen soll. Da passiert etwas, das ich nicht kontrollieren und abstellen kann, obwohl es ganz schrecklich..." Abrupt brach er ab, weil Kristen mit einer Gießkanne in der Hand draußen am Fenster vorbeiging.

"Was war los?" fragte Jonica.

"Das Personal muss nicht alles mitbekommen."

"Das ist nun wirklich die dümmste Ausrede, die du je vom Stapel gelassen hast. Bei Frieda hat's dich auch nie gestört, wenn sie alles mitbekam, was wir miteinander abzumachen hatten."

"Das war etwas ganz anderes. Frieda gehörte zur Familie."

"Papa, lass die Ablenkungsmanöver. Sieh mir in die Augen und sag' mir, was mit dir los ist..."

"Es ist nichts."

"Du sollst mir in die Augen sehen. Nicht auf den Mund."

"Ich übe gerne mit einem beweglichen Ziel."

Jonica seufzte, neigte den Kopf und sah Reinhold lange an.

"Weißt du was, Papa? Männer erinnern allesamt an besoffene Schafe bei Gewitter, wenn sie verliebt sind. Erst recht, wenn es sie bei einem anderen Mann erwischt hat. Und du siehst im Moment ganz besonders *Määääh* aus. Denk mal drüber nach."

Abgang Jonica.

Es dauerte einen Moment, bis Reinhold das soeben Gehörte verdaut hatte. Er stürmte hinter seiner Tochter her. "Wie soll ich das verstehen?"

Jonica nahm ihren Vater liebevoll in die Arme. "Ach,

Papa... bist du nicht langsam müde?"

"Du sprichst in Rätseln."

"Lass doch diese gespielte Unschuld. Wenn du ein Hundewelpe wärst, würde ich jetzt jede Ecke des Hauses nach einem Häufchen absuchen." Jonica seufzte. "Reicht es, wenn ich dir sage, dass ich schon mit siebzehn dein Versteck gefunden habe, als ich dir mal frische Plünnen in den Tennisclub bringen sollte?"

Reinhold wurde bleich. "*Das* hast du gefunden?"

"Och, Papa... Der Trick, seine Pornohefte in der Unterhosenschublade zu verstecken ist doch so alt wie die Bibel." Unwillkürlich musste sie kichern. "Mittlerweile bist du besser geworden, das muss ich dir zugute halten. Als ich im letzten Winter bei dir aufgeräumt habe, waren sie im Kleideralkoven in deinen Skistiefeln versteckt."

"Hast du jemandem davon erzählt?"

"Nur Frieda. Bei irgendwem musste ich mich ja ausheulen. Aber die wusste natürlich längst Bescheid, weil sie nun mal deine Wäsche gemacht hat. Sie fand es völlig in Ordnung, wie du tickst. Sie hat sogar gehofft, du würdest mal deinen *Prince Charming* finden und ihn ihr vorstellen, was ich erstaunlich fand. Auf Außenstehende wirkte sie ja doch mitunter ziemlich puritanisch. An dem Tag habe ich eine wichtige Lektion von ihr gelernt: Liebe ist Liebe. Punkt."

Frieda hatte alles gewusst? Das Foto... Hendrik... die unglückliche Romanze. Natürlich hatte sie ihn verstanden. Trotzdem hatte sie nie etwas gesagt?

In Reinholds Kopf drehte sich alles. Er musste sich

setzen. "Und... hat deine Mutter...?"

"Keine Ahnung. Ich habe es ihr nicht gesagt, und Frieda schon gar nicht. Du weißt doch selber, wie wenig die beiden miteinander konnten." Jonica wurde nachdenklich. "Ich glaube nicht, dass meine werte Frau Mama je bemerkt hat, was dir so durch den Kopf ging, in welcher Hinsicht auch immer. Die war viel zu sehr damit beschäftigt, sich durch halb Hamburg zu bumsen, statt eure Probleme mit dir gemeinsam anzugehen."

"Jonica!"

"Ist doch wahr."

"Auch wenn ich meine Schwierigkeiten mit ihr hatte, dulde ich nicht, dass du so von deiner Mut..."

"Papa, es reicht."

Reinhold wandte sich ab. "Du hast ja recht. Gerade ich habe wohl das geringste Recht, den Moralapostel zu spielen."

"Ach, Moral..." Jonica winkte ab. "Wen interessiert bei sowas die Moral. Ich sehe nur nicht ein, warum man die Dinge nicht beim Namen nennen sollte. Wenn hier öfter mal ein klares und offenes Wort gesprochen worden wäre, hätte man sich manches ersparen können.

Sie ging zum Fenster hinüber. "KRISTEN!" rief sie in den Garten hinein. Der Angesprochene hörte auf, ein Beet mit Astern zu gießen, und drehte sich mit fragend gehobenen Augenbrauen um. "Kommen Sie mal rein!"

Kristen tat wie ihm geheißen. "Ja? Soll ich was?"

"Einfach zuhören. Du auch, Papa." Jonica verschränkte die Arme vor der Brust. "Mir sind in den letzten Wochen ein paar Dinge aufgefallen."

"Darf ich fragen..." begann Kristen.

"Nein, darfst du nicht." Jonica scherte sich nicht um das vertrauliche Du. Wenn sie mit dem fertig war, was sie zu sagen hatte, war es sowieso ohne Bedeutung, wie man sich ansprach. "Ich will euch mal meine wichtigste Beobachtung mitteilen: Kristen kommt ins Haus, ihr blafft euch an. Ihr lernt, miteinander auszukommen, aber kurz bevor die vereinbarten vier Wochen rum sind, blafft ihr euch wieder an. Kristen bleibt weitere vier Wochen – schöne Grüße von Herrn Senator Pape übrigens, Kristen, Amrum war herrlich – ihr vertragt euch wieder. Doch jetzt, kurz bevor Kristen das Zepter endgültig übergibt, liegt ihr euch wieder in den Haaren. Jungs, euer Wahnsinn hat doch Methode."

"Ich weise das entschieden von mir." Reinhold reckte trotzig sein Kinn vor.

"Du kannst von mir aus weisen, soviel du willst. Wird dir bloß nicht weiterhelfen. Paps, du bist schwul und verliebt. Du weißt es, ich weiß es, und wenn mir nicht über Nacht sämtliche Synapsen durchgebrannt sind, glaube ich mit Sicherheit behaupten zu können, dass Kristen es auch weiß. Der läuft nämlich mit demselben weggetretenen Gesicht durch die Gegend. Und die gleich zwei ausrangierten Tischdecken mit deutlichen Abdrücken eines heißen Bügeleisens sind garantiert kein Zufall."

"*Der* war's!"

"Petze!" giftete Reinhold.

"Ruhe. Alle beide. Ich weiß nicht, was genau der Kern eures Problems ist, aber ihr seid rundum bescheuert, es durch diese lächerliche Komödie lösen zu wollen. Wisst ihr eigentlich, was ihr da an kostbarer Lebenszeit vergeudet? Hört endlich auf mit dem Tünkram. Lebt, was euch wichtig ist." Sie sah auf das Babyphon in ihrer Hand und stellte es auf dem Couchtisch ab. "Ich gehe jetzt in meine Wohnung und schaue nach Finn, der ist so verdächtig still. Wenn ich in fünfzehn Minuten wiederkomme, habt ihr die Sache geregelt, klar?"

Wenig später knisterte es im Babyphon. "Übrigens, Papa – Finn sagt auch, dass er dir nicht im Wege stehen wird! Er freut sich sehr auf seinen zweiten Opa. Die Zeit läuft. Kommt in die Puschen."

Knackend brach die Verbindung ab. Kristen und Reinhold standen da wie begossene Pudel.

"Du?"
"Hm?"
"Wir müssen reden."
"Sehe ich auch so."
"Da ist scheinbar einiges durcheinandergeraten."
"Schön gesehen, alter Knabe."
"Wir sollten das dringend aufdröseln."
"Yep."

17

Opossums.

So hießen die komischen Viecher doch, die immer dann, wenn Gefahr im Verzug war, die Augen zukniffen und sich tot stellten? Ganz nach dem Motto *Was ich nicht sehe, kann auch mich nicht sehen*, oder? Doch, das waren Opossums.

Kristen Falkenbrook seufzte. Genau so verhielt sein Ex-Klient sich gerade. Er hatte den Kopf auf das Lenkrad sinken lassen, die Augen geschlossen und schien warten zu wollen, bis alles vorbei war.

"Hey!" Kristen klopfte gegen die Scheibe. "Komm raus, du Opossum!"

Keine Reaktion. Auch die Rufe mit seinem Namen beeindruckten Reinhold nicht.

"Schluss mit den Albernheiten."

Kristen riss die Tür auf und löste den Sicherheitsgurt.

"Lass das!"

Kristen ließ sich nicht beirren. Er zog den sich sträubenden Mann aus dem Auto. "Jetzt gib hier nicht den Maulesel."

"Was denn nun, du Klugscheißer? Opossum oder Maulesel?" Reinhold hatte ein unangenehmes Gefühl von *déjà vu*.

"Schnack nicht – komm. Erstens darfst du bekanntlich nicht fahren und zweitens kannst du es gar nicht, weil ich den Schlüssel habe. Hättest gar nicht erst auf den Fahrersitz rüberrutschen brauchen."

Reinhold gab seinen Widerstand auf und ließ sich von Kristen zu einem unscheinbaren Hauseingang in einer Wandsbeker Seitenstraße führen.

"Sei froh, dass es ein zwangloser Brunch ist, sonst wären wir dank dir inzwischen viel zu spät dran."

Kristen läutete, zwei Stockwerke weiter oben wurden sie bereits erwartet.

"Hallo, Kristen!" Hanna umarmte ihren Freund.

"Guten Morgen, meine Süße! Darf ich vorstellen? Das ist er."

"Hallo, Reinhold, herzlich willkommen. Kommt rein. Ihr seid zwar ihr zwar nicht *das* Letzte, aber *die* Letzten."

Reinhold sah sich einer ganzen Reihe neuer Gesichter gegenüber, als er hinter den beiden anderen eine gemütliche Wohnküche betrat.

Hanna klatschte in die Hände. "Kinners, der schmucke junge Mann zu meiner Rechten hier heißt Reinhold. Kristen kennt ihr ja. Reinhold, damit du bei den vielen Leuten am Tisch eine Orientierung hast – stell ihn dir wie eine Uhr..."

"Soviel zum Thema Diskretion, du alte Giftstelze", zischte Reinhold.

"Kannst du mir mal verraten, wie man einen Klienten wie dich ohne Beichtschwester aushalten soll? Bleibt doch nur der Vollsuff."

"... vor", fuhr Hanna unbeeindruckt fort. "Dort am

Kopf der Tafel, quasi auf zwölf Uhr, sitzt mein Verlobter Florian. Und dann reihum: Sven und Andreas, David, Ina und Steffen, Luise, Kay und Marc, Jens, und *last but not least* Carola und Dirk. Da auf der langen Bank neben Holger und Christoph ist noch Platz für dich, Kristen, Björn und Levi. Wo sind die beiden eigentlich?"

"Björn hat noch im Büro zu tun", erklärte Kristen. "Und Levi auch."

"Die sind ja verrückt. Man kann auch mal am sechsten Tage ruhen. Naja, selbst schuld. Dann versäumen sie halt all diese Herrlichkeiten." Hanna deutete auf den üppig gedeckten Tisch. "Heute Nachmittag können wir doch auf sie zählen, oder?"

"Hatten sie jedenfalls so gesagt", erwiderte Reinhold.

"Wenigstens etwas. Aber nun nehmt endlich Platz und bedient euch bitte, ein paar Sachen davon werden sonst nämlich kalt."

Reinhold ließ sich auf der Bank nieder und begrüßte den Mann zu seiner Linken. "Hallo, ich bin Reinhold."

"Moin. Ich heiße Holger. Schön dich kenn... nein, überhaupt nicht schön, dich kennenzulernen. Wir kennen uns doch längst!"

Reinhold musste einen Moment überlegen. "Ich glaub's auch. Sind Sie... Du arbeitest doch bei *Wesp Eurofracht*, nicht wahr?"

"Schon eine ganze Weile nicht mehr, aber richtig – da war ich mal. Du bist bei Gussbrenner, nicht wahr? Wir sind regelmäßig für euch gefahren."

"Stimmt genau. Was machst du jetzt? Hat die Konkurrenz dich abgeworben?"

"Der Himmel bewahre! Die spannende Welt der Speditionen habe ich hinter mir gelassen und bin in die Selbständigkeit gegangen. Auf Fehmarn habe ich den Ferienhof meiner Großmutter übernommen."

"Oh. Das ist aber eine völlig andere Richtung. Du hattest doch eine so gute Nummer bei *Eurofracht*. Der alte Wesp hat in den Meetings jedes Mal regelrecht von dir geschwärmt."

"Mit dem alten Wesp bin ich ja auch gut klargekommen, aber als sein Schwiegersohn das Ruder übernommen hat..."

"Ich weiß, was du meinst. Seit Ron Ziegel da ist, hat sich das Geschäftsklima arg verschlechtert. Wir lassen inzwischen nur noch ganz selten was von *Wesp* fahren."

Den letzten Satz nahm Holger mit sichtbarer Zufriedenheit zur Kenntnis.

"Aber warum Fehmarn?" fragte Reinhold. "Ich kann mich noch an ein Geschäftsessen mit eurem Team erinnern, bei dem du mir wie ein Hamburger Jung vorgekommen bist, den nichts und niemand von hier wegbekommen könnte."

Holger zuckte mit den Achseln. "Ach, weißt du, ich war einfach an dem Punkt, wo sich etwas in meinem Leben radikal ändern musste, sonst wäre ich irgendwann völlig ausgelaugt gewesen. Bei *Wesp* lief es schon eine ganze Weile nicht mehr wirklich gut, und Ziegel hat mir den Rest gegeben. Der Ferienhof war dadurch beruflich schon ein Geschenk des Himmels, aber vor allem musste ich meine alte Wohnung loswerden. Mein

Ex schwebte wie eine Nemesis durch alle Räume. Wir waren recht lange zusammen, und die Geister der Vergangenheit hatten sich so verdammt festgesetzt... Die wäre ich nicht mal losgeworden, wenn ich alles rausgeworfen und die Bude völlig neu eingerichtet hätte."
Holger lachte. "Das hat dann mein Jetziger gemacht."
"Ich verstehe nicht."
"Lange Geschichte, würde hier jetzt zu weit führen. Aber nun ist es eben nicht mehr meine Wohnung, sondern Christophs. Mal verbringen wir unsere gemeinsame Zeit auf der Insel, mal fahre ich zu ihm nach Hamburg, und dann fühle ich mich in der Wohnung auch ganz wohl. Manchmal muss man eben alles Bekannte komplett über den Haufen werfen, damit es wieder rund läuft."
"Hast du auch erwähnt, was für ein hartes Stück Arbeit es war, dir diese Lektion beizubringen?"
Holger warf dem Mann zu seiner anderen Seite einen vernichtenden Blick zu. "Ja, du hast recht, ich bin erst allmählich zu der richtigen Einsicht gelangt."
"Allmählich? Schnuffel, dagegen war die Mingdynastie ein Quickie!"
"Du bist Christoph und dir gehört diese Buchhandlung in Altona, oder?" fragte Reinhold.
"Ganz genau, die *Büchertruhe*."
"Dann habe ich das alles also dir zu verdanken?"
"Was meinst du?"
"Na, du hast meiner Tochter doch den da" – Reinhold deutete auf Kristen – "angedreht und damit meine ganze Welt durcheinandergebracht."

"Du sagst das, als ob es etwas Schlechtes wäre."
"Ich bin da mir immer noch nicht ganz sicher."

Eine schwarze Barkasse mit blau lackierten Decksaufbauten hielt langsam auf Hamburgs ewige Baustelle zu. Die Nachmittagssonne spiegelte sich in ihrer gläsernen Fassade. Der Kapitän zog den Schirm seiner Baseballmütze tiefer ins Gesicht. "Wenn das mal gutgeht, Chef. Das gibt doch nur wieder Quakerei von den Anwohnern."
"Was kümmern mich die diese weltfremden Nörgler, die in der HafenCity ihre Zelte aufgeschlagen haben?"
"Zelte kann man diese fürchterlichen Riesenkästen ja nu' nich' nennen, ne?"
"Hör auf, Erbsen zu zählen, Eddie. Diese Dösbaddel ziehen in den Hafen, beschweren sich aber über die Geräusche und Gerüche. Glauben die, das Ganze hier ist extra für sie als romantisches Diorama in Lebensgröße gebaut worden? Wer im Hafen lebt, muss auch mit Hafenbetrieb rechnen."
"Wenn du meinst, Chef."
"So gefällt mir das, Eddie. Außerdem bleiben wir ja nicht lange. Geh dort längsseits, wo wir es besprochen haben. Sobald alle an Bord sind, verduften wir auch schon wieder. Und jetzt gehe ich langsam mal wieder nach achtern, sonst stürzt unser einziger Passagier sich noch aus lauter Langeweile ins Wasser. *Mann über Bord* macht aber immer soviel Papierkram."
Im Sandtorhafen bekam niemand etwas von den Be-

denken des Kapitäns mit. Besonders die Clique, die gerade von den Magellan-Terrassen auf den Ponton stürmte, war viel zu sehr damit beschäftigt, Spaß zu haben

"Ich glaube da sind sie!" Florian zeigte auf eine Barkasse, die unter der Mahatma-Gandhi-Brücke hindurch gemächlich auf sie zu fuhr. "Aber irgendetwas stimmt an der Szene nicht..."

"Stimmt, der Filmdampfer war geringfügig größer", meinte Christoph trocken.

"Ich könnte mich täuschen", fügte Hanna hinzu, "aber haben Leo und Käthe das nicht weiter vorne an der Spitze gemacht?"

"Das nennt man Bug, Schatz", sagte Florian.

"Für einen Regensburger hast du schnell dazugelernt", konterte Hanna.

"Meine lütte Deern..."

"Mein kleiner Domspatz..."

"Baaaah, seid ihr schmalzig!"

Die *Trinchen* legte eine elegante Wende hin und gab den Blick auf zwei Männer frei, die am Heck standen und die bekannteste Szene aus *Titanic* nachstellten.

"Hoffentlich fängt er nicht auch noch an zu singen. Ich hasse es, wenn wir zusammen unter der Dusche stehen und er plötzlich anfängt zu singen. Er kann's nämlich nicht."

War das gerade wirklich ein öffentliches Eingeständnis gewesen, gemeinsam mit einem Mann zu duschen? Entweder hatte Kristen sich verhört oder Reinhold hatte ihn nach dem anfänglichen Gezicke heute morgen nun doch in den Entwicklungen der letzten Tage überholt. Eine ziemliche Überraschung.

Die Barkasse legte an, Björn verließ seinen Platz hinter Levi und sprang leichtfüßig an Land. Ohne Zögern ließ Reinhold sich umarmen und einen langen Kuss auf den Mund drücken. Noch mehr Überraschungen.

"Na, und was ist mit dir?" Levi war Björn gefolgt. Er hatte die Hände vor der Brust verschränkt und warf Kristen ein mokantes Lächeln zu. "Immer noch das Keuschchen Rühr-mich-nicht-an?"

"Ich... du... Wenn das einer... Ach, was soll's." Kristen ließ sich in Levis Arme sinken – und war froh drüber.

"Das wurde aber auch langsam Zeit", frotzelte Hanna. "Schön weitermachen."

"Sollten wir nicht lieber aufbrechen?" fragte David. "Sonst verpassen wir noch den prominenten Ehrengast."

"Lassen wir ihnen noch einen Moment. Hat lange genug gedauert, bis sie soweit gekommen sind."

Käpt'n Eddie sah die Sache anders: "Chef, nu' is' aber mal gut mit der Ableckerei. Wenn wir hier nich' bald wegkommen, gibt das doch noch Ärger, un' 'n Bußgeld fürs Knutschen tut ja nu' nich' nötig."

Der neue Star am Kreuzfahrthimmel erfüllte alle in ihn gesetzten Hoffnungen. Der Erstanlauf des Hamburger Hafens war ein voller Erfolg. Von der *Trinchen* aus hatte man einen Logenplatz, als das Schiff mit großem Geleit aus Barkassen, Hafenfähren und Sportyachten langsam die Elbe herauf kam und vor den Landungsbrücken eine regelrechte Pirouette machte, um danach an den Chicagokai zu verholen. Darüber war es Abend geworden, doch niemand hatte Lust nach Hause. Einstimmig entschied man sich für einen St.-Pauli-Bummel.

"Noar, Jungs, wollt ihr eure Mädels nich' auf Stadtrundfahrt schiggn und hier 'n büschen Tiddn kuggn?" In breitestem Dialekt versuchte ein Koberer sie in eines der Amüsiertheater zu locken, kaum dass sie auf der Reeperbahn angekommen waren.

Sven und Andreas fielen einander um den Hals und knutschten ausgiebig. Holger und Christoph taten es ihnen nach. Kristen warf Levi einen warnenden Blick zu, hatte gegen dessen blitzschnelle Umarmung jedoch keine Chance. Björn und Reinhold ließen es langsamer angehen.

Der Türsteher schüttelte grinsend den Kopf. "Hey, hey, hey! Dat macht ma' schön woanners. Dassis geschäftsschädigend, joar? Müss' ihr euch einglich so vermehrn?"

"Ich bestehe sogar darauf", mischte eine schon etwas angetrunkene Passantin sich ein. "Seit ich vier so warme Jungs in meinem Haus wohnen habe, ist meine Heizungsrechnung nur noch halb so hoch! Suchen wir nicht alle nach alternativen Energien?"

Lachend gingen sie weiter und streunten ohne bestimmten Kurs durch Kneipen, Travestieschuppen, Karaokebars und Striplokale. Nach und nach zog es einige von ihnen in die heimischen Betten, bis irgendwann nur noch der harte Kern übrig blieb.

"Ich find's echt geil, dass wir das mal wieder machen", sinnierte Sven bei Pommes-Currywurst auf der Großen Freiheit. "Ist so'n büschen wie früher. Man ist viel zu vernünftig geworden. Erinnert ihr euch noch, wie oft wir uns nach einer langen Nacht einfach so ins Auto gesetzt haben und zum Frühstück nach Berlin gefahren sind?"

"Heute bestellt man die Sonntagsbrötchen per App und lässt sie sich bringen, damit man auch bloß nicht raus muss", warf Marc ein.

"Ganz genau."

"Ich fand die Fahrten nach Amsterdam immer schöner", meinte Holger.

"Ja, besonders das eine Mal, als ihr mich während der Rückfahrt auf dem Rastplatz bei Hengelo vergessen habt", knurrte Andreas.

"Du musstest ja auch unbedingt zu dem Fernfahrer in den Truck kriechen", stichelte Sven.

"Mir fehlte noch ein Engländer in der Sammlung."

"Du hast nie verraten, wie's war", sagte Christoph.

"Naja, was über die angelsächsische Küche erzählt wird, gilt auch für den Sex: So fade, dass man's nicht mal mehr mit Salbei und Cognac retten kann."

"Immerhin haben wir noch vor der Grenze gemerkt, dass du fehlst", sagte Sven. "Was wohl die Zöllner an dem kleinen Übergang auf der Landstraße nach Gronau von der Horde spätpubertierender, lauthals lachender Homos gedacht haben, als du buchstäblich im letzten Moment gewendet hast?"

"Jungs", mischte Levi sich ein, "für einen Spontantrip

nach Amsterdam sind wir zu viele. Aber in einer guten Dreiviertelstunde fährt die erste Hafenfähre. Was haltet ihr davon, wenn wir uns jetzt irgendwo zwei, drei Flaschen Sekt, Plastikgläser und ein paar Franzbrötchen besorgen und den neuen Tag am Elbstrand begrüßen?"

Genau so schnell, wie sich das Tiefdruckgebiet vor ein paar Tagen über Hamburg ausgebreitet hatte, war es auch wieder verschwunden. Seit ein paar Tagen war der Hochsommer zurück. Der Sand war noch warm vom Vortag, als sich die bunte Truppe am Strand bei Neumühlen mit Blick auf den Athabaskakai niederließ. Trotz der späten – oder frühen – Stunde herrschte reges Leben. Nahe der *Strandperle* fand ein improvisierter Poetry Slam statt. Weiter zum Museumshafen hin verglomm allmählich die letzte Glut auf einem Grill. Erste Jogger drehten ihre Runden, Hunde wurden ausgeführt. Auf dem Balkon eines der alten Lotsenhäuser machte jemand Tai Chi.

Nach der langen, lauen Nacht kam Hamburg zur Ruhe. Kay saß mit dem Rücken an einen Findling gelehnt und war eingeschlafen. Marc hatte den Kopf auf Kays Oberschenkel gelegt. Auch er schnarchte sanft. Die übrigen saßen im Halbkreis und schnackten.

"Das heißt, ihr habt alle vier die ganze Zeit nicht so richtig geschnallt, was bei euch abgeht?" wollte Christoph wissen

"Nicht ganz", antwortete Björn. "Nur Kristen und Reinhold hatten die Bretter vor dem Kopf."

"Vielen Dank!" rief Kristen. "Jetzt sind *wir* wieder an allem Schuld. Wer hat sich denn konspirativ zusammengetan und das mit den vertauschten Souvenirs eingefädelt, die wir natürlich gaaaanz zufällig bei euren Plünnen gefunden haben?"

"Wer anders sollte es gewesen sein? Zwei normale Kerle, die plötzlich auf *best buddies* machen, hätten die Gelegenheit genutzt, gemeinsam ihre inneren Schweinehunde zum Schweigen zu bringen statt sich gegenseitig anzuheizen, das bescheuerte Versteckspiel noch mehr zu steigern. Anders als über eine sorgfältig provozierte Eifersucht war euch doch nicht mehr beizukommen."

"Ich versteh bloß eins nicht", warf Holger ein. Er deutete auf Levi und Björn. "Wie seid ihr beide überhaupt zusammengekommen?"

"Ich war zu blöde, meine Steuererklärung zu unterschreiben", brummte Kristen.

"Genau." Levi nickte. "Deshalb musste ich raus nach Blankenese. Björn hat mich mit zurück in die Stadt genommen. Wir hatten sofort einen Draht zueinander. Das hat es leichtgemacht, uns gegenseitig unser Leid zu klagen. Wenn ich mich recht erinnere, haben wir zusammen eine ganze Flasche Laphroaig gekillt und Björn hat bei mir geschlafen, weil er nicht mehr fahrtüchtig war."

"Auf dem Sofa, wo denn sonst?" Björn hatte die misstrauischen Blicke von Kristen und Reinhold bemerkt. "Wir haben uns das peinliche Versteckspiel der beiden Angsthasen noch eine Weile angeguckt. Jedes Mal, wenn Kristen und Reinhold mal wieder vor unseren Schäferstündchen am Mittwoch ausgekniffen sind, haben Levi und ich uns getroffen und Kriegsrat gehalten. Irgendwann war klar, dass wir nur noch mit schweren Geschützen weiterkommen würden. Den Plan hat freundlicherweise Hanna zur Verfügung gestellt."

"Keine Ursache." Niemand nahm ihr die Bescheidenheit ab. Der zufriedene Gesichtsausdruck verriet alles.

"Was passierte, nachdem die Bombe geplatzt ist?" wollte Sven wissen.

"Wir haben uns ausgesprochen", antwortete Reinhold. "Zuerst nur untereinander, dann auch mit Björn und Levi. Bis alle Puzzleteile an der richtigen Stelle saßen."

"Danach war alles im Lot", bekräftigte Kristen. "Kein Versteckspiel mehr, alle dürfen wissen, wer die beiden glücklichen Paare sind."

"Was sagt Reinholds Tochter dazu?" fragte Florian.

"Tja... prekäre Sache", zögerte Reinhold verlegen. "Wir haben in den letzten zwei Wochen untereinander soviel miteinander zu beschnacken gehabt, dass wir bisher noch gar nicht dazu gekommen sind, es ihr zu sagen."

"Sie denkt immer noch, dass ihr Vater etwas mit seinem Haushälter hat", sagte Levi.

"*Ex*-Haushälter", betonte Kristen. Längst stand er auf der anderen Seite der Stadt in einem neuen Engagement.

Levi warf ihm einen strafenden Blick zu. "Dass Reinhold schon seit fast sechs Jahren mit Björn zusammen ist und auch Kristen und ich kein allzu frisches Paar mehr sind, ist ihr noch völlig unbekannt."

"Obendrein muss ihr auch noch jemand verklaren, dass es im Hause Bargstedt ab sofort kein Personal mehr geben wird", warf Kristen ein.

"Zumindest keines, das bei mir wohnt", stellte Reinhold klar. Auf eine Putzfrau, die zwei oder drei Mal in der Woche bei ihm aufklarte, wollte er nicht verzichten. Zudem würde er ohnehin bald umziehen.

"Ihr gebt der Ärmsten ganz schön viel auf einmal, mit dem sie klarkommen muss."

"Da hast du absolut recht, Hanna. Wir werden es ihr auch in verträglichen Portionen beibringen. Vorspeise, Hauptgang, Dessert, sozusagen. Darum haben wir sie für morgen... pardon, *heute* Abend auf ein kleines Abendessen in Björns Wohnung eingeladen."

Hanna hörte den Unterton in Kristens Stimme. "Da kommt doch noch was!"

Reinhold zeigte auf wie ein Schulkind im Klassenzimmer. "Rat mal, wer das Essen kocht..."

Weitere Komödien von Gerrit Jan Appel

Wodka für die Königin
Roman
*als Printausgabe (ISBN: 978-3-8391-7234-6)
und als eBook erhältlich*

Als Christophs Wohnung ausbrennt, ist es eine Selbstverständlichkeit für Holger, dass er seinen besten Freund bei sich aufnimmt. Doch das ungewohnt enge Zusammensein fördert einige Reibungspunkte zutage, welche trotz ihrer Situationskomik für Außenstehende die Freundschaft der beiden Männer in schwere Fahrwasser geraten lassen.

So schwer, dass einer der beiden das heimatliche Hamburg verlässt, um mit einem Ferienhof auf Schleswig-Holsteins Sonneninsel Fehmarn ein neues Leben zu beginnen.

Doch selbst über diese Entfernung hinweg schaffen es Holger und Christoph, sich wie ungezogene Schulkinder miteinander zu erzürnen. Ihre mütterliche Freundin, die ungewöhnliche Seniorin Claire, kann sich über die beiden Kindsköpfe nur wundern, denn sie ist sich absolut sicher, dass die Jungs mit ihren vorlauten Mundwerken und vor allem ihrem nicht unterzukriegenden Humor auch diese Klippen sicher umschiffen werden. Bis Holger und Christoph endlich begreifen, dass alte Damen für gewöhnlich recht haben, müssen sie allerdings erst ihre Starrköpfigkeit überwinden. Gar nicht so einfach, wenn das Sternzeichen Stier in ihrer Konstellation gleich zweimal vorkommt…

Frag doch das Vanilleeis
Roman
als Printausgabe (ISBN: 978-3-7357-6017-3)
und als eBook erhältlich

Traumberuf? Check.
Eigene vier Wände? Check.
Mr. Right gefunden? Check.

Alles in Ordnung also?

Ähm - wie lautete die Frage?

Je länger ein Paar zusammen ist, desto mehr gleicht es sich aneinander an, sagt man. Es heißt auch, dass mehr Harmonie die Folge ist. Bei Holger und Christoph scheint da etwas schiefgelaufen sein. Gut, der Hitzkopf ist ruhiger geworden und der Ruhepol spontaner. Nur das mit der Harmonie klappt nicht mehr so ganz. Irgendwie knarrt es seit einiger Zeit im Getriebe.

Die Rückkehr eines Verflossenen der beiden und Holgers Spleen, Problemen mit Vanilleeis zu begegnen, sind keine Hilfe dabei, den Liebeskahn wieder auf Kurs zu bringen. Zudem hat sich Holgers Hund Charly ein paar Unartigkeiten angewöhnt.

Irgendwann muss es einfach krachen, und das gewaltig.